안개 낀 대륙의
아틀라스

PUSLU KITALAR ATLASI
by İhsan Oktay Anar

Copyright © 1995 by İletişim Yayıcılık A.Ş.
Korean Translation Copyright © Munhakdongne Publishing Corp., 2007

Korean Edition is published by arrangement
with İletişim Yayıcılık A.Ş.
이 도서의 국립중앙도서관 출판시도서목록(CIP)은
e-CIP 홈페이지(http://www.nl.go.kr/cip.php)에서 이용하실 수 있습니다.
(CIP제어번호: CIP2008000186)

안개 낀 대륙의 아틀라스

Puslu Kitalar
Atlası

이흐산 옥타이 아나르 장편소설

이난아 옮김

문학동네

N.Y.에게 바침

(새로운 광채에게)

너의 눈은 태양 광선처럼 빛나며

암흑을 밝힌다

번개처럼 번쩍번쩍

한국의 독자들에게

저는 아주 어렸을 때 지도에서 나라들을 찾아보는 것을 아주 좋아했습니다. 그러고는 아주 먼 나라의 사람들에게 인사를 보내곤 했습니다. 그들의 집, 삶, 거리 그리고 음식들을 궁금해하곤 했지요. 내가 그곳에서 태어났다면 어떤 경험을 했을까 생각하며, 손가락으로 지도 위 나라들과 수도들을 짚고 돌아다니며 온갖 상상에 빠져들곤 했습니다.

저뿐만 아니라 많은 아이들이 이러한 상상들을 하면서, 고사리 손으로 지도 위를 짚어가며 세계 일주를 했겠지요. 하지만 현실 세계에서는 아주 소수의 사람들만이 그 먼 나라 사람들에게 도달할 수 있었을 겁니다. 그렇기 때문에 그 나라 사람들에게 작가라는 신분으로 인사와 사랑을 보낼수 있다는 것은 제게는 아주 커다란 영광입니다.

집필을 할 때는 혼자이지만, 지금은 그렇지 않다고 느낍니다. 자신의 세계를 먼 나라 사람들과 공유한다는 것은 한 작가에게 있어 커다란 행복입니다. 왜냐하면 공유하는 순간 형제가 되기 때문입니다. 이 소설의 작가는 이제 한국인들과 형제입니다.

터키 이즈미르에서 이흐산 옥타이 아나르

북녘을 허공 위에 펼치시고
땅을 허무 위에 매다신 분
「욥기」 26장 7절

어찌하다 하늘에서 떨어졌느냐?
빛나는 별, 여명의 아들인 네가!
민족들을 쳐부수던 네가
땅으로 내동댕이쳐지다니.
너는 네 마음속으로 생각했었지.
나는 하늘로 오르리라.
하느님의 별들 위로
나의 왕좌를 세우고
북녘 끝
신들의 모임이 있는 산 위에 좌정하리라.
나는 구름 꼭대기로 올라가서
지극히 높으신 분과 같아져야지.
「이사야서」 14장 12~14절

콘스탄티노플의 몇 사람

I

지식인들, 무식한 사람들, 사기꾼들, 고상한 사람들, 주정뱅이들, 남색가들이 전달하고, 알려주고, 이야기해주고, 주장한 바에 의하면, 천지창조로부터 칠천칠십구 년 후, 양력으로 1681년 그리고 이슬람력으로 말하자면 1092년, 콘스탄티노플*이라고 하는 시끌벅적하기로 유명한 도시가 있었다. 어둠 속에서 날고 있던 하얀 갈매기가 이 도시에 최초로 도착한 제노아의 배에게 뱃길을 인도해주었다. 배가 무사히 육지에 도착한 후, 푼두스라는 이교도 키잡이가 이 갈매기를 메시아 예수라 여기고는 그 둥지를 찾아냈다.

---

* 원서에는 '코스탄티니예'로 표기되어 있다. 이 지명은 터키의 유명한 여행가 에블리야 첼레비가 콘스탄티노플을 코스탄티니예로 부른 데서 비롯된 것이다. 이는 당시 서민들이 일반적으로 콘스탄티노플을 일컫는 말이었다.

그리고 예수의 살을 먹는 것은 종교적으로 권유하는 행위라는 자신의 종교적 신념에 따라 갈매기를 튀겨 먹었다는 소문이 있었다. 옛 사람들은 이 갈매기의 둥지가 있던 자리에 제노아인들이 높은 탑을 세웠다는 소문이 있는데, 이 탑이 나중에 갈라타 탑이라는 이름으로 만천하에 유명해졌다고 말하곤 했다. 부유한 사람들은 이 웅장한 건물의 꼭대기에서 망원경으로, 장정들은 육안으로 부르사 시의 거대한 산을 보았다고 한다. 하지만 이 소문은 그 탑에 근무하는 화재 감시원들이 그곳을 방문하는 사람들에게서 팁을 좀 뜯어내려는 꿍꿍이속으로 꾸며낸 허풍이라는 말도 있었다. 화재가 날 때마다, 만약 그 화재를 제때에 발견하면 상으로 이십 악체*를, 그러지 못하면 화재가 진화될 때까지 시간당 스무 대의 몽둥이세례를 받는 이 화재 감시원들에게 황실 국고는 일당으로 십 악체를 지불했다.

마을 야경꾼들이 목욕탕 보일러실로 몸을 피할 수밖에 없었던 어느 추운 겨울날, 갈라타 탑에 있던 화재 감시원은 손에 들고 있던 유럽 산 망원경으로 짚단 위에 누워 있는 친구를 꾹꾹 찌르기 시작했다. 그러고는 마치 무슨 비밀이라도 말해주는 양, 친구의 귀에 대고 아랍 이흐산의 전함이 할리치 만(灣)으로 들어왔다고 속삭였다. 하지만 깊은 잠에서 깨어날 것처럼 보이던 친구는 이 소식에 별로 관심을 갖지 않았다. 그의 한쪽 눈은 떠 있었고, 다른 한쪽 눈은 감겨 있었다. 한쪽 눈으로는 여전히 꿈을 꾸고 있었고,

---

* 작은 은화. 오스만 제국 화폐 체제의 기본 단위.

다른 눈으로는 자신을 깨운 남자를 보고 있었다. 잠에 취해 있었기 때문에 어느 쪽 눈이 현실을 보고 있는지도 별로 신경 쓰지 않았다. 그는 담요로 몸을 둘둘 말고는 반대쪽으로 몸을 돌렸다. 하지만 소변이 마려워 물건이 딱딱해졌기 때문에 다시 깊이 잠들기는 힘들었다. 눈에 잠이 가득했지만 그래도 몸을 일으켰다. 벽 옆에서 허리춤을 풀면서, 할리치 만의 아잡 카프스 앞에 나타난 전함의 실루엣을 바라보았다. 노 젓는 노예들에게 박자를 맞춰주고 배의 속도를 정해주는 북소리가 희미하게 들려오고 있었다. 모습만으로는 그 배가 아랍 이흐산의 전함인지 아닌지를 알아내기가 어려웠다. 하지만 화재 감시원은 여전히 자신의 주장을 굽히지 않았다. 자신을 믿지 않는 친구에게 얼굴을 들이대며, 내기라도 걸어보겠냐고 묻는 듯한 표정으로 손가락으로 눈 밑을 아래로 잡아당기며, 자신의 눈은 저 멀리 하늘에 떠 있는 일곱 번째 광도*의 별도 볼 수 있다고 말했다. 이러한 능력 때문에 그 자신은, 콘스탄티노플에서 발생할 수 있는 화재를 감시한다는 그럴듯한 이유를 내세우기는 하지만 사실은 그가 도시에 액운을 가져와 목재 가옥에 불을 붙인다고 생각하는 아세스바시**에 의해 해고당할 위기에 처해 있다고 말했다. 하지만 남자는 감시원이 자신이 본 것보다 더 많은 것을 보지는 못했다고 확신했다. 만약 그 전함이 정말로 익히 알려진 그 배라면, 아랍 이흐산이 카라쾨이 앞을 지나갈

---

* 인간은 육안으로 최대 여섯 번째 광도에 있는 8450개의 별을 볼 수 있다.
** 예니체리 군대에서의 연대장을 일컫는 말로, 수도 보안의 책임도 진다.

때 습관적으로 퍼붓는, 세관장의 남자답지 못한 쪼잔함을 겨냥한 욕설이 탑까지 들리지 않았을 리 만무했기 때문이다. 아랍 이흐산의 걸걸하고 굵은 음성은 할리치 만의 반대편 해안에서도 쉽게 들을 수 있었다. 감시원의 진짜 속셈은 자신을 내기에 끌어들여 쌈지에 든 금 부스러기들을 모두 차지하려는 게 분명했다.

전함이 조선소 부두에 접근하려는 찰나, 배의 용골(龍骨)이 바다 밑바닥에 닿고 말았다. 용머리 모양의 콜룸보르네* 대포에서 발사된 포탄이 배의 우현(右舷)에 구멍을 냈고 그 구멍으로 흘러든 물 때문에 배가 무거워져 평소보다 물속으로 깊게 잠겼던 것이다. 하지만 배의 무게를 가중시킨 두 번째 원인은 화승총(火繩銃)과 아르케뷰즈** 총신에서 발사되어 뱃전의 거의 모든 곳에 박힌 수많은 총알들이었다. 게다가 배에는 가까스로 진화한 것처럼 보이는 불탄 흔적도 몇 군데 있었다. 조선소에서 일하는 노예들이 용골 위에 밧줄을 걸고 전함을 부두까지 끌고 가는 데는 꽤 많은 시간이 걸렸다. 잠시 대장장이들이 노 젓는 노예들의 발목에 채운 쇠고랑의 대갈못을 끊기 시작할 때, 어깨에 전리품 궤짝들을 메고 배에서 뛰어내린 해군 병사들은 육지에 발을 내딛자마자 땅에 입을 맞추었다. 이들 중 가장 열정적으로 땅에 입맞춤을 한 사람은 오십 줄에 들어선 위풍당당한 사나이 아랍 이흐산이었다. 사마트야에서 발생한 화마(火魔)가 그곳의 술집들도 죄다 휩쓸고 지나

---

* 오스만 제국 시절 주로 배에서 사용되던 대포.
** 15세기 프랑스에서 사용하기 시작한 총류.

갔다는 얘기를 몰타 섬에 있을 때 전해 들은 코자무스타파파샤 출신의 아랍 이흐산의 가슴은 찢어져 내렸다. 왜냐하면 이제는 오직 페네르와 갈라타에만 술집들이 남아 있었기 때문이다. 페네르에는 밤이슬을 피할 수 있는 목욕탕 보일러실이 많이 있지만, 거의 모든 불량배와 싸움을 한 전적이 있는 그는 그들과 친구처럼 대화나 농담 따먹기를 할 수 없었다. 갈라타에는 보일러실도 없을 뿐만 아니라, 퀼레토푹이라는 이름의 선원과 시비가 붙을 위험도 있었다. 하지만 그리 신경 쓰이는 문제는 아니었다. 갈라타에서는 조카 집에 머물면 되고, 퀼레토푹과 싸움을 하더라도 둘 중 하나가 죽지만 않으면 바로 화해하면 그만이었기 때문이다.

아랍 이흐산은 쇠고랑들과 씨름하는 집시 대장장이들이 불에 달구어진 대갈못을 식히는 물동이 앞에서 멈췄다. 그러고는 빨간 바라타*를 벗더니 몇 달 만에 처음으로 민물에 손과 얼굴을 씻기 시작했다. 그는 민머리에 남겨놓은 한 줌의 머리카락을 비틀어 물을 짠 후, 셔츠를 벗고 몸을 닦았다. 전쟁터에서 입은 상처들로 가득한 가슴팍은 양가죽처럼 털이 무성했다. 흉골 위에 난 털에는 형형색색의 유리구슬과 몇 개의 진주가 정성스레 꿰어 있었다. 얼굴을 말릴 때마다, 눈꺼풀을 덮을 정도로 아래로 축 처진 풍성한 눈썹을 손가락으로 쓰다듬어 정돈하곤 했다. 콧구멍에서 분출된 두 자루의 언월도 같은 검은 콧수염을 매만지는 그의 눈동자에는 전쟁 때마다 적군을 그 자리에서 옴짝달싹 못하게 만들었던 그 요

---

* 끝이 뾰족한 긴 모자.

동치는 광채가 자리 잡고 있었다. 은으로 새긴 코란 구절들이 반짝이고 보석으로 치장된 언월도를 벨트에 차고 있는 이 남자는 엄동설한에도 맨발로 돌아다니며, 장딴지를 드러낸 무릎까지 오는 짧은 바지를 입고 콘스탄티노플의 광장 일곱 군데와 목욕탕 보일러실 일흔두 곳을 활보하곤 했다. 왼팔에 찬 완장에는 그를 아르케뉴즈 총알, 타타르 화살, 천평투석기*, 베네치아 포탄, 음모자들의 사악한 시선, 장티푸스와 황열병, 공해(公海)의 괴물 그리고 치통에서 보호해줄 마법들이 있었다. 딱딱한 알통 한쪽에는 '아, 사랑 때문에', 다른 쪽에는 '그리고 놀랄 만한 것'이라는 글귀가 문신으로 새겨져 있었다. 하지만 이십 일 전 마그립을 습격했을 때 나포한 한 노예는 그의 이러한 위엄에 흙탕물을 끼얹었다. 그 노예는 기껏해야 일곱 살 정도밖에 되지 않은, 할례도 하지 않은 남자아이였다. 그 아이는 자신의 이름이 알리바즈라고 거듭 맹세했다. 몰타 섬 근처 바다에서 어느 베네치아 프리깃함(艦)**과 맞닥뜨린 전함이 콜롬보르네 대포를 쏘려고 하는데 포차를 망가뜨려 조준조차 불가능하게 만든 놈이 바로 그 녀석이었다. 그 아이의 뺨을 후려치고 어쩔 수 없이 줄행랑을 치다가 다행히 자욱한 안개

---

* 트레뷰셋. 투석기와 비슷하지만 발사물을 쏘아 올리는 데 평형추를 사용했다는 점이 다르다. 돌뿐 아니라 불을 붙인 솜방망이를 비잔틴에서 특별히 조제된 기름을 붙여서 날려 보냈다. 이를 '그리스의 불'이라고 한다. 그리스의 불은 유황, 역청, 송진, 나프타, 삼 부스러기에다 테레빈 기름, 숯 초석 등을 뿌려 섞어 만든 것으로 타기 쉽고 폭발성이 강할 뿐만 아니라, 물을 부어도 꺼지지 않았다. 중세 초에는 가장 위대한 무기로 꼽혔다.
** 상중(上中) 두 갑판에 포를 장치한 목조 쾌속 범선.

속으로 들어갔는데, 우는 것을 멈추지 않아 베네치아인들에게 위치를 노출시킨 놈도 또 그 녀석이었다. 적에게 계속 쫓기고 있을 때 캡스턴*의 크랭크를 만져 닻을 내린 것도, 그들로부터 벗어나는 데 성공했을 때 선장실에 불을 낸 것도, 노 젓는 노예들에게 박자를 알려주는 북을 찢은 것도 다름 아닌 바로 그 악당이었다. 아랍 이흐산은 아이를 겁주려고 칼을 들이대며 피부 가죽을 벗겨 그것으로 북을 만들겠다고 으름장을 놓기도 했었다. 그 아이는 "진짜로, 정말로!"라는 말을 입이 닳도록 되뇌이며 나쁜 짓을 하지 않겠다고 약속했지만, 그 맹세는 해질녘을 넘기지 못했다. 전투 중에는 가차 없었지만, 깡마른 아이를 얼마나 세게 때려야 할지는 가늠할 수 없어 결국 흠씬 때리지 못한 아랍 이흐산의 전리품은 칠십분의 일로 줄어들었다. 이집트 금화와 베네치아 세키네**의 대부분을 이렇게 날린 후, 그에게는 플로린***보다는 검은 동전들로 가득 찬 몇 개의 쌈지와 지도가 가득 든 궤짝 하나만이 남게 되었다.

전리품 궤짝을 가지러 달려간 아랍 이흐산은 화가 머리끝까지 치밀었다. 알리바즈가 궤짝을 열고, 그 안에 있는 지도들을 뒤적거리고 있었던 것이다. 알리바즈가 조심성이 있었다고는 말할 수 없었다. 아이는 그 추운 겨울밤, 헐렁한 바지만 입은 채 조선소 부두의 등불 아래서 둥글게 말려 있는 종이들을 펴면서 자신도 모르게

---

* 닻 따위를 감아올리는 기구.
** 옛날 베네치아 금화.
*** 네덜란드의 화폐 단위.

지도를 찢었고, 지도 위에 색칠된 산, 바다, 배 그리고 괴물 그림들 중 마음에 들지 않는 것을 자신도 모르게 침으로 지우고 있었고, 손가락에 묻은 잉크로 마을, 항구 그리고 성의 이름들을 망쳐놓고 있었다. 지도 위에 되는대로 몇 군데 십자가를 그려 그것들을 보물 찾는 사람들에게 팔 생각에 들떠 있던 아랍 이흐산은 분노로 눈이 돌아가고 말았다. 하지만 주먹을 꽉 쥐고 분노를 억누르며, "천하의 이 고약한 놈 같으니라고! 거기서 손 떼지 못해!"라는 말밖에 하지 못했다. 알리바즈는 자신의 악동 노릇에 만족한 듯, 어둠 속에서 진주처럼 반짝이는 이빨을 드러내며 음흉하게 웃었다. 손에 들고 있는 남부 대륙 지도를 주인이 더 잘 볼 수 있도록 등불 가까이 가져가, 조금씩 조금씩, 마치 희열을 만끽하듯이 갈가리 찢기 시작했다. 분노가 폭발한 아랍 이흐산은 아이의 발목을 나무토막처럼 움켜쥐고는 거꾸로 들어 올렸다. 그러자 알리바즈의 헐렁한 바지 속에서 베네치아 은화, 스페인 은화, 네덜란드 금, 폴란드 화폐 그리고 동전들이 쏟아지기 시작했다. 배 안의 전리품들이 왜 셀 때마다 모자랐는지 그 전모가 이렇게 해서 밝혀지게 되었다.

뮈에진*들이 손을 귀에 대고 아침기도 시간을 알리는 기도문을 읊을 준비를 시작했을 때, 아랍 이흐산은 성벽으로 둘러싸인 갈라타 지역에서 조선소로 길이 통하는 아잡 카프스 앞에 도착했다. 어깨에는 전리품 궤짝을 메고, 손으로는 알리바즈의 귀를 잡고 있었다. 그는 어제 내린 비로 진흙 세상으로 변한 거리를 걸어갔다.

----

* 이슬람 사원에서 기도 시간을 알리는 사람.

내(內) 아잡 카프스를 지날 때 사원에서 아침기도 소리가 들려오고 있었다. 아랍 사원 길을 통과해서, 중력에 도전하듯 곳곳이 비틀려 굽어 있고 연추(鉛錘)의 방향을 이미 오래전에 무시한 목조 가옥들 사이로 나 있는 나선형의 거리로 들어갔다. 진흙탕을 어렵사리 뚫고 지나가면서도 쥐와 개의 시체들, 날카로운 말 해골을 밟지 않으려고 조심했다. 알리바즈는 난생 처음 온 이 도시를 눈이 휘둥그레져 살펴보고 있었다. 어느 골목으로 들어갔을 때, 잠옷 바지 차림에 머리에는 타케*를 쓰고, 대변을 보러 주전자를 들고 집에서 나온 노인이 적의에 찬 시선으로 그들을 바라보다 화장실로 들어갔다. 그 앞을 지나던 알리바즈가 땅에서 무거운 돌을 집어 들고 있는 힘껏 화장실로 던지자 나무 벽에서 커다란 소음이 났다. 알리바즈는 이 행동으로 귀가 비틀리는 벌을 받았다. 드디어 그들은 큐룩추 카프스와 가까운 어떤 곳에, 엘켄지 한** 바로 옆에 붙어 있는 이층 목조 가옥 앞에 당도했다. 아랍 이흐산은 문이 열릴 때까지 주먹으로 쾅쾅 두들겼다.

뷘야민은 꿈에서 다시 그들을 보았다. 이미 녹이 슨 사슬로 짠 갑옷을 입은 예니체리***들이 어두운 안개 속에서 손에 횃불을 들고 어디론지 행진하고 있었다. 투구의 코 보호대는 내려져 있었고, 철로 된 베일로 얼굴을 가리고 있었다. 방패에는 곰팡이가 피

---

* 납작한 모자.
** '한'은 상가 혹은 여인숙을 의미.
*** 오스만 제국 술탄의 상비군. 1826년까지 정예 부대로서 활약했다.

어 있었고, 언월도와 검들은 녹슬어 있었다. 뷘야민은 대문에서 들려오는 소음 때문에, 종종 꾸곤 하던 이 꿈에서 깨어났다. 하지만 바로 옆 침대에서 잠을 자고 있는 아버지는 깨어날 기미가 보이지 않았다. 아버지는 이론 문제 몇 가지를 해결하기 위해 어젯밤부터 꿈을 꾸려는 심산으로 잠을 잤던 것이다. 구릿빛 피부색을 가진 아버지를 닮은 데라고는 한 군데도 없는, 밤색 수염에 눈이 커다란 젊은이는 혹시나 하는 생각으로 요 밑에 있는 언월도를 들고 계단을 내려갔다. 누군가 문을 끈질기게 주먹으로 쾅쾅 치고 있었다. 뷘야민은 "누구세요!" 하고 소리 질러 물었다. 하지만 밖에 있는 남자가 대문을 주먹으로 치기를 그만두고 발로 차기 시작하자, 오로지 한 사람만이 이 행동을 할 수 있다고 생각했다. 대문을 열었을 때, 그는 진외종조*를 보게 되었다.

아랍 이흐산은 젊은이의 손에 들려 있는 언월도를 보고 말했다.

"뷘야민, 그게 뭐냐? 손에 들고 있는 것으로 네 할아비를 죽이려고 하느냐? 나를 꼭 죽이고 싶다면 이 악당 놈의 목을 쳐라. 이놈은 내 금화 삼백 개를 날려버린 놈이다. 하지만 조심해라, 콥트** 놈이니."

그는 알리바즈의 귀를 잡고 있던 손을 놓고 아이를 젊은이 쪽으로 밀쳤다. 뷘야민은 놀라서 어리둥절했고, 알리바즈는 태어나서 처음으로 두려움을 느꼈다. 그들이 정말로 자신을 죽이려 한다고

---

* 아버지의 외삼촌. 이하 본문에서는 편의상 '할아비'로 표기한다.
** 고대 이집트인의 자손.

생각했기 때문이다. 하지만 언월도를 놓은 젊은이가 아랍 이흐산의 손등에 입을 맞추는 것을 보고는 안도의 숨을 내쉬었다. 바로 그때 계단에서 위를 향해 달려가는 꼬리가 긴 원숭이를 보고는 호기심이 부풀어 올랐다. 원숭이 뒤를 따라 계단으로 뛰어가려는 찰나, 솥뚜껑 같은 손이 다시 그의 귀를 붙잡았다.

아랍 이흐산이 뷘야민에게 말했다.

"네 아버지는 깨우지 마라. 그 게으른 인간은 나중에 보면 되니까. 먼저 대야 하나를 가져오너라, 발을 씻어야겠다."

알리바즈는 아랍 이흐산의 발을 씻기면서 일부러 새끼발가락에 있는 티눈을 꽉꽉 눌렀다. 거의 갑옷처럼 변해버린 딱딱한 발바닥과 가운뎃발가락이 긴 양 발이 모습을 드러냈다. 그렇게 소란을 피우는데도 위층에 있는 남자는 여전히 깨어나지 않았다. 젊은이가 부엌에서 아침을 준비하는 동안, 아랍 이흐산은 삐걱삐걱 소리나게 나무 계단을 걸어 위층으로 올라가, 희미하게 코고는 소리가 들려오는 방으로 들어갔다. 그곳은 침실이자 작업실로 사용하는 방으로 매우 어수선했다. 그 방은 다양한 종류의 물건들, 천체 관측의, 정사각형 판자들, 메카 방향을 가리키는 나침반, 육분의자리 같은 천체와 해양 관측 기구들, 돋보기, 어떤 일에 쓰이는지 알수 없는 형형색색의 유리들 그리고 추와 태엽이 달려 있는 시계들로 가득 차 있었다. 선반에는 벌레들이 먹고 또 먹어도 다 해치우지 못했던 필사본들, 양피지들 그리고 지도 두루마리들이 있었다. 창문 앞 작업대에는 다양한 크기와 종류의 컴퍼스들, 형형색색의 잉크, 연필, 붓, 낙서한 종이 들이 있었다. 이 어수선한 것들 사이에 한 자리를 차지하고 있는 요 위에서 이불을 목까지 끌어당긴 채 자는 사람이 얼마나 오랫동안 자고 있는 건지는 알 수 없었다. 눈은 치켜올라가 있으며, 광대뼈가 튀어나오고, 듬성듬성 턱수염이 난 이 사람은 뷘야민의 아버지였다. 이름은 그의 외삼촌과 같았다. 키가 컸기 때문에 우준* 이흐산 에펜디라고 불렸다. 깊은 잠에 빠져 있다는 표시로 벌어진 입에서 흘러나온 침이 베고 있는 베개를 흠뻑 적셔놓았다. 아랍 이흐산은 조카의 얼굴을 한참 동안 쳐다보았다. 부드러운 새털 요에서 자고 있는 이 남자는 프랑스 발명가들을 선망하여 세계 지도를 만들려는 열정에 휩싸여 있었다. 하지만 이 게으른 조카는 세계 지도를 만드는 것은 고사하고, 세상의 십분의 일도 못 돌아다닐 천성을 가진 사람이었다. 그 부드러운 손으로는 밧줄에 매달리지 못할 것이며, 배에서 주는 벌레가 들끓는 고기와 곰팡이 핀 딱딱한 비스킷도 먹지 못할 것이고, 연약한 피부는 작열하는 태양과 소금물을 절대 견뎌낼 수 없을 것이다. 아랍 이흐산은 어쩌면 자신이 틀렸을 수도 있다는 생각에, 이불 위에 가지런히 놓인 조카의 손을 자신의 손가락으로 눌러보았다. 아니다, 자신의 생각은 틀리지 않았다. 그의 피부는 너무나 부드러웠다. 이 손으로 바람에 부풀어 오른 삼각돛의 밧줄을 당기려고 한다면 피투성이가 되고 말 것이다. 조카가 얼떨결에 항해를 나간다고 하더라도 마르마라 해를 벗어날 수 없을 것이다. 만약 해적의 공격이라도 받으면 어쩔 줄 몰라 허둥대느라 전투를 시작

---

* 터키어로 '긴' '키가 큰'이라는 의미.

하지도 못할 것이기 때문이다. 게다가 남을 두렵게 하는 외모도 아니었다. 부끄러운 줄 모르고 기른 턱수염에는 좀먹은 것처럼 군데군데 빈 자리가 있었다.

뷘야민은 겨드랑이에 빵 한 개를 끼고, 손에는 요구르트가 든 사발을 들고 위층으로 올라왔다. 알리바즈의 손에는 꿀이 든 사발이 들려 있었다. 젊은이는 할아버지가 자고 있는 아버지와 이야기하는 것을 보고는 그것이 피곤의 징후라고 해석했다. 아랍 이흐산은 코를 골며 침을 흘리고 있는 조카에게 이렇게 말하고 있었다.

"이보게, 장님! 눈을 뜨고 꿈에서 깨어나시지 그래. 시무르그*를 보지 못하면 최소한 작은 참새라도 봐야지. 카프 산**에는 가지 못해도 최소한 들판으로 나가 곤충들, 새들, 꽃들 그리고 언덕이라도 구경하든가. 세계 지도를 만드는 것은 집어치우고! 아직 살아 있을 때 뭔가를 해봐. 장미꽃과 나이팅게일을 보지 못하고, 하루 종일 집에 있는 사람이 도무지 세상 꼬투리나 볼 수 있겠나?"

깨어 있는 사람들의 세계에 있는 외삼촌이 이러한 말을 하고 있을 때, 잠을 자고 있던 우준 이흐산 에펜디는 꿈속에서 위풍당당한 해적을 보고 있었다. 꿈은 언월도, 칼 부딪치는 소리, 천평투석기 소리, 고함 소리들로 넘쳐나고 있었다. 이빨 사이에 언월도를 문 이 해적은 어떤 배에 접근하고 있었고, 콜롬보르네 대포를 쏘고 있었고, 폭풍이 휘몰아치고 있을 때 키를 붙들고 있었고, 한시

---

  * 페르시아 신화에 나오는 공작, 그리핀, 사자, 개가 합쳐진 새로 '하늘'을 상징한다.
 ** 터키 동화나 민담에 나오는 전설상의 산.

도 쉬지 않고 별을 헤아리고 있었다. 이 위풍당당한 해적은 외삼촌인 아랍 이흐산이었다. 여러 차례 포로로 잡혀 오랜 세월 동안 노 젓는 노예 일을 했던 아랍 이흐산은 등에 생긴 수많은 채찍 자국을 그에게 보여주며 그 붉은 자국들도 세계 지도에 그려 넣으라고 충고하고 있었다. 자신이 그린 것과는 다르게 해적의 지도는 1:1 축척도였다. 외삼촌은 어떤 지도 속에 살고 있었는데, 이에 자부심을 느끼고 있었다. 주사위 노름을 하면서 주사위를 던졌을 때 어떤 눈이 나오더라도 기꺼이 받아들였고, 도망치는 그의 등 뒤에서 화살과 총알이 날아오는데도 큰 소리로 웃었다. 바로 그때 우준 이흐산 에펜디의 꿈에 아들 뷘야민이 나타났다. 젊은이는 살모사만큼 길고 현란한 모험에 뛰어들려 하고 있었다. 밤색 콧수염과 반듯한 얼굴선은 여느 때처럼 잘생긴 모습이었다. 그러다 안개가 꿈을 덮었다. 자신도, 아랍 이흐산도, 다른 사람들도 이 어두운 안개 속에 사라져갈 때, 뷘야민은 확신에 찬 걸음걸이로 빛을 향해 다가가고 있었다. 독사처럼 긴 모험의 끝에, 살모사의 색깔들을 하나하나 다 알고 난 후 뱀의 머리를 짓이기고 동화 속 영웅이 되었다. 그 어두운 안개 속에 있던 수백, 수천 명의 장님들은 뱀이 죽자마자 영웅 주위를 둘러싸고는 그의 등을 어루만지고 손등에 입을 맞추며 자신들의 고민을 해결할 치료약을 찾아달라고 애원하고 있었다.

우준 이흐산 에펜디는 꿈에서 외삼촌이 자신에게 무어라고 말하는 것을 들었다. 그에게 대답을 하고, 장님이기 때문에 꿈 외에 다른 것은 볼 수 없다고 설명하고 싶었다. 그러나 어떤 힘이 그가 말하는 것을 방해하는 바람에 말들이 입 안에서만 맴돌았다. 그래도 그가 머릿속으로 생각을 한다는 것은 분명한 사실이었다.

뷘야민은 아버지가 침상에서 몸을 비틀며 잠꼬대하는 것을 보고는 곧장 그를 깨웠다. 아랍 이흐산이 조카에게 많이 먹고 마시고 편한 침상에서 양반처럼 잠을 자면 바로 그러한 악몽들을 꿀 것이라고 말하고 있을 때, 알리바즈는 잠에서 깨어난 남자를 경이로운 눈빛으로 바라보고 있었다. 아편에 취해 세 살 때까지 내리잠을 잔 이후로 이 꼬마는 불면증을 앓고 있었기 때문에 오랫동안 한숨도 자지 못했던 것이다. 자신도 모르게 하품을 한 알리바즈는, 확신할 순 없었지만 침대에서 코를 고는 사람들은 일종의 장난을 치는 거라고 생각했다. 밤새 좁은 요에서 눈 하나 깜박이지 않고 누워 있는 것은 설명할 수 없을 만큼 지루했다. 하지만 아침이 되어 사람들이 지난밤 꾼 꿈을 설명해주기 시작하면 너무나 흥미진진했다. 잠자고 있는 사람들의 혼이 육체에서 빠져나가 먼 나라로 가고, 그곳에서 신기하고 이상한 사람들, 동물들, 장난감들과 만난다는 이야기를 들었을 때, 잠자는 사람들이 실은 허풍을 떠는 거라고 의심했다. 그러나 이를 내색하지는 않았다. 잠은 어떤 것일까? 그리고 꿈이라는 것은 정말로 존재하는 걸까? 사람들이 정말로 꿈을 꿀 수 있단 말인가? 그건 아주 재미있는 것임에는 틀림없었다. 하지만 그는 꿈을 꾸기 위해서는 자야만 한다는 것도 알고 있었다. 매일 밤 잠자기 전 예배 시간을 알리는 사원의 기도문 읊는 소리가 끝난 직후, 머지않아 잠을 자게 될 것이라는 희망으로 침대로 향했다. 그의 세계를 알지 못하는 사람들이, 꿈을 꾸지 못해 상심하는 이 장난꾸러기 아이가 실은 다양한 색깔의 꿈만큼이나 형형색색인 어떤 세상에서 살았다는 것을 어떻게 알 수 있었겠는가?

II

뷘야민이 그 불길한 돈을 발견한 것보다 훨씬 오래전, 페라에서 베네치아 대사의 서기 일을 하던 쿠베릭이라는 사람이 있었다. 초고들을 깨끗하게 다시 쓰는 임무를 맡고 있던 이 사람의 필체가 얼마나 멋졌는지 모른다. 언제 처형당할지 몰라 가까운 사람들과 고별인사를 나누기까지 했던 대사는 쿠베릭이 쓴 항소장을 들고 궁전으로 갔다. 하지만 술탄이 강경한 어조로 쓰인 이 항소장의 내용보다는 필체의 아름다움, 길게 늘여 쓴 꼬리 모양과 갈고리 모양의 글씨 장식에 관심을 보였기 때문에 대사는 목숨을 부지할 수 있었다. 한편 쿠베릭은 나쁜 친구들의 꼬임에 넘어가 술독에 빠지는 바람에 뭄주바쉬*에게 몇 차례나 붙들려 몽둥이로 발바닥을 맞는 형벌을 받아, 다리가 불구가 될 지경에 이르게 되었다. 부러진 종아리뼈가 겨우 붙기 시작했을 때, 친구들은 그에게 술을 계속 마시면 불구가 될 거라고 말해줬다. 그러나 그는 신경조차 쓰지 않았다. 결국 술에 취해 있을 때 다시 붙잡혔고, 몽둥이로 발

---

* 궁전 수비대 소속 12명의 장교들 중 대장.

30

바닥을 맞다가 종아리뼈의 같은 부위가 다시 부러졌다. 그는 절름 발이가 되었다. 그에게 포도주를 마시지 말라고 엄명을 내린 대사는, 술을 먹지 않자 손이 떨려 제대로 글씨를 못 쓰는 그를 보고는 서기 일을 그만두게 했다.

과거 서기관이었던 이 사람은 이제 대사관 청소를 하게 되었다. 하지만 그가 새로운 임무도 소홀히 하고, 기회가 있을 때마다 갈라타에 있는 술집으로 도망치자 대사의 인내심은 바닥이 났다. 그리하여 그는 쿠베릭을 해고하고 그에게 베네치아로 돌아갈 수 있도록 정확히 삼십 두카트*의 노잣돈을 주었다. 배에 올라타기 전 부두에 있는 한 술집에서 입만 축이고 가려던 그에게 그만 일이 터졌다. 술에 취해 술집에서 나온 그가 노예선에 올라타고는 갑판에서 곯아떨어졌던 것이다. 망치 소리에 일어났을 때는, 험상궂은 얼굴을 한 몇몇 남자가 그의 발에 쇠고랑을 채우고 있었다. 그들에게 자신은 베네치아 대사관에서 일하는 사람이라고 울며불며 설명하려 애썼지만 그 누구도 그의 말에 귀 기울이지 않았다. 그의 슬픈 비명 소리에 부두에 있던 군중들 가운데 어떤 동정심 많은 사람이 그 상황을 대사에게 알리자, 대사관에서 직원이 나와 사건을 해결해보려 했다. 노예 상인들은 이 일에 어떤 음모가 있다고, 베네치아인들이 자신들과 같은 종교를 가진 사람을 공짜로 풀어주려 한다고 생각했다. 고집불통인 노예 상인들은 쿠베릭을 노예 시장으로 데려가 중간 상인들에게 팔았고, 중간 상인들은 중

---

* 베네치아 금화.

개인들에게 넘겼다. 불행 중 다행으로 베네치아 대사가 자신의 과거 서기관을 구하기 위해 경매장으로 왔다. 기독교인들이 노예를 사는 것은 금지되어 있기 때문에 이 일을 대신할 수 있도록 한 무슬림과 합의를 봤다. 쿠베릭은 키가 작고 깡마른 사람이었다. 얼굴은 때로 얼룩덜룩했고, 손톱은 길고 더러웠다. 건강이 시원치 않다는 표시로 피부도 푸르죽죽하게 변해 있었다. 쉬지 않고 기침을 해대는 이 사람은 게다가 절름발이였다. 이런 노예는 그 누구도 사지 않을 게 뻔했다. 하지만 대사가 이 노예를 사려고 나섰다는 것을 안 중간 상인들은 경매에 자기 사람들을 심어서 계속해서 가격을 올렸다. 결국 대사는 쿠베릭을 천이백 플로린, 그러니까 우드*를 연주하고 춤을 잘 추는 체르케스** 출신의 숫처녀 미인 한 명의 몸값에 해당하는 가격에 샀다. 발에 묶여 있던 사슬이 풀리자마자 대사는 그의 뺨을 세게 후려치고는, 다시는 자기 눈앞에 얼씬도 하지 말라고 경고했다. 과거의 주인에게 십 두카트를 받은 쿠베릭은 이 돈으로는 베네치아에 갈 배에 발을 딛지 못할 거라고 말했다. 하지만 그는 이미 두 대의 큰 나룻배, 그리고 전함의 선장과 이야기를 나눈 상태였다. 흥정만 잘하면 이들 중 하나의 배를 타고 콘스탄티노플을 떠날 수도 있었다. 그러나 그는 그렇게 하지 않았다. 자유의 몸이 된 첫날, 술집에 있던 친구들이 그에게 우정어린 충고를 해주었다. 이제는 그가 콘스탄티노플에 머물 수 없으

---

* 여섯 개의 줄이 있는 터키 고유의 현악기.
** 카프카스 산맥 북쪽의 흑해 연안 지역.

며, 돈이 바닥나기 전에 곧장 그의 나라로, 가족이 있는 곳으로 가야 하며, 필요하면 그에게 돈도 빌려줄 수 있다고 말했다. 하지만 그는 이러한 충고에 귀 기울일 수 있는 상황이 아니었다. 목구멍으로 흘려보낸 아홉 병의 포도주가 효력을 발휘하기 시작한 데다 머리가 이미 앞으로 처박힌 상태였기 때문이다. 자정 무렵 고국을 추억하는 노래를 큰 소리로 흥얼거리며 술집에서 나왔을 때, 그 소음이 듣기 싫었던 누군가가 그의 머리에 뭔가 무거운 물건을 던졌다. 쿠베릭은 머리에서 피가 흐르고 있는데도, 어둠 속을 더듬어 그 물건을 찾았다. 그것은 펜치였다.

다음 날 아침 그는 이빨 빼는 일을 시작했다. 손에 펜치를 들고 골목마다 돌아다니며 가련한 사람들을 치통에서 구해주었다. 처음에는 싼값에 사람들을 치료해주면서 기술을 연마했다. 목욕탕 보일러실에서 잤으며, 자신에게 시비를 걸지 않도록 건달들, 건장한 사람들, 함대 선원들의 이빨을 공짜로 빼주었다. 어느 날 밤, 예니체리 몇 명이 그를 생포해 곧장 뭄주바쉬 앞으로 데려갔다. 눈에 띄는 족족 술주정뱅이들의 발바닥을 몽둥이로 치는 임무를 지닌 그 남자는 지독한 치통을 앓고 있었다. 그래서 부하들에게 치과의사를 구할 수 있는 대로 아무나 데리고 오라는 명령을 내렸던 것이다. 그는 어깨가 축 늘어지고 어리벙벙한 이 남자에게 이렇게 고함쳤다.

"아니, 뭘 꾸물대고 있는 거야! 당장 내 이빨을 빼지 못해!"

그런데 쿠베릭은 그의 말을 무시하고는, 도무지 펜치에 손을 댈 생각도 하지 않았다. 이에 뭄주바쉬는 다시 포효했다.

"이런 불신자 놈! 이리 와서 당장 이빨을 빼지 못할까! 조금만 더 뜸들이면 목을 쳐버리겠다!"

쿠베릭은 여전히 내키지 않는 태도였다. 어쩌면 자신을 절름발이로 만든 이 사람이 고통당하는 모습을 바라보는 게 고소했을 수도 있다. 그는 뭄주바쉬에게 이렇게 말했다.

"그렇다면 선불을 주시오, 정확히 오십 플로린."

뭄주바쉬는 화가 머리끝까지 나서 소리를 질렀다.

"이 이교도 놈! 반 악체를 주면 할 수 있는 일을 가지고 오십 플로린을 달라니, 제정신이냐? 지금 네가 무슨 말을 한 건지 알기나 해?"

"그렇다면 다른 사람을 찾으시지요."

그는 이렇게 말하고는 문을 향해 걸어갔다. 막 밖으로 나가려고 하는 찰나, 그 잔인한 남자의 신호를 받은 예니체리들이 쿠베릭을 저지했다.

이제 사업을 시작하는 사람으로서 무시할 수 없는 자본을 갖게 된 쿠베릭은 삼십 플로린을 뿌리고 외과의사 자격증을 손에 넣었다. 그리고 한 달에 칠 악체를 주기로 하고 갈라타 지역의 미헬 카프스 가까운 곳에 있는 음침한 가게를 얻었다. 프랑스어로 번역된 갈레노스*의 책이 손에 들어오자 그 직업의 몇 가지 핵심 사항들

---

* 129~199. 고대 로마 시대의 의사이자 해부학자. 그리스 의학의 성과를 집대성해 방대한 의학 체계를 만들었고, 중세와 르네상스 시대 유럽의 의학 이론과 실제에 절대적 영향을 끼쳤다. 네 가지 체액이 균형을 이루어야 한다고 믿었으며, 목적론적 의학 사상을 가졌다.

도 터득했다. 이제는 술값을 벌게 되었고, 술 세 병을 마시고 나면 손 떨림도 줄어들었다. 그는 술을 조금 덜 먹고 반지를 하나 주문해 그 안에 자신을 절름발이로 만든 뭄주바쉬의 송곳니를 박아 넣었다. 이제 그는 존경받을 일만 남아 있었다. 하지만 그의 가게는 너무나 더러워서 발 디딜 데가 없었다. 바닥은 임파선종, 고름 주머니와 검은 반점에서 나온 고름으로 뒤덮여 있었다. 이후 그의 얼굴에는 근심 어린 표정이 떠나질 않았다. 목욕탕 보일러실에서 자던 시절에 그의 입을 걸게 만들고, 그에게 상스런 말투를 가르쳐준 건달들조차 이 가련한 절름발이에게 연민을 느꼈다. 갈레노스의 책에서 보았던 오류들 역시 근심의 원인이었다. 최후의 심판날에 일어설 저 죄 많은 몸속에는 무엇이 있을까? 갈레노스의 책은 이 물음에 대한 정확한 답을 주지 않았다. 결국 그는 개의 시체를 해부하게 되었다. 술을 세 병 마신 후에야 떨림이 멈춘 손으로 자신이 본 것들을 그렸으며, 그 그림들 옆에 필기를 했다. 생명체의 몸은 비범했다. 그렇다면 과연 자신의 몸은 어떠할까? 사람의 몸을 해부하는 것은 커다란 죄악이었다. 하지만 알고자 하는 욕구가 그를 내버려두지 않았다. 어느 날 생각에 빠져 거리를 거닐던 그는 아흐르카프 지역에 있는 바다 쪽으로 향한 궁전의 벽 밑에서 몇몇 사람들을 보았다. 허리까지 오는 긴 장화를 신은 그 사람들은 해안에 있는 쓰레기 더미 속으로 혹은 물속으로 들어가 긴 몽둥이로 여기저기를 헤집고 있었다. 이들은 수색자라는 이름으로 유명한 전문 직업인들이었는데, 궁전의 쓰레기들을 바다로 버리는 구멍 아래를 돌아다니며 쓰레기들을 뒤져 찾아낸 귀한 물건들로 생계를 유지하고 있었다. 쿠베릭은 그들 중 한 명이 무엇인가를 발견한 걸 보고는 그들 곁으로 갔다. 그 남자가 발견한 것은 잘린 손이었다. 가운뎃손가락에서 귀한 반지가 반짝이고 있었다. 수색자들은 기뻐 날뛰며 손가락에서 반지를 빼고는 손을 던져버렸다. 날이 어두워지자 쿠베릭은 몰래 다시 그곳으로 가 잘린 손을 손수건으로 싸 셔츠 안에 넣었다.

손을 잘라 해부한 다음 촛불 아래에서 종이에 근육들, 관절들, 혈관들, 뼈들을 정성스럽게 그렸다. 그의 목적은 인간의 몸을 발견하고 그 죄 많은 몸의 지도를 만드는 것이었다. 그 불길한 해부도는 바로 이렇게 시작된 것이었다. 만약 그날 목이 졸려 질식사한 왕자, 파샤* 혹은 시녀가 있으면 궁전에서는 시체의 숫자만큼 대포를 쐈고, 쿠베릭은 시체들이 급류에 휩쓸려 떠밀려갔을 것으로 추정되는 장소인 톱하네로 갔다. 밤새 기침을 하고 재채기를 하면서 인내심을 가지고 기다린 결과, 발에 묶은 추가 떨어져나가 해안으로 밀려온 시체를 발견했다. 셔츠 안에서 꺼낸 자루에 시체를 넣은 후 낑낑대며 집까지 옮겼을 때는 아침이 밝아오고 있었다. 저녁 무렵이 되었을 때, 그는 점점 심해지는 악취에도 불구하고 해부를 시작했고, 정확히 이틀 동안 쉬지 않고 연구했다. 그는 이제 진정한 개척자였다. 뼈에는 건달들, 근육에는 술꾼들의 이름을 붙였다. 관절 조직들에는 소년 노예와 남자 무용수들의 이름을 붙였다. 귀 안에서 찾은 등자쇠를 연상시키는 뼈에는 커다란 희생

---

* 문무 고위 관리에게 주어지던 경칭.

을 치루며 자신을 자유의 몸으로 만들어준 베네치아 대사의 이름을 붙였다. 악취가 이웃집까지 새어나가지 않게끔 시체를 자신의 가게 마당에 묻기로 결정했다. 하지만 머지않아 자신이 새로운 해부용 시체를 찾게 되리라는 것을 알고 있었다.

두 번째로 해부를 할 때는 거의 들킬 뻔했다. 톱하네에서 그가 자루를 둘러메고 좁은 골목을 걸어가는 걸 본 어떤 예니체리가 쿠베릭을 그의 집까지 미행한 것이다. 그는 대문 앞에 보초를 세우더니 골목에서 쿠베릭을 협박하기 시작했다. 그는 뭄주바쉬에게 보고하러 갔고, 잠시 후면 그가 무슨 짓을 하는지 보러 뭄주바쉬가 그의 집으로 들이닥칠 참이었다. 쿠베릭은 어쩌할 바를 몰랐다. 이번에 가져온 해부용 시체는 할례를 한 무슬림 남자였다. 그래도 희망은 있었다. 쿠베릭은 시체의 배에 구멍을 뚫고 창자 일부를 꺼내 잘랐다. 이 창자 일부를 시체의 성기 위에 씌우고는 노련하게 꿰맸다. 특히 음모가 난 부위에 뚫은 구멍을 능숙하게 꿰맨 후 시체를 해부대 위에서 끌어내려 자신의 허름한 옷을 입혔다. 눈 위에 각각 동전을 올려놓고 턱을 묶었다. 그러고는 갈레노스의 책을 들고 읽기 시작했다.

잠시 후 뭄주바쉬가 그의 집에 들어와 첫 번째로 한 일은 시체가 무슬림인지 아닌지를 확인하는 것이었다. 시체의 허리춤을 풀고 바지를 내렸을 때 성기의 표피가 제자리에 있는 것을 보고 뭄주바쉬의 분노는 가라앉았다. 성서에서 기도문을 읽고 있던 쿠베릭은 그것이 단순한 장례식이며 고인은 그의 가까운 친척이라고 주장했다. 그가 무거운 자루를 옮겼다고 주장했던 예니체리도 그를 다른 사람과 혼동한 게 틀림없었다. 결국 뭄주바쉬는 장례식에 경의를 표해야 했기 때문에 부하들과 함께 되돌아갔다.

지식에 대한 열정으로 활활 타고 있는 이 절름발이는 그사이 몇 달이 지났지만 해부도를 완성하지 못했다. 어느 날 자정, 한 술집에서 근심 때문에 술에 취해 정신을 잃을 뻔한 찰나, 그는 우연히 몇몇 술꾼들이 떠들어대는 중요하지 않은 대화를 듣게 되었다. 술꾼 중 한 명이, 빨리 술에 취하게 만드는 질 나쁜 포도주가 인간의 몸에 미치는 영향으로 인해 혀가 잘 돌아가지 않는 어눌한 말투로 아랍 이흐산의 전함이 조금 전 할리치 만으로 들어왔다고 말했다. 탑에 있던 화재 감시원에게 들었다는 것이었다. 사마트야에 있는 술집들이 불에 탔기 때문에 아랍 이흐산이 갈라타에 와서, 사람들 말에 의하면, 컬레토푹과 만나 싸움을 벌이는 것이 불가피한 상황이었다.

쿠베릭은 자리에서 일어났다. 자신에게 불리한 상황이 닥칠 수도 있었기 때문이다. 그는 아랍 이흐산이 참전하기 위해 전함을 타고 바다로 나가기 전, 피부에 바르면 화살이 뚫지 못하고 검으로도 베지 못한다고 주장하며 어떤 연고를 아랍 이흐산에게 십 플로린에 속여 팔았던 것이다. 그는 지금 분명 복수를 하려고 벼르고 있을 것이다. 그렇다면 며칠 동안 그의 눈에 띄지 않는 것이 상책이었다. 쿠베릭은 술집 주인에게 이 악체를 주고 큰 병에 포도주를 가득 채웠다. 그러고는 밤이 깊어지자 손에 등불을 들고 아잡 카프스로 걸어갔다. 그곳에서 등불을 끄고는 한동안 도둑처럼 기다렸다. 등불 없이 돌아다니는 그를 발견하면 수바쉬*가 몽둥이로 발바닥 오십 대를 칠 것이 뻔했기 때문이다. 그는 자신의 운명을 확인하기 위해 새벽이 될 때까지 그곳에 있었다. 마침내 그가 두려워하던 일이 현실로 나타났다. 아랍 이흐산이 어떤 아이의 귀를 잡고, 어깨에는 궤짝을 메고 갈라타로 온 것이다. 두려움에 휩싸인 쿠베릭은 절름거리며 자신의 집으로 돌아왔다. 문의 빗장을 걸어 잠근 후 침상에 누워 애써 잠을 청했지만 닭이 울 때까지 잠들지 못했다. 그 순간 잠이 들지 않았다는 것이 다행스러웠다. 왜냐하면 아랍 이흐산이 제일 처음 들를 곳은 말할 것도 없이 그의 집일 게 뻔했기 때문이다. 해가 뜨고 노점상들의 고함 소리가 들려오기 시작할 무렵, 그는 밖으로 나와 안전하고 인적이 뜸한 곳으로 몸을 숨겼다. 용기를 잃지 않기 위해 작은 물병에 포도주를 채우는 것도 잊지 않았다.

아랍 이흐산은 진짜로 쿠베릭을 찾고 있었다. 먼저 미헬 카프스에 있는 그의 가게로 갔다. 문이 닫혀 있었다. 그러나 문을 슬쩍 미는 것만으로도 빗장을 여는 데는 충분했다. 바닥은 고름과 핏자국, 뽑힌 이들로 가득했다. 수술대 위에는 수술칼과 다양한 크기의 펜치들이 즐비했다. 계단을 통해 쿠베릭이 잠자는 창문이 딱 하나뿐인 방으로 올라갔을 때, 그의 예상은 다시 빗나가고 말았다. 결국 아랍 이흐산은 쿠베릭을 술집에서 찾아보기로 결정했다.

---

* 오스만 제국 당시 전시에는 보안을 담당하고, 평상시에는 세금을 거두는 일을 하던 사람.

갈라타에서는 이미 하루가 시작되고 있었다. 거리에는 배의 방수 작업을 하는 사람들의 톱 가는 소리, 대장장이와 유럽 총기 제작자들의 망치 두드리는 소리, 자신들의 물건을 자랑하는 장사꾼들의 외침 소리, 그리고 말하는 물건에 따라 목소리 굵기가 달라지는 노점 상인들의 새된 고함 소리들이 메아리치고 있었다. 모든 소음은 아랍 사원에서 들려오는 세라*와 에르가눈누 교회에서 흘러나오는 음악 소리와 뒤섞이고 있었다. 길, 집, 상점에서 제노아인, 프랑스인, 유대인, 아르메니아인, 룸**, 무슬림, 비무슬림, 도합 일흔두 민족으로 구성된 상인들의 흥정 소리들이 들려오고 있었다. 예니체리, 뱃사람, 부랑자 들은 조상의 유산인 욕설들을 체에 걸러 우아하게 정화시켜 퍼부으면서, 서로에게 겁을 주기 위해 언월도를 빼들었다. 부두는 세상천지에서 온 배들로 꽉 차 있었다. 선창에는 장대에 짐을 끼워 나르는 짐꾼들이 운반해줄 때를 기다리는 식용유, 포도주, 올리브, 화약통, 혹은 양념, 상아, 제조품, 그리고 상상도 할 수 없는 많은 종류의 물건들로 가득 찬 봇짐들로 꽉 차 있었다. 이곳은 다양한 민족과 다양한 계층, 그리고 성격, 종교, 언어들은 다르지만 목적은 같은 사람들이 있는 곳이었다. 부유한 상인이 허리에는 백육십 플로린짜리 페르시아 산 천벨트를 차고, 쌈지 안에 든 네덜란드 금화를 짤랑이며 말을 타고 수도교 밑을 지나갈 때, 다리가 없어 손으로 기어가는 거지가 그에

---

* 금요일 예배 시간에 장례식이나 이와 비슷한 성스런 사건이 있을 때 첨탑에서 울려 퍼지는 멜로디.
** 무슬림 국가에 살고 있는 그리스인을 가리키는 말.

게 적선을 베풀라고 구걸을 했다. 펼쳐놓은 판 위에서 스페인 동전, 베네치아 금화, 이집트 금화, 오스만 제국 동전, 폴란드 화폐, 네덜란드 금화, 오스트리아 금화 들이 세어져 쌈지에 넣어지고, 쌈지들은 자루에 넣어지고, 자루는 거대한 궤짝에 넣어졌다. 그리고 이 무거운 짐을 장대에 끼워 상점가로 운반하는 짐꾼들에게 두당 몇 푼이 지불되었다. 이곳은 술탄보다는 돈이 지배하는 갈라타였다.

배 위에서의 단조로운 일상이 오로지 가끔 벌어지는 해전으로 깨지는 삶을 살던 아랍 이흐산이 이 북새통에 익숙해지기는 쉽지 않았다. 그는 부두에 있는 거의 모든 술집을 다 돌아다녔지만 쿠베릭을 찾지 못했다. 양초 공장 뒤편에 있는 룸 마을에 갔을 때 어떤 골목에서 이상한 광경을 보게 되었다. 간을 장대에 묶어 파는 노점 상인이 거대한 고양이 떼에 둘러싸여 구석에 몰려 꽤나 어려운 상황에 처해 있었던 것이다. 입맛을 돋우는 신선한 간 냄새를 맡은 사오십 마리의 고양이가 애원하듯 울어대며 그 남자를 에워싸고는 간에 눈독을 들이고 있었다. 고양이들 중 몇 마리는 기회를 엿보다가 뛰어올라 장대에 묶인 간들 중 하나를 낚아채려 하고 있었다. 남자는 고양이들을 발로 차면서 자신의 물건을 지키려고 애썼지만 결국 고양이들 중 한 마리가 행운을 차지하게 되었다. 그 고양이는 자신을 쫓아오는 몇 마리의 친구들과 함께 어느 골목으로 들어갔는데, 먹이를 나누어 먹기 싫었는지 그곳에서 고양이들이 싸우는 소리가 들려왔다. 주위에 있던 사람들은 그 남자의 처지를 보고는 폭소를 터뜨렸다. 결국 상인은 간 한 덩어리를 칼로 사등분해서 사방에 던졌다. 이와 동시에 네 무리로 나뉜 고양이 떼는 서로를 할퀴고 물어뜯으면서 고기 조각을 향해 몰려갔다. 남자는 이렇게 해서 구한 자신의 물건을 찻집 앞에 있는 나무에 걸어놓고는 등받이가 없는 동그란 의자에 앉아 피로를 해소할 요량으로 커피를 주문했다. 이 사건을 구경하기 위해 멈춰 섰던 아랍 이흐산은 어떤 남자가 그 간들을 관찰하고 있는 것을 보았다. 그 사람은 바로 그가 찾던 자, 쿠베릭이었다. 외과의사 일을 시작한 후로 고기를 먹지 않게 된 쿠베릭이 왜 간에 그렇게 관심을 갖는지 이해할 수 없는 일이었다. 갈퀴 같은 손이 자신의 목을 움켜쥐는 순간 쿠베릭은 다리가 풀릴 정도로 힘이 쫙 빠지는 걸 느꼈다. 아랍 이흐산은 안부도 묻지 않고, 우렁찬 목소리로 그 절름발이에게 자신과 청산할 것이 있다고 말했다.

아랍 이흐산이 배를 가르고 목을 자르거나, 고환을 비틀거나, 눈을 후벼 파기에 적당한 장소인 폐허나 공터 혹은 빈집으로 가지 않고 곧장 부두 쪽으로 가는 것을 알고 나자 쿠베릭의 공포심은 조금이나마 줄어들었다. 무지막지한 이 악당은 한마디도 하지 않고 그를 끌고 갔다. 정오기도 소리가 들려오기 시작할 무렵 그들은 케펠리의 술집에 당도했다. 벌써 술집의 절반 정도는 술꾼들로 차 있었고, 그들은 이미 첫 잔을 들이킨 후였다. 아랍 이흐산이 술집으로 들어서자마자 그 안에 있던 사람들은 그에게 존경을 표하는 의미에서 인사를 건넸고, 아랍 이흐산은 그 모든 인사를 받았다. 쿠베릭과 함께 테이블에 앉자마자 누군가 그들에게 다가왔다. 겉모습으로 보건대 뭔가 정보를 주고 그 대가로 술값을 기대하는 족제비 같은 놈이었다. 그는 다른 사람이 듣지 못하도록 입을 손으로 막고 아랍 이흐산에게 무어라고 소곤거리면서 족제비 새끼처럼 눈알을 빙빙 돌리며 사방을 살폈다. 아랍 이흐산은 크게 심호흡을 했다. 이자의 말에 따르면, 궐레토푹이라는 건달이 술집마다 돌아다니며 아랍 이흐산을 찾고 있으며, 들르는 술집마다 몇 잔씩 들이키는 것도 빼먹지 않았다는 것이었다. 쿠베릭은 이 사실을 알게 된 순간부터 두려움에 덜덜 떨기 시작했다. 궐레토푹이 자신들을 찾는다면 자신은 죄도 없는데 함께 위험에 처할 게 분명했기 때문이다. 그는 다가올 싸움에 대비해 절름발이지만 조금이라도 빨리 도망치려는 심산으로 일단 신발을 벗었다.

해가 떨어질 무렵 케펠리의 술집은 상인, 서기, 양반, 대사관 직원, 예니체리, 뱃사람, 부랑자 들로 가득 찼다. 미스케트, 보즈자아다, 안코나 그리고 에르데미트 포도주들이 커다란 통에서 커다란 병으로, 그다음에는 주전자로 담겨졌다. 포도주는 주전자에서 술잔으로 따라진 후 술꾼들의 위장에서 잠시 머물다가 몸 전체로 퍼지며 영혼에 불을 붙였다. 술집의 소년 종업원들과 새하얀 피부의 남자 하인들은 자신들이 향락꾼들의 심장에 지핀 불로 자기 입에 문 담배에 불을 붙이는 것 같았다. 그들은 손님들이 꼬집거나 손가락으로 쿡쿡 찌르는 것에 신경도 쓰지 않고 술을 날랐다. 술꾼들은 포도주, 담배, 커피와 함께 향락 세계의 네 요소 중 하나인 아편을 자개함에서 꺼내 친구들에게 건네고는, 눈물이 날 때까지 웃어젖히고 나서 눈물이 마를 때까지 울었다. 얼마 지나지 않아 담배 연기가 천장을 덮었고, 싸거나 비싼 포도주의 수증기와 코를 찌르는 냄새가 페르시아 양모, 예니체리의 가죽 모자와 카프탄*에 배었다. 술잔에서 비워진 포도주는 결국 그 수로를 찾았던 것이다.

쿠베릭이 겁을 먹고 바라보는 가운데 아랍 이흐산은 셔츠에서 책 한 권을 꺼내 탁자 위에 놓았다. 가련한 외과의사는 놀라서 완전히 넋이 나갔다. 책을 집어 들고 보니 한가운데 구멍이 나 있었다. 구멍은 뒤표지 바로 앞까지 뚫려 있었다. 페이지들을 뒤적이고 있으려니 테이블 위로 총알 하나가 떨어졌다. 도토리 크기만 한 화승총 총알이었다. 주위에 있던 사람들도 그 책에 관심을 보였다. 아랍 이흐산은 고래고래 고함을 질렀다.

"자, 보시오, 이것이 내 목숨을 구했소!"

정확히 이 주 전 프랑스 전함에 접근했을 때 아랍 이흐산은 곧장 선장실로 가 손에 들어오는 것은 무엇이든지 훔쳤는데, 당시 이 책도 품에 넣었던 것이다. 이교도 중 한 명이 화승총을 바로 그의 가슴에 대고 쐈을 때, 비틀거리기는 했지만 어쩐 일인지 죽지는 않아서 놀랐던 것이다. 자신의 전함으로 되돌아온 아랍 이흐산은 그 총알이 자신의 품에 넣어두었던 책에 박혀 있는 것을 보았다. 여기에는 필시 어떤 비밀의 지혜가 있을 거라고 생각했다. 이 비밀의 지혜는 그의 목숨을 구하고, 학문과 지혜로 가득 찬 것이 확실한 그 책 안에 있는 것이 틀림없었다. 프랑스어를 아는 쿠베릭이 사흘 내로 이 책을 번역할 수 있을 것이다.

충분히 마셨는데도 쿠베릭의 손은 여전히 떨리고 있었다. 이번

---

* 소매가 길고 허리띠를 매는 터키의 전통 겉옷.

에는 걱정 때문이었다. 그가 번역해야 할 책은 그리 두꺼운 편은 아니었다. 그렇다고 결코 얇다고도 할 수 없었다. 어찌 되었든 그 책을 그렇게 짧은 기간에 번역한다는 건 불가능했다.

"자, 여기 있다!"

아랍 이흐산은 셔츠 속에서 종이 한 뭉치와 필통을 꺼냈다. 그러자 다행히 점잖아 보이는 사람이 저지하고 나섰다. 그 사람은 쿠베릭이 프랑스어를 알기는 하지만 고급 표현을 알고 있는 건 아니라고 말했다. 그에 의하면 쿠베릭이 목욕탕 보일러실에서 자던 시기에, 건달들 때문에 입이 거칠어지고 속어도 많이 사용해서 입이 더러워졌다는 것이다. 오로지 부도덕한 언어만을 알기 때문에 '음경'이라는 말 대신 '털투성이', '아름다운' 대신에 '끝내주는', '사기' 대신에 '구라' 같은 단어를 쓰는 경향이 있었다. 이러한 사람이 어떻게 좋은 번역을 할 수 있단 말인가?

쿠베릭은 흥분 상태에서 고개를 연신 끄덕이며 그 사람의 말에 동의했다. 하지만 아랍 이흐산은 그 말에 별로 신경 쓰지 않았다. 그래도 의심이 모두 가신 것은 아니었다. 그래서 그는 마치 그것을 이미 알고 있었다는 듯 시험하는 의미에서 쿠베릭에게 책의 이름과 저자에 대해 물었다. 쿠베릭은 첫 페이지를 보고 책의 이름은 『방법에 관한 잡담』이며, 저자의 이름은 렌데캬르라는 철학자라고 말했다.* 아랍 이흐산은 여전히 의심의 눈길을 보내고 있었

---

* 이 책은 원래 르네 데카르트가 지은 『방법서설』로, 소설에서는 작가가 렌데캬르의 『방법에 관한 잡담』으로 바꾸어놓은 것이다.

지만, 아무 페이지나 펼쳐 쿠베릭 앞에 놓더니 몇 줄 번역하라고 했다. 자신에게 보여준 페이지를 몇 번이고 읽은 쿠베릭은 여러 차례 내용을 다듬더니 자신이 번역한 내용을 종이에 깨끗이 옮겨 적은 후 아랍 이흐산에게 건네주었다. 술집에서 읽고 쓸 줄 아는 모든 사람이 그 종이를 열심히 들여다보았지만, 어느 누구도 무슨 말인지 이해하지 못했다. 손에서 손으로 전달된 그 종이는 사흘 후에 케펠리의 부엌으로 가게 되었고, 그 종이에 쓰인 것을 기도문이라고 생각해서 벽에 걸어놓았다. 이 벽에 반세기 동안 걸려 있던 종이는 색이 바랬고, 이후 스페인으로 이주한 케펠리의 손자가 유산으로 받아 어떤 책 사이에 끼워놓았다. 손에 땀을 쥐게 하는 기사 소설이었던 그 책은 자신의 땅을 잃어버린 세비야의 어느 지주의 도서관에서 아무에게도 읽히지 않은 채 몇 십 년 동안 꽂혀 있었다. 이후 어느 상속자에 의해 영국의 어떤 지역에서 열린 경매를 통해 서른두 개의 식민지 금화를 지불한 구매자의 손에 들어갔다. 단순한 기사 소설에 이 많은 돈을 지불한 사람이 그 책을 열일곱 번째 생일을 맞이한 조카에게 선물로 주었을 때, 당시 삶의 의미를 찾고 있던 이 젊은이는 소설의 가장 흥미진진한 부분에서 당시 쿠베릭이라는 이름의 사람이 번역한 그 종이를 발견하게 되었다. 젊은이는 이 글의 비밀을 풀기 위해 옥스퍼드에서 동양학을 공부하기 시작했다. 시간이 흘러 서른세 번째 생일날 사랑 때문에 자살한 이 동양학자의 방에 들어간 관계자들은, 자신의 죽음이 그 누구의 책임도 아니라는 것을 밝힌 고인의 서명이 담긴 바랜 종이의 뒷면에서 아랍어와 이란어로 쓰인 글을 보게 되었다.

관계자들이 그 비밀을 밝히기 위해 『일곱 개의 지혜의 기둥』이라는 유명한 작품을 쓴 작가에게 이 종이를 가지고 갔을 때, 십칠 년 전에 있었던 젊은이의 생일 파티, 팔십 세가 넘은 경매꾼, 사경을 헤매고 있는 상속자, 그리고 병에 걸린 케펠리 가족의 마지막 남자 후손에게까지 다다르기란 쉽지 않았다. 오랜 항해 끝에 작가가 탄 배는 갈라타 앞에 닻을 내렸다. 그날 밤 쿠베릭이 이 이상한 것을 썼던 술집이 있던 자리에 들어선 거대한 건물 앞에서, 작가는 키가 크고 눈이 치켜올라간 어떤 남자가 겨드랑이 밑에 책을 낀 채 자신을 기다리고 있는 것을 보게 되었다.

해질녘

I

오래된 성 바로 안쪽에 위치한 아아 차이르 지역에 천막을 치고 살았던 집시들 중에 고민으로 애간장이 타들어가는 어떤 아버지가 있었다. 하루 종일 거리를 돌아다니며 곰을 부리던 이 사람의 고민은, 다름 아닌 스무 살이 넘었는데도 아무 짝에도 쓸모없는 아들이었다. 나이가 들어 이제 수족을 잘 부리지 못하게 된 아버지는 조상 대대로 물려온 곰 조련사라는 직업에 아들이 별로 가치를 두지 않자 속이 문드러졌다. 이 노인을 마음 깊이 사랑하는 곰도 아들이 그에게 고통을 주고 있다는 것을 느꼈고, 주인이 감기에 걸려 몸져누웠을 때 자신을 데리고 나가 돈을 벌어야 했던 젊은이의 말을 듣지 않았다. 곰은 늙은 여자처럼 기절하는 척도 하지 않았고, 미녀처럼 춤도 추지 않았다. 이렇게 해서 곰은 그 호래

자식이 한 푼도 벌지 못하게 했을 뿐 아니라, 이로써 공연이 일찍 파장나게끔 하여 진짜 주인의 따스한 침대로 갈 수 있었다. 아버지, 아들 그리고 곰은 같은 침대에서 잠을 잤다. 곰이 항상 가운데에서 잤는데, 아들은 이를 별로 좋아하지 않았다. 주인을 안고 자는 것이 습관이 된 곰은 주인의 몸을 따스하게 하는 것으로 그치지 않고, 그 추운 겨울에 아들이 이불을 조금이라도 당기면 으르렁거리며 위협을 했다. 간단히 말하면 아들에 맞서 아버지와 곰이 동맹을 맺은 상태였던 것이다. 하지만 아버지는 그렇게 생각하지 않았다.

"너희 둘 다 내게는 똑같은 자식이다. 왜 서로 잘 지내지 못하느냐?"

아버지는 입이 닳도록 말하며 이 둘을 화해시키려고 애썼다.

어느 날 아들이 술값을 주지 않는다며 아버지의 뺨을 때리자 일은 벌어지고 말았다. 곰은 두 발로 서서 성 밖까지 그 호래자식을 쫓아갔다.

일주일 후에 아들은 이상한 동물을 데리고 집에 나타났다. 그 동물은 털이 나 있고, 긴 꼬리에 수염도 있는 것이 사람과 비슷했다. 아버지는 아들이 데리고 온 그 동물을 생전 처음 보았기 때문에 그것이 일종의 사람이라고 생각했다. 게다가 어찌 되었건 수염도 나 있었기에 존경을 표하는 의미로 자리에 일어나는 시늉까지 했다. 그 동물은 실은 수염이 난 원숭이였다. 호기심이 인 곰이 자기 곁으로 다가왔을 때도 원숭이는 전혀 두려워하지 않았다. 코를 들이대고 오랫동안 서로의 냄새를 맡은 후에야 서로에 대한 호기심을 지웠다. 아들은 아버지에게 곰 대신 원숭이를 조련하겠다고 말했다. 이 말을 들은 늙은 노인의 눈에서 눈물이 흘러내렸다. 가업이 자신의 대에서 끊긴다는 의미였기 때문이다. 그의 할아버지는 이 곰의 할아버지에게 묘기를 가르쳤으며, 이 두 종족은 몇 세대에 걸쳐 서로 떨어질 수 없는 사이가 되었던 것이다. 그날 밤 노인은 잠을 이룰 수 없었다. 아침이 되자 집에 있는 유일한 담요를 등에 지고 곰과 함께 집을 나섰다. 수년 동안 공연료를 거두어들였던 도시를 등지고, 어둠이 깔릴 때까지 계속 들판을 걸었다. 밤이 되자 어느 숲속에서 멈춰 담요를 바닥에 깔았다. 곰은 여느 때처럼 따스한 털가죽으로 주인의 몸을 덮혔다. 그들은 며칠 동안 숲과 산을 돌아다녔다. 그 가련한 노인은 날이 갈수록 기력이 쇠약해졌다. 가을이 끝날 무렵의 어느 날, 그들은 어떤 동굴로 몸을 피해 담요를 덮고 서로 껴안고 잠을 잤다. 밖에는 눈이 오고 있었다. 곰이 긴 동면에서 깨어났을 때 밖에서 철새들의 지저귀는 소리가 들려왔다. 옆에 누워 있는 주인이 덮고 있던 담요를 발톱으로 들어 올리자 이미 몇 달 전에 죽은 노인의 지쳐버린 해골이 드러났다.

곰에게 해방되어 신이 난 집시 젊은이는 원숭이에게 묘기를 가르치려 했지만, 잘되지 않았다. 그러던 어느 날 원숭이가 돈주머니를 가지고 노는 것을 본 젊은이는 눈이 화등잔처럼 커졌다. 돈주머니를 열어보자 그 안에서 칠십 악체 정도가 나왔다. 게다가 행운과 풍요를 가져오라는 의미에서 어떤 하즈*가 팁으로 주었을 것 같은 베네치아 금화도 들어 있었다. 이렇게 해서 원숭이가 도둑질과 소매치기에 재능이 있다는 사실을 발견한 아들은 그 재능에 맞는 일을 시키기로 결정했다. 그는 돈을 아끼지 않고 귀족의 옷을 구입해 짚으로 만든 허수아비에게 입혔다. 그리고 이 허수아비의 벨트, 소맷부리, 셔츠에 쑤셔 넣은 돈주머니, 주머니 시계, 코담배, 그리고 아편 상자들을 훔치도록 매를 아끼지 않고 원숭이를 훈련시켰다. 마침내 그는 이 힘겨운 노력의 대가를 얻는 듯했다. 하지만 원숭이는 돈에는 눈독을 들이지 않았다. 오로지 조상에게 유산으로 물려받은 호기심으로 인해 한 번도 보지 못했던 형형색색으로 반짝이고 쨍그랑 소리가 나며, 이상한 냄새를 풍기는 경이로운 물건들에만 관심을 보였다. 그렇게 많은 매를 맞았는데도 여전히 돈주머니와 연초 주머니를 구별하지 못했다. 한번은 코담배 상자에 싫증이 나자, 자재 아편 상자에 집착했다. 그러다 어느 날 용연향(龍涎香)을 첨가한 아편 마준**을 전부 삼키고 한동안 정신을 잃고 잠에 빠져버렸다. 주인은 그가 죽었다고 생각하고는 어느 폐허로 데리고 가 던져버렸다.

저녁 무렵 원숭이는 눈을 떴다. 하지만 그 순간 그가 본 것은 자신이 살고 있는 세계가 아니라 조상들이 살았던 끝없이 펼쳐진 숲이었다. 그는 이 숲의 모든 색깔들을 보았고, 모든 소리들을 들었다. 언제나 자신에게 내적 평온을 선사했던 그 냄새를, 엄마의 냄새를 맡자마자 달콤하게 중얼거리기 시작했다. 그는 지금 따스하

---

* 메카 순례를 마친 무슬림을 일컫는 말.
** 생강과 계피를 넣은 부드럽고 쫀득쫀득한 사탕.

고 안전한 엄마의 품에 안겨 있었던 것이다. 하지만 그가 삼킨 아편의 영향으로 꾸게 된 이 꿈에는 조금이나마 현실의 몫이 있었다. 왜냐하면 우준 이흐산 에펜디의 아들 뷘야민이 폐허에서 방치된 채 누워 있던 원숭이가 중얼거리는 소리를 듣고, 그가 죽지 않은 것을 확인한 다음 셔츠 안에 그를 넣고 집으로 데려갔기 때문이다. 셔츠 속에 있던 원숭이는 젊은이의 품에서 나던 냄새를 절대로 잊지 못하게 되었다. 엄마 냄새와 똑같았기 때문이다.

이렇게 해서 원숭이는 생전 처음으로 진짜 보금자리와 이름을 갖게 되었다. 뷘야민은 원숭이에게 뮈쉬테리*라는 이름을 붙여주었다. 원숭이는 지붕에서 돌아다니거나, 과수원을 엉망진창으로 만들거나, 개들을 약올리는 일에 싫증이 나면 젊은이의 품으로 들어가 자신에게 평온을 주는 냄새를 맘껏 들이켰다. 하지만 그렇다고 해서 옛날의 도둑질하던 습관을 버린 것은 아니었다. 그의 주위에 호기심을 불러일으키는 물건들이 널려 있었기 때문이다. 금, 돈, 우표, 아편, 코담배 상자, 염주, 연초에 대한 열망은 사라졌고, 대신 상아, 메카의 방향을 가리키는 나침반과 부적에 관심을 갖게 되었다. 우준 이흐산 에펜디는 뮈쉬테리가 도둑질을 못 하게 하려고 사슬에 묶어놓기도 했다. 그러나 뮈쉬테리는 사슬을 풀고 하루종일 어딘가를 돌아다니다가 저녁이 되면 손에 실린더 모양의 은상자를 들고 집에 나타났다. 우준 이흐산 에펜디가 상자를 열자 그 안에서 커다란 칙령이 나왔다. 술탄의 문장이 찍혀 있는 그 칙

---

* 터키어로 '손님'이라는 뜻.

령에는 에으리 성의 감독자인 파샤의 목을 즉각 친 후 십이 일 안에 그의 머리를 소금에 절여 궁전으로 가지고 올 것이며, 그렇지 않으면 그 칙령에 적힌 스물한 명을 죽일 것이라는 내용이 담겨 있었다. 우준 이흐산 에펜디는 공포에 덜덜 떨면서도 이 동물이 술탄의 칙령을 어떻게 사형 집행인의 몸에서 훔쳤는지 놀라지 않을 수가 없었다. 뮈쉬테리는 이후로도 계속 기막힌 수법으로 훔치고 소매치기한 것들을 집에 가지고 와 쌓아놓았다. 천만다행으로 술탄의 사형 집행인들이 그들의 집을 찾아오지는 않았다.

시간이 흐르면서 뮈쉬테리의 호기심을 자극하는 물건들이 줄어들기 시작했다. 그러자 원숭이는 이제 먼 나라에서 다양한 물건들을 실어 오는 배에 집착했다. 해군 함장의 모자, 집에 가지고 왔을 때 여전히 심지가 타고 있던 포탄, 유리로 만든 의안, 그리고 부적 몇 개를 훔쳐 오더니 나중에는 이 호기심도 바닥이 났는지 더이상 집에 무언가를 들고 오지 않았다. 하지만 아랍 이흐산이 말썽 부리지 말라는 의미에서 귀를 잡아 끌고 온 소년이 오자, 원숭이는 다시 날뛰기 시작했다. 이제 원숭이는 알리바즈와 함께 집을 아수라장으로 만들고 다녔다. 아랍 이흐산이 집에 들르지 않은 지 사흘째 되던 날 누군가가 대문을 두드렸다. 여느 때처럼 뮈쉬테리가 호기심에 가득 차 빗장을 열었다. 문 앞에는 이 세상에서 가장 아둔하고 가장 내성적인 남자가 서 있었다. 쿠베릭이었다. 그의 겨드랑이 밑에는 종이 한 뭉치가 끼여 있었고, 벨트에는 녹이 슨 펜치가 달려 있었다. 쿠베릭에게는 원숭이의 고유한 호기심이 더 두드러지고 체계적인 형태로 있었다. 게다가 몸을 자르고 해부하는 것에 관심이 많았던 이 남자는 그날까지 한 번도 원숭이를 본 적이 없었다. 그래서 자기 앞에 있는 이 동물의 몸 안에 무엇이 있는지 궁금했다. 뮈쉬테리는 이 절름발이 남자에게는 별로 신경 쓰지 않았다. 그의 시선은 쿠베릭의 허리에 달려 있는 펜치에 가 있었다. 원숭이는 날랜 몸동작으로 잽싸게 손을 뻗쳐 펜치를 낚아챘다. 하지만 도망칠 겨를도 없이 쿠베릭에게 불알을 잡히고 말았다. 이 외과의사의 손은 가장 다루기 힘든 개 이빨조차 쉽게 뽑을 정도로 유연하고 재빨랐던 것이다. 심한 고통으로 뮈쉬테리가 고함을 지르기 시작하자 우준 이흐산 에펜디가 아래층으로 내려왔다. 이 프랑스인 외과의사는 아랍 이흐산을 찾고 있었다. 그가 집에 없다는 이야기를 듣고는 가지고 온 종이 뭉치를 아랍 이흐산에게 전해달라고 정중하게 요청한 후 돌아갔다.

우준 이흐산 에펜디는 사흘 동안 종적을 감춘 외삼촌이 다시는 돌아오지 않을 것이라는 걸 알고 있었다. 따라서 쿠베릭이 가지고 온 종이 뭉치는 절대로 주인에게 전달되지 못할 것이다. 얼마 지나지 않아 누군가가 다시 대문을 두드렸다. 이번에 온 방문자는 코가 턱까지 늘어진 노파였다. 마을의 다른 노파들처럼 그녀도 같은 것을 원했다. 우준 이흐산 에펜디가 미래를 점치기 위해 밤마다 기도를 한 후 잠을 자고, 꿈속에서 다양한 고민의 해결책, 각종 고통에 대한 치료법, 의사의 처방전, 성인 술레이만의 옥쇄를 본다고 믿는 노파들은 지치거나 싫증내지도 않고 그의 문지방이 닳도록 드나들었다. 노파들의 믿음이 그리 허황된 것만도 아니었다. 그렇지만 상황은 그녀들이 상상하는 것과는 사뭇 달랐다. 세계 지도를 만들려고 작정한 우준 이흐산 에펜디는, 이 일에 정성을 쏟는 다른 탐험가들과는 반대로, 자신이 있는 곳에서 꼼짝도 하지 않고 신대륙의 지도를 발견하고자 했다. 꿈이라는 것이 잠결에 영혼이 몸에서 빠져나가 다양한 곳으로 가는 징후라는 것은 기정사실이다. 따라서 영혼이 갈 수 있는 곳에 몸도 함께 따라가 숱한 고충을 겪는 것은 어리석은 짓이 될 것이다. 그러니 굳이 다른 탐험가들처럼 긴 여행을 떠나고, 돛을 올릴 필요가 없었다. 미지의 대륙을 보기 위해 형식에 따라 수면 촉진 시럽을 마시고, 몸을 정갈히 한 후 기도문을 읽고 자는 것으로 충분했다. 그렇다고 이 방법에 문제가 없는 것은 아니었다. 왜냐하면 같은 꿈을 자주 꾸기도 하고, 어떤 때는 영혼이 관련 없는 여러 장소, 예를 들면 사막에 있는 우물, 쳄베르리타시 주변에 있는 미혼자의 방, 인어들이 앉아서 노래하는 바위 위에서 떠나지 않는 것이었다. 그 바람에 지도를 만들려는 그의 계획은 계속 지체되기만 했다.

우준 이흐산 에펜디는 성불구가 된 예순여섯 살 남편의 이 몹쓸 병을 없앨 꿈을 꾸어달라고 간청하는 노파를 쫓아낸 후, 방으로 올라가 쿠베릭이 가지고 온 종이들을 뒤적거리기 시작했다. 그것은 어떤 책의 번역물이었다. 제목은 『방법에 관한 잡담』이라고 번역되어 있었다. 첫 페이지를 보니 저자의 이름은 렌데캬르였다. 저속한 언어로 번역된 작품을 읽어나가면서, 렌데캬르가 의심을 어떤 '방법'으로 간주하고 있다는 사실을 알게 되었다. 책의 목적은 의심의 여지가 없는 확실한 지식에 도달하는 것이었다. 모든 지식에 대해 의심을 하는 렌데캬르는 자신이 의심했다는 그 사실

만은 의심하지 않았고, 이것에서 자신이 존재한다는 결론을 도출했다. 해가 지고 두 시간 정도 지났을 때, 쿠베릭의 번역서를 다 읽은 우준 이흐산 에펜디는 렌데캬르의 이 사고방식에 대해 깊은 생각에 빠졌다. 생각하고 있기 때문에 자신의 존재가 확실하게 나타난다. 하지만 이러한 방법으로는 자신 이외에 그 어떤 것의 존재도 증명할 수 없다. 결국 그는 도무지 머릿속을 떠나지 않는 이 불투명한 것을 해결하기 위해 잠을 자기로 했다. 초록색 시럽 일곱 방울을 물이 담긴 컵에 떨어뜨려 저어 마신 후 침대로 가 누웠다.

그는 꿈속에서 끝없이 펼쳐진 곳에 있었다. 마치 모래 위에서 몇 주 동안 헤매고 있는 모습이었다. 어떤 모래언덕 자락에 작은 웅덩이가 있는 것을 보고는 갈증을 해소하려고 그곳으로 갔다. 그러나 그것은 웅덩이가 아니라 거울이었다. 바로 옆에 있던 호랑이는 마치 물이라도 되는 양 혀를 쩝쩝거리며 거울을 핥아대면서, 곁눈으로 그를 보고 있었다. 호랑이는 갈증을 해소한 후 허기를 채우려고 단단히 벼르고 있는 게 분명했다. 우준 이흐산 에펜디는 겁내지 않았다. 그것은 꿈이 분명했기 때문이다. 그는 무릎을 꿇고 거울을 들여다보았다. 그곳에서 그는 자신의 모습 대신 아들 뷘야민의 얼굴을 보았다. 혼잣말로 이렇게 말했다.

"난 지금 꿈을 꾸고 있어. 의심할 바 없이 꿈을 꾸고 있어. 꿈을 꾸고 있어. 고로 나는 존재해. 하지만 존재하는 나는 누구인가?"

아침기도 시간을 알리는 소리가 울려 퍼지기 시작하자 그는 침대에서 일어나 세수를 했다. 예언자 무함마드의 명령에 복종하기 위해 거울을 보며 수염을 다듬고 있을 때, 잠은 깨달음이며 꿈은 현실 그 자체라는 생각이 강하게 들기 시작했다. 조금 전에 잠에서 깨어 현실 세계를 향해 눈을 뜨고 침대에서 기지개를 폈을 때, 어쩌면 잠에 빠져들었을 수도 있다. 만약 이것이 사실이라면, 지금 자신이 보고 있는 모든 것은 꿈이다. 그가 본 것들이 실제이건 꿈이건, 여기에서 실제 혹은 꿈을 꾸는 어떤 주체라는 존재가 가정된다. 지금 이 시점에서 그는 이러한 모든 것을 보는 어떤 인물로서 존재하고 있었다.

"렌데캬르가 말한 것처럼 나는 존재해. 하지만 나는 누구인가? 거울은 나에게 내가 우준 이흐산 에펜디라고 말하고 있고, 나의 꿈속에 있는 거울은 내가 뷘야민이라고 말하고 있다. 나는 누구인가? 이러한 모든 것들을 보는 주체는 실제로 누구인가?"

깊은 상념에 빠진 우준 이흐산 에펜디는 거울 앞에서 가위로 코털을 자르다가 실수로 코를 찔렀다. 꽤 많은 피가 흘렀다. 하지만 전혀 아프지 않았다. 이 상황은 그의 생각을 더욱더 깊게 만들었다. 기도 소리가 울려 퍼지기 전에 뷘야민이 지펴놓은 화로 쪽으로 걸어가 활활 타고 있는 숯불을 바라보았다. 화로에서 숯덩이 하나를 집게로 집어 관찰했다. 그러고는 도토리 크기만 한 숯덩이를 손에 쥐었다. 금방 살에 물집이 생기고, 손바닥의 생명선이 중간에서 둘로 나뉘었다. 숯덩이를 화로 안으로 던졌다. 전혀 아프지 않았다. 아래층으로 내려와 손발을 씻었다. 옷을 차려입고 집에서 나갈 때 주전자를 챙기는 것도 잊지 않았다. 메이트 카프스를 나가 카슴파샤에 있는 묘지로 향하다가 우물가에서 주전자에 물을 채웠다. 오래된 무덤 앞에 멈춰 서서 땅에 물을 주고는 고인

을 위해 기도했다. 헝겊에 싸 온 나팔꽃 씨를 땅에 뿌렸다. 그러고
는 그 헝겊으로 먼지와 흙으로 뒤덮인 묘비를 닦았다. 묘비에 쓰
여 있는 '아, 사랑 때문에'라는 글을, 양각으로 정교하게 새긴 장
수의 검을, '일곱 광장과 일흔두 명의 건달들의 주인'이라는 글귀
를 정성스럽게 닦아 광을 냈다. 정오가 되기 전에 그는 뒤도 돌아
보지 않고 급히 갈라타로 돌아왔다. 집으로 와 방으로 올라갔다.
그리고 오랫동안 연구해온 세계 지도를 완성하기 위해 일을 시작
했다.

II

"당신이 정말 제 아버지세요? 그렇다면 제 어머니는 누군가요?
당신은 누구지요? 나는 누구인가요? 이 집을 어떻게 건사하고 있
어요? 제가 시장에 갈 때 주신 돈은 어디서 난 건가요? 몇 날 며칠
을 먹지도 않고, 마시지도 않고 어떻게 살 수 있으세요? 당신은
누구인가요?"

이 말들은 뷘야민이 용기를 내지 못해 아버지에게 물어보지 못
한 말들이었다. 이에 대한 대답들을 찾기 전까지는 그가 살고 있
는 이 이상한 세상은 여러 가지 색들로 가득 찬 거대한 공(空)과
별 차이가 없을 것이다. 그는 며칠 동안 직업도 없는 아버지의 뒤
를 몰래 밟으며 관찰하고, 집과 아버지의 옷을 몇 번이나 샅샅이
뒤졌다. 그러나 그가 누군가에게 돈을 받는 것도 보지 못했고, 집

어딘가에 몰래 숨겨놓은 돈이 가득 든 궤짝도 발견하지 못했다. 돈을 얼마나 쓰던 간에 아버지의 쌈지는 항상 돈으로 가득 차 있었다. 게다가 자신이 아버지라고 주장하지만 우준 이흐산 에펜디는 꽤 젊어 보였다. 어머니가 누구인지 역시 또다른 수수께끼였다. 어느 날 저녁, 이 불확실함이 뷘야민의 가슴을 너무도 답답하게 하여, 이러한 생각에서 벗어나 편히 자기 위해 아버지의 수면제를 마시기로 했다. 이 초록색 액체를 컵에 가득 따른 후 단숨에 들이켰다. 사실 이 액체는 스무 방울만으로도 충분히 황소를 사흘 동안 잠재울 수 있었다.

뷘야민은 꿈에서 자신이 자고 있는 방을 보았다. 창문을 통해 들어오는 달빛이 천체 관측의의 반짝이는 표면을 비추었다. 그는 자신이 날고 있다고 느꼈다. 천장으로 떠올라 아버지가 자고 있는 침상을 내려다보았다. 꿈속에서 난다는 것이 얼마나 좋았던지 얼굴에는 미소가 번졌다. 방에는 침상이 하나 더 있었다. 천장에서 아래로 내려와 이 침상에서 자고 있는 사람을 바라보았다. 바로 자신이었다. 얼굴에 번진 달콤한 미소가 눈에 띄었다. 그는 난다는 희열을 만끽하기 위해 자신을 자유롭게 놔두었다가 다시 천장 쪽으로 올라갔다. 얼마 지나지 않아 창밖으로 나가고 싶은 생각이 들었다. 창살 사이로 연기처럼 빠져나가 보름달을 향해 날아갔다. 생전 처음으로 콘스탄티노플을 위에서 내려다보았다. 보스포루스 해협을 지나 위스퀴다르에 도달했다. 보름달 아래서 미끄러지듯 날면서 크즈 쿨레시*를 지나, 어떤 창문을 통해 궁전 안으로 들어갔다. 그곳은 침실이었다. 너무나도 아름다운 왕자가 새털 베개에 머리를 묻은 채 잠들어 있었다. 뷘야민이 넋을 잃고 왕자의 모습을 바라보고 있을 때 방문이 열렸다. 방 안으로 세 명의 남자가 들어왔다. 그들 중 한 명이 침대 쪽으로 걸어왔다. 그리고 달빛 아래서 번뜩이는 단검을 침대를 꽂았다. 남자들이 급히 방을 빠져나갔을 때 뷘야민은 자신이 혼자가 아니라는 것을 느꼈다. 그 아름다운 왕자도 자신의 몸에서 빠져나와 그처럼 날고 있었다. 왕자의 영혼이 창밖으로 나가 하늘로 올라가기 시작했다. 뷘야민은 그를 따라가고 싶었지만, 왕자는 순식간에 하늘에 떠 있는 별들 사이로 사라졌다. 닭이 울기 시작했다. 동쪽 지평선에서 붉은 기운이 퍼지고 있었다. 뷘야민은 갈라타를 향해 날기 시작했다. 자신의 집 창문을 통해 방 안으로 들어가 아버지를 보았다. 우준 이흐산 에펜디는 입에서 피를 흘리는 아들의 몸 위에 엎드려 엉엉 울고 있었다. 뷘야민의 꿈이 악몽으로 변하기 일보 직전이었다. 얼마 지나지 않아 방 안은 이웃 사람들로 차고 넘치기 시작했다. 아버지는 거의 정신을 잃은 상태였고, 흘릴 눈물도 남아 있지 않았다. 정갈하게 씻은 젊은이의 몸은 관에 넣어졌다. 관이 곧장 아랍 사원으로 운반되자 뷘야민은 날아서 그 행렬을 따라갔다. 사원 첨탑에서 장례가 시작된다는 소리가 울려 퍼진 후 고인의 명복을 비는 장례식 기도가 올려졌다. 관을 운반하는 사람들은 이제 카슴파샤 묘지를 향해 걸어가고 있었다. 두 사람이 다리가 풀린 우준 이흐

---

* 보스포루스 해협에 세워진 탑. '소녀 탑'이라는 뜻이며, '레안드로스 탑'이라고도 불린다.

산 에펜디의 팔짱을 끼고는 그가 걸을 수 있도록 부축했다. 그들 위에 떠 있던 뷘야민은 아버지가 이렇게 흐느끼는 것을 들었다.

"모두 다 내 죄야! 모두 다! 불쌍한 내 아들은 절대 이런 벌을 받을 짓을 하지 않았어."

가련한 아버지는 계속 이 말만 반복하면서, 그를 위로하려는 친구들의 말은 듣지도 않았다. 미리 파놓은 무덤 앞에 도착했을 때, 더이상 견디지 못하고 그 자리에 주저앉고 말았다. 사람들 위를 날고 있던 뷘야민은 염습에 쓰는 흰 천으로 감긴 자신의 몸을 보고는 공포에 휩싸였다. 시체를 구덩이에 넣고 그 위를 나무판자로 어슷하게 덮었다. 그런 다음 삽으로 구덩이 안에 흙을 던지기 시작했다. 드디어 일이 다 끝나고 사람들은 갈라타로 돌아갔다. 묘지에는 몇 명의 방문자와 그들에게 물을 팔려는 물장수 한 명이 있을 뿐이었다. 뷘야민은 물장수에게로 다가가 이렇게 소리쳤다.

"저 무덤에 물을 뿌려!"

하지만 물장수는 그의 말을 듣지 못했다. 그래도 뷘야민은 포기하지 않고 있는 힘껏 고함을 질렀다.

"나와 함께 가서 저 무덤에 물을 뿌리자고!"

물장수는 잠시 주위를 둘러보더니 새끼손가락으로 귀를 후볐다. 뷘야민은 물장수의 귓가에 속삭였다.

"제발, 몇 걸음 앞에 있는 새로 판 무덤에 물을 뿌려주세요, 제발!"

물장수는 뷘야민이 묻혀 있는 무덤 앞으로 가서도 여전히 주위만 둘러보고 있었다. 마음속에서 어떤 목소리가 그에게 이렇게 말했다.

"뭘 머뭇거리고 있어!"

남자는 가죽 수통을 기울여 무덤에 물을 약간 뿌렸다. 그러자 그 목소리가 또 말했다.

"자, 물을 다 부어, 다!"

물장수는 마음속에서 들려오는 소리에 따라 가죽 수통에 있는 물을 모두 무덤에 부었다.

　　　　　　　　·

뷘야민은 잠에서 깨어났다. 그리고 늘어지게 하품을 했다. 여전히 자신이 꾼 꿈의 영향 아래에 있었다. 어딘가에서 얼굴로 물이 떨어졌다. 눈을 떴지만 주위는 깜깜했다. 마음속에서 들려오는 확신에 찬 어떤 목소리가 이렇게 말했다.

"두려워하지 마, 절대 두려워하지 마. 내가 시키는 대로 해."

낯설지 않은 이 부드러운 목소리를 듣자 뷘야민은 마음이 편해졌다. 목소리가 말했다.

"먼저 묶인 손을 풀어, 절대 서두르지 말고."

뷘야민은 염습을 한 천 속에서 팔을 빼냈다. 목소리가 이번에는 이렇게 말했다.

"배 위에 있는 나무판자를 흔들어봐."

나무판자를 흔들자 그 위에 있던 흙이 안으로 들어오기 시작했다. 그 확신에 찬 목소리는 말했다.

"다른 나무판자들은 흔들지 마. 떨어진 흙을 발끝 쪽으로 밀어."

뷘야민이 묻혀 있던 구덩이는 흙으로 채워지기 시작했다. 하지만 빈 공간의 부피는 변하지 않았다. 목소리를 들으면서 몸 위에 있는 나무판자들을 하나하나 흔들자 안으로 떨어진 흙들이 빈 공간을 채우기 시작했다. 마지막 남은 나무판자를 흔들자 몸을 일으킬 수 있었고, 떨어지는 흙이 다리를 덮지 않도록 주의하면서 위로 올라가려 애를 썼다. 그러나 금세 무릎을 넘어 점차 허리까지 흙이 차올랐다. 팔을 위로 들어 올리려고 했다. 흙이 젖어 있었기 때문에 그리 어렵지 않게 성공할 수 있었다. 손을 밖으로 뻗치자 햇볕의 따스함이 느껴졌다. 마지막 힘을 모아 오른쪽 무릎을 위로 끌어올리고 손으로 땅바닥을 짚고는 머리를 땅 위로 내밀었다. 해를 보았다. 생매장될 뻔한 상황에서 벗어나는 순간이었다.

메이트 카프스에 있는 찻집에서 시간을 죽이고 있던 사람들은 머리카락이 하얗고 얼굴이 창백하게 질린 몇몇 사람들이 자신들을 향해 달려오는 것을 보았다. 손과 얼굴이 비뚤어지고, 턱을 덜덜 떨며, 머리카락이 쭈뼛 선 이들은 갈라타로 들어오자마자 차례차례 쓰러졌다. 그들 중 유일하게 혀가 얼어붙지 않은 사람이 깜짝 놀랐다는 표현으로 입천장을 엄지손가락으로 들어올리며, 겨우 "유령, 유령!"이라는 말을 내뱉었다. 찻집에 있던 사람들은 덜덜 떠는 사람들에게 물을 마시게 하고, 다리가 풀린 사람들을 의자에 앉혔다. 얼굴이 돌아간 사람들에게는 박하 향을 맡게 했다. 바로 그때 메이트 카프스 앞에 몸이 흙으로 뒤범벅이 된 어떤 벌거벗은 젊은이가 나타났다. 일은 터지고 말았다. 광장에 있던 모든 사람들이 눈 깜짝할 사이에 뿔뿔이 흩어졌다. 젊은이가 보이보다 거리를 걸어 에르가눈누 교회 앞에 도착하자 성가가 뚝 그쳤다. 성직자들은 커튼을 살짝 젖혀 유령을 보고는 십자가를 꺼내 들었다. 드디어 미헬 카프스에 도착한 벌거벗은 젊은이는 아세스 바시와 그 부하들과 마주쳤다. 예니체리 중 한 명과 유령이 살았는지 죽었는지 확인할 유대인 의원 한 명이 그의 목덜미를 잡았다. 손에 언월도를 든 예니체리들이 뷘야민의 주위를 에워싸고는, 아연실색해 얼굴이 창백해진 의원을 뷘야민 쪽으로 밀었다. 용기가 있었기 때문이 아니라 유령보다 병사들의 장검이 더 두려워 젊은이를 향해 걸어간 그 가련한 남자가 뷘야민의 팔목을 잡자 그의 머리카락이 새하얗게 변해버렸다.

의원은 심호흡을 하며 이렇게 말했다.

"유령이 아니오. 맥박이 뛰고 있소. 이 가련한 젊은이는 산 채로 매장된 것뿐이오."

그러자 병사들은 들고 있던 언월도를 밑으로 내렸다. 그러나 그 상황을 믿지 못하고 확신을 얻고자 한 사람들이 말했다.

"유대인이 사실대로 말했는지 한번 봐야지."

그러면서 차례로 젊은이에게 다가가 맥박을 짚거나, 몸 여기저기를 찌르고 만졌다. 젊은이는 이들 중 다른 의도를 가지고 있던 남색가의 뺨을 호되게 갈겼다. 이것이 그가 살아 있다는 가장 큰 증거로 인정되어, 그의 가슴에 박을 말뚝을 깎던 불가리아인 흉한들은 작업을 멈추었다.

젊은이는 자신을 구경하는 군중들과 함께 엘켄지 한 옆에 있는 그의 집으로 갔다. 집 안에서는 그를 추모하기 위해 코란을 낭송

하고 있었다. 우준 이흐산 에펜디는 눈앞에 서 있는 아들을 보고 기뻐 어쩔 줄을 몰랐다. 아들이 배가 고플 거라고 생각한 그는 준비한 헬와*를 내놓았다. 그러고는 초록색 수면제 시럽을 마당에 있는 호두나무 밑동에 쏟아버렸다. 그다음 해, 마을 사람들은 이 나무에 열린 호두를 먹은 아이들이 한밤중에 깨어 칭얼대지 않는다는 사실을 알게 되었다. 이후 그 유명세가 콘스탄티노플에 널리 퍼지자, 용감한 세대가 아닌 잠자는 게으른 젊은 세대가 양성되는 원인이 될 수 있다고 생각한 술탄의 칙령으로 이 나무는 잘리는 운명에 처해졌다.

며칠 후 와르다페트라는 아르메니아인이 뷘야민을 방문했다. 이 사람은 한때 갈라타에 있는 어떤 성당의 종치기였다. 그 당시 성당의 신부는 예루살렘으로 순례를 가려고 맹세했지만, 자신의 위임자를 어떻게 뽑아야 할지 도무지 결정을 내리지 못했다. 왜냐하면 이 독실한 신부는 사제들 가운데 그 누구도 믿지 않았고, 그들이 성당을 어떤 추한 목적을 위한 도구로 이용할까봐 걱정이 되었기 때문이다. 결국 상부의 승인하에 시험을 보기로 결정했다. 가장 많은 시련을 이겨낸 가장 독실한 사람을 뽑기 위해 모든 후보를 각기 다른 골방에 가두고, 사십 일 동안 기거하면서 최소한의 음식과 음료를 소비한 사람을 위임자로 임명하기로 했다. 아홉 명의 후보 가운데 한 명이 당시 다른 이름으로 불리던 와르다페트

---

* 죽은 사람을 기리기 위해 준비하는 터키 특유의 단 음식.

였다. 후보들이 골방으로 들어가자 돌로 벽을 둘러쌓았다. 그리고 오로지 빵과 물을 주고, 대소변을 담는 작은 용기가 들락거릴 수 있는 조그만 구멍만을 뚫어놓았다. 와르다페트는 첫 나흘 동안 빵 열 덩어리와 물통 서른 개, 그리고 와인 한 병을 소비했다. 시험 초기에 이토록 세속적인 것에 집착한 그는 금세 눈 밖에 났다. 하지만 그날 이후 그는 빵 한 조각도 물 한 모금도 요구하지 않았다. 그의 이러한 태도는 삼십구 일째 되는 날까지 지속되었다. 교회 관계자들은 그의 건강을 염려하기도 했다. 하지만 와르다페트는 자신에게 안부를 묻는 사람들에게 아주 건강한 목소리로 대답했다. 이 시험에서 그의 승리는 확실해 보였다. 성직자들은 성스러운 눈물을 머금고 이렇게 말했다.

"새로운 성자가 탄생했어."

하지만 실상은 보이는 것과는 전혀 달랐다. 와르다페트는 목에 건 철로 된 십자가로 골방 바닥에 있는 돌을 들어 올리고는 터널을 팠던 것이다. 그 터널을 통해 교회 밖으로 나가 톱하네에 있는 술집에서 먹고 마신 후, 다시 터널을 통해 자신의 골방으로 돌아와 바닥에 있는 돌을 제자리에 놓았다. 하지만 남들이 의심을 품을지도 모른다는 생각에 그는 마지막 날 빵 한 덩어리와 와인을 부탁했다. 그렇지만 그 전날 밤 미하라키 술집에서 기름기 많은 고기 음식을 한 냄비 가득 먹었던 와르다페트였다. 드디어 사십일째 되는 날 밤, 골방의 문을 에워싸고 있던 벽이 허물어지기 시작하자 배가 꼬르륵 소리를 내며 뒤틀리기 시작했다. 기름기 많은 고기 음식이 위를 자극했던 것이다. 벽을 허는 데는 꽤 많은 시간이 걸렸다. 신부가 안으로 들어왔을 때 와르다페트는 두 발로 서 있기조차 힘들 지경이었다. 엎친 데 덮친 격으로 그의 영예를 기리기 위한 의식까지 준비되어 있었다. 와르다페트는 더이상 참을 수가 없었다. 코러스가 성가를 부르고 교회의 직인이 자신에게 건네지려는 찰나, 그는 그만 일을 저지르고 말았다. 모두들 와르다페트의 치맛자락을 타고 흘러내리는 오물을 보았다.

"어차피 모든 것이 끝났어. 기왕 이렇게 된 거 일이나 편히 봐야지."

와르다페트는 이렇게 생각하며 편히 볼일을 봤다. 신부의 눈은 금방이라도 튀어나올 것만 같았다. 그는 즉시 저울을 가져오게 해서 와르다페트가 배설한 오물의 무게를 재라고 명령했다. 헝겊을 똑같이 둘로 자르고 그중 한 조각으로 오물을 잘 싸서 천칭 위에 올려놓았다. 또다른 헝겊 조각은 다른 천칭 위에 올려놓고 무게를 쟀다. 무게는 삼백사십오 디르함*이었다. 하루 전에 그에게 주었던 빵은 고작 삼십 디르함이었다. 와르다페트는 사십 일 동안 뒷일을 보지 않았다고 말했지만, 고기 음식에 들어갔던 토마토 씨와 야채를 본 신부는 골방을 조사하라는 명령을 내렸다. 사제들이 터널을 발견하는 데는 그리 많은 시간이 걸리지 않았다. 그리하여 와르다페트는 성당에서 쫓겨나고 말았다.

생계를 위해 다른 일자리를 찾던 이 전직 종치기는 자신이 터널 파는 일에 일가견이 있다고 생각하고는 일당 구 악체를 받는 조건

---

* 당시의 무게 단위. 3.207그램에 해당한다.

으로 땅굴 부대에 지원했다. 수많은 성 포위 작전에 참가하여 성 바로 앞까지 땅굴을 파고, 불을 붙일 도화선의 길이를 계산하고, 어디에 버팀대를 세워야 땅굴이 붕괴되지 않는지를 배웠다. 한번은 어떤 성 포위 작전에서, 참호에서 성 바로 앞까지 지하 여섯 자가량 깊이로 팠던 땅굴이 무너졌지만 와르다페트는 구사일생으로 구조되었다. 그는 많은 흙을 삼켰고, 그 과정에서 자갈 한 개가 기도로 들어가버렸다. 그날 이후로 종치기가 가슴에 넣고 다녔던 이 돌은 숨을 쉴 때마다 움직이며 소리를 냈다. 명의란 명의에게는 다 보였지만 어떤 치료책도 없었다. 가슴 안에서 달그락거리는 돌은 그의 신경을 건드렸고, 잠잘 때도 불편하기 짝이 없었다. 하지만 진급을 하고 땅굴 부대에서 대장 다음으로 높은 직위에 오르게 되자, 그 소리를 몸의 일부로 받아들이게 되었다.

서쪽으로 원정을 간다는 말이 입에서 입으로 전해지기 시작했을 때, 땅굴 부대장은 그에게 원정 채비를 할 것과 부대에 결원이 있으면 무슨 수를 써서라도 충원하라는 명령을 하달했다. 와르다페트 수하에서 일하는 사람들은 대부분 겁쟁이에다 머저리이며, 성의도 의욕도 없었다. 지하에서 일한다는 것, 언제 붕괴될지 모르는 땅을 판다는 것, 도화선에 불이 붙으면 잽싸게 도망쳐야 한다는 것은 이 직업에 따르는 위험 요소들 중 일부였다. 이중 한 이유로 사망자가 생길 경우, 전투 중에 사망한 것이 아니기 때문에 전사자 명부에 오르지도 못했다. 가끔 땅굴 파는 일에 의욕을 보이는 사람도 있었지만, 이들의 의지는 지하에서 일할 정도로 강하진 않았고, 생매장될 위기의 순간에는 와르다페트 자신만 남겨두고 도망칠 게 뻔했다.

　도무지 적임자를 찾을 수 없었던 와르다페트는, 산 채로 무덤에
매장되었다가 몸성히 살아서 빠져나온 젊은이에 대해 듣자마자
곧장 그 젊은이의 집으로 갔다. 주인이 내놓은 커피를 마시며 숨
을 쉴 때마다 그의 가슴에서 돌이 달그락거리는 소리가 들렸다.
그는 뷘야민에게 물었다.
　"어떤가, 젊은이, 바로 자네에게 아주 적합한 일이네. 게다가 돈
도 많이 주고, 전쟁터에 나갈 필요도 없고 말이야. 그들이 위에서
피 터지게 전투를 하고 있을 때, 우리는 지하에서 침착하게 곡괭
이질만 하면 된다네. 성벽 밑에 접근했을 때 화약을 장치하고, 도
화선에 불만 붙이면 되는 거지. 그런 후 되돌아와서 피로회복제로
커피를 마시면서 폭파가 이루어지는 것을 멀리서 구경만 하면 된
다네. 몸성히 이곳으로 돌아와서는 우리가 겪은 일들을 친구들에
게 입이 마르도록 설명도 해주고 말이야."
　와르다페트는 뷘야민을 꿰뚫고 있다는 듯 그의 모험심 가득한
영혼을 자극하기 시작했다. 하지만 젊은이는 아버지에 대한 존경
심으로 자신의 생각을 밝히길 자제하고 있었다. 이에 우준 이흐산
에펜디가 말했다.
　"아들아, 네가 가고 싶어한다는 걸 난 안다. 내가 멀쩡한 사람이
라면 이미 그 모험에 발을 내딛은 너를 저지할 수도 있겠지. 너를
향한 나의 사랑이 하나밖에 없는 아들이 이 모험에 뛰어드는 것을
가로막고 싶어지게 한단다. 하지만 무엇인가를 아는 것과 그 목격

자가 되는 것은 큰 행복이란다. 모험은 위대한 예배지. 왜냐하면 '그'의 작품을 이해하는 또다른 방법을 나는 아직 발견하지 못했기 때문이다. 나는 나의 꿈을 통해 세계를 발견하려고 했었다. 이 말은 내게 충분한 용기가 없었다는 반증이기도 하다. 네가 나의 전철을 밟지 않았으면 한다. 네게 허락하노니, 가거라, 가거라 아들아. 가서 내가 보지 못한 것들을 보아라, 내가 만지지 못한 것들을 만져라, 내가 사랑하지 못했던 것들을 사랑해보려무나. 내가 겪지 못한 고통도 겪어라. 세상과 세상의 온갖 모습을 두려워하지 말아라."

우준 이흐산 에펜디는 말을 마치고는 셔츠 속에서 가죽 장정의 책을 꺼냈다. 그것은 어젯밤에야 완성할 수 있었던 『세계 아틀라스』였다. 그는 그 책을 아들에게 건네주면서 말했다.

"내 책을 네게 맡기마. 항상 지니고 다녀라. 그리고 모험에 뛰어들었다가 길을 잃었을 때 이 꿈의 아틀라스를 뒤적여보아라. 그러나 절대 이것에 전적으로 몰입하진 말고, 우리가 세상이라고 말하는 책을 읽어라."

뷘야민은 책을 받아서 품에 넣고는 자리에서 일어나 아버지의 손등에 존경을 다해 입을 맞췄다. 이 위험천만한 일에 참가하도록 젊은이를 설득하기 위해 온갖 미사여구를 늘어놓았던 와르다페트는 아버지와 아들이 서로 껴안고 눈물을 흘리는 모습을 보고 무척이나 가슴이 아팠다.

"아버지가 하신 말씀이 옳네, 젊은이. 우리가 몸성히 돌아왔을 때 자네의 모험 이야기를 친구들에게 해주면, 모두들 자네를 자랑스러워할 거야. 아버지와 작별하고 짐 보따리를 챙겨서 날이 어두워지기 전에 나를 찾아오게. 난 카라쾨이에 있는 플라타너스 나무 밑 찻집에서 자네를 기다리겠네. 나룻배를 타고 땅굴 부대장에게 가서 그의 손등에 입을 맞춰야 하니까. 자네가 등록만 하면 돈을 착착 지불할 걸세. 그래도 만약을 대비해 비상금을 가져오게나. 원정이 아주 길어질 거라고들 하니까 말이야."

뷘야민이 떠난 뒤, 사원에서 저녁기도 시간을 알리는 소리가 울려 퍼질 때 우준 이흐산 에펜디는 깊은 외로움을 느꼈다. 그는 잠든 척하고 있었지만 사실은 호기심에 가득 차 이불 밑에서 자신을 주시하고 있는 알리바즈를 혼자 남겨놓고 밖으로 나갔다. 날이 많이 어두워져 있었다. 그는 등불을 켜고 가파른 비탈길을 올라 할리치 만의 맞은편 해안을 바라보았다. 살을 에는 듯한 추위 속에서 밤이 깊도록 경치를 바라보았다. 콘스탄티노플은 잠자는 거인의 그림자처럼 달빛 아래 누워 있었다. 도시가 잠들어 있는 그 순간조차, 꿈을 꾸고 악몽이 현실이 되고, 왕자들을 목 졸라 죽인 후 뇌물을 세고, 비밀 협정들이 체결되고, 음료에 다양한 독이 첨가되는 그 순간조차, 궁전에 신성한 위탁물들이 있는 그 방에서는 슬픈 목소리의 하프즈*가, 자기 이전에 백육십 년 동안 계속 읽혔던 코란을 무아지경에 빠져 눈을 감고는 거듭 읽고 있었다.

---

* 코란 전체를 외우고 읽을 수 있는 사람.

III

뷘야민이 땅굴 부대에 등록하기 위해 집을 떠난 후 우준 이흐산 에펜디는 원숭이, 알리바즈와 남게 되었다. 그들과 함께 지내는 일은 쉽지 않았다. 알리바즈가 뮈쉬테리와 하나가 되어 집 안을 온통 난장판으로 만들었기 때문이다. 결국 우준 이흐산 에펜디는 알리바즈를 마을 학교에 보내 선생의 골칫거리로 만들기로 했다. 이렇게 되면 자신도 약간이나마 머리를 식힐 수 있을 것이고, 아이도 하루 종일 학교에서 뛰어다니느라 지쳐서 집에 돌아올 것이며, 또한 조금이나마 지식을 습득할 것이다.

당시 빈번했던 화재를 예방하기 위해 돌로 건축한 학교를 사람들은 석조학교라 부르곤 했다. 이 건물은 가장 지옥 같은 화재 때도 건재했으며, 다른 집들처럼 타서 재가 되지 않았기에 아이들에게 불가피한 휴교라는 행운은 있을 수 없었다. 만약 한 마을에 석조학교가 두 곳이 있을 경우에는 당연히 학교 간에 싸움이 벌어지곤 했다. 두 학교에 있는 선생들, 조교들 그리고 학생들을 둘러싼 이 적의는 최소한 백 년 동안 계속되었기 때문에 그 싸움이 어떤 이유로 시작되었는지도 알 수 없었다. 세대에서 세대로 전달된 이 적의는 갈수록 날이 섰고, 선생들과 조교들은 새로 입학한 아이들에게 상대 학교에 있는 선생과 조교 들이 코흘리개이며 문둥이에다가, 기도를 통해 백 배나 작아져 밤마다 순진한 아이들의 심장을 먹고, 그 희생자들도 결국 그들처럼 정령 무리에 끼게 된다고 마치 비밀이라도 되는 양 말해주곤 했다. 때로 선생은 종이에 욕설이 가득 적힌 풍자 글을 써서는 상대편 학교 선생에게 전달할 학생을 뽑아 심부름을 보냈다. 그 종이를 펼쳐본 상대 학교 선생은 분노에 치를 떨며 심부름 온 학생의 발바닥을 몽둥이로 호되게 쳤다. 그러나 발바닥이 퉁퉁 부어 자신의 학교로 돌아온 학생은 영웅으로 대접받았다. 때로는 욕설 대신 전쟁 포고문을 쓰기도 했다. 양쪽 아이들은 화재로 공터가 된 곳이나 밭에서 만나 소리가 가장 우렁찬 학생이 내지르는 고함 소리로 전쟁을 시작하곤 했다. 조교들은 서로 몸싸움은 하지 않았다. 단지 길에서 만나면 입씨름하는 것으로 끝냈고, 선생들은 이러한 것을 할 체면은 아니었다. 하지만 어떤 흉한에게 한두 푼 쥐여주어 경쟁자를 괴롭히게 하는 일이 없다고는 할 수 없었다.

학교 수업을 마친 석조학교 선생들이 약간의 부수입을 올리는 곳들 중 한 곳이 찻집이었다. 이 장소에서 글을 잘 읽고 목소리가 좋은 사람이 찻집 주인의 책장에서 빌린 책을 큰 소리로 읽으면, 긴 방석에 책상다리를 하고, 혹은 등받이 없는 의자에 앉아 있거나 짚 위에 가로누워 있는 사람들은 곰방대로 담배를 피우고 커피를 홀짝거리며 바탈 가지나 성인 알리, 혹은 젊은 오스만 영웅들의 모험담을 즐겁게 듣곤 했다. 쾰베제드오울루 지얄이 성벽을 타고 오르다 가슴에 스무 대의 화살을 맞는 장면에서 책을 읽는 사람이 더듬거리거나 글을 잘 읽어 내려가지 못하면, 흥분이 극에 달한 찻집 손님들은 화가 나서 기분을 완전히 망치곤 했다. 이러한 이유로 찻집에서는 이미 책을 읽고 소화한 석조학교 선생들을 선호했다. 선생들은 수업이 끝나면 계약한 찻집으로 왔다. 영웅이야기의 결말을 호기심에 가득 차 기다리는 찻집 단골들은 존경을 표하며 선생들을 맞이했다. 머리가 잘린 딜쿠시가 마법사에 의해 소생할지 못할지를 궁금해하는 손님들은 선생이 공짜 커피를 빨리 마시기를 안달하며 기다렸고, 그사이 이야기의 결말에 대해 다양한 추측을 늘어놓곤 했다. 선생이 읽다가 만 책장을 다시 펼치면 주위는 쥐 죽은 듯이 고요해졌다. 특히 선생은 페이술랍 넥카레페르젠이 빗발치는 총탄 속에서 검을 빼들고 타브리즈 성을 공격하는 부분에 이르면 잠시 읽기를 멈추고 커피 한 모금을 마셨다. 흥분에 들떠 있는 사람들에게 이런 식으로 자신의 가치를 알려주는 것이었다.

뷘야민이 그 불길한 돈을 발견하기 꽤 오래전에, 바로 이 찻집들 중 한 곳에 천애고아인 심부름하는 아이가 한 명 있었다. 커피를 나르고 담배 파이프에 불을 붙이는 일을 하던 그 아이는 영웅이야기들을 하도 많이 들어 자신도 글을 읽을 수 있었으면 하고바랐다. 그 아이가 모험소설에 나오는 지식에 대해 열성적인 것을 본 선생은 짧은 시간 안에 그에게 읽는 법을 가르쳐주었다. 선생은 아이가 청년이 되었을 때 그를 석조학교 조교로 채용했다. 이제 청년의 임무는 말썽꾸러기 학생들의 발바닥을 몽둥이로 때리고, 알파벳을 떼고 읽기 등급으로 진급한 아이들의 목에 코란 가방을 걸어주는 것이었다. 하지만 그 청년의 영혼을 불태우는 진짜 불길은 모험 이야기였다. 서점에서 빌린 책에서, 용머리 모양의 콜롬보르네 대포의 포신 속에 들어가 적의 행렬 뒤쪽으로 발사된 할림 엘 바루디 이야기를, 갑옷 두 개를 겹쳐 입은 이교도 롬브로

소를 칼로 죽이는 문히얄오울루 제르칸 이야기를, 스무 뼘 정도 두께의 단단한 나무 성문을 어깨로 한 번 쳐서 연 메이타십 쉐흐렌베르제지 이야기를, 산을 쩌렁쩌렁 울리는 고함 소리로 티무르의 코끼리들을 놀라게 한 홈크메 키타이 이야기를 집어삼킬 듯이 읽고는 상상 속에 푹 빠지곤 했다. 그러다가 나중에는 선생의 격려에 힘입어 모험 이야기책을 썼다. 그러고는 중개인 그리고 뇌물을 수수하는 사람을 통해 그 작품을 술탄에게 바쳤다. 술탄은 금화 열 냥을 주며 칭찬하면서 그를 "내 아들"이라고 불렀고, 그에게 갈라타에 있는 석조학교 선생 자리도 하사했다. 하지만 이 몽상가는 군주가 그를 부를 때 했던 '내 아들'이라는 말에 집착했다. 새 직장에서 일을 하기 시작했을 때도 자신이 술탄의 아들인지 아닌지를 여전히 생각하고 있었다.

우준 이흐산 에펜디가 "제 자식을 선생님께 맡깁니다. 원하시는 대로 다루십시오"라며 알리바즈를 맡겼던 선생이, 몽롱한 눈빛 속에 마치 무엇인가를 감추고 있는 듯했던 선생이 바로 이 사람이었다. 환상의 바다에 얼마나 파묻혀 있었던지 이제 그는 자신이 왕자라고 생각하기 시작했다. 진짜 아버지인 술탄이 난무하는 계략으로부터 자신을 보호하기 위해 궁전에서 격리시킨 거라고 믿었다. 그리고 언젠가는 자신을 찾아와 품에 안을 거라고 생각했다. 알리바즈가 선생의 손등에 입을 맞출 때조차도 이 사람은 조금 전에 이웃 학교에서 보낸 편지를 생각하고 있었다. 그 편지에는 아랍 운율로 풍자 글이 적혀 있었던 것이다. 그 편지를 가져온 학생은 발바닥을 흠씬 맞고 돌아갔다.

78

알리바즈가 알파벳을 계속 외우고 있을 때, 선생은 궁전 밖에서 살고 있는 이 유배 생활에서 벗어나는 방법을 찾고 있었다. 아이가 붓을 가위로 자르는 바람에 조교들에게 발바닥을 맞고 있을 때 선생은 이웃 학교 선생이 사실은 자신이 왕자라는 것을 알고 있으며, 그가 군주이신 아버지의 적들이 고용한 사람이라고 생각했다. 숙적 학교에 다니는 아이들에게 둘러싸여 몰매를 맞은 알리바즈가 복수를 하기 위해 친구들을 모아 상대 학교 아이 서너 명을 때린 지 일주일이 지났을 때, 조교들 중 한 명이 그의 목에 코란 가방을 걸어주었다. 그가 암메 주즈*를 읽을 때 일어난 이 사건은 그가 알파벳을 떼고 본격적인 읽기 수업에 들어갔다는 표시였다. 이렇게 해서 선생은 그 아이가 읽을 줄 안다고 생각하여 그 아이의 책상에 모험 이야기책을 올려놓았다. 그 책은 투란의 영웅인 에프라시압의 모험들을 엮은 선집이었다.

책은 에프라시압이 어떻게 세계의 정복자가 되었는지 설명하고 있었다. 에프라시압은 자신의 군대가 사막에서 마실 물이 바닥나자, 병사에게 주먹 크기의 돌을 들고 줄을 서라고 했다. 그러고는 차례로 돌을 양손으로 꽉 쥐어짜서 모든 병사들의 수통을 물로 채워주었다. 세계를 정복하기 위해 수도를 떠나 정확히 삼십 년 동안 전쟁을 한 후 어떤 도시 앞에 와서 즉시 포위를 하라고 명령을 내렸다. 도시를 함락하기 위해 수년 동안 전쟁을 치르고 있는데 갑자기 전령이 나타났다. 전령은 자신의 도시가 어떤 무서운 사령

---

* 학교에서 아랍어 읽기 책으로 사용하는 코란의 일부분.

관에 의해 곧 정복될 위기에 처해 있으니 당장 원군을 보내달라고 말했다. 에프라시압은 수년이 걸린 원정에서 자신의 도시로 돌아와 그곳이 한때 자신이 포위했던 도시라는 것을 알고는 세상이 둥글다는 결론을 내렸다. 칠흑 같은 어둠 속에서도 대낮처럼 모든 것을 볼 수 있는 그였다. 동이 트기 시작할 때부터 해질녘까지 눈물 한 방울 흘리지 않고 계속해서 태양을 똑바로 쳐다볼 수 있는 그였다. 무거운 검을 입으로 불어 움직이게 할 수도 있는 그였다.

읽기 등급에 도달한 아이들이 한 페이지씩 큰 소리로 읽었던 책은 사흘 후에 끝났고 에프라시압의 영웅적 행적은 아이들의 꿈의 일부가 되었다. 아이들은 수업이 끝나고 학교에서 나오자마자 갈라타 성 밖에 있는 빈 공터에 모였다. 나뭇가지들을 꺾어 불로 말려 활을 만들고, 닭에서 뽑은 털을 화살에 묶어 각자 영웅이 될 준비를 했다. 그들의 코란 가방은 돌로 가득 차 있었고, 반듯한 나뭇가지를 깎아 만든 창들을 말의 꼬리털로 장식했다. 모든 아이들은 유럽 총기 제작자들이 가게를 청소할 때 버린 양철 조각들로 만든 언월도를 가지고 있었다. 아이들은 이러한 무기들을 가지게 되자 다른 것들도 보관할 장소가 필요하다고 생각하여 마을 경계를 순찰하기 시작했다. 그들의 아지트는 내 아잡 카프스에 있는 화재로 폐허가 된 공터였다. 이 터에 여기저기서 모아 온 헝겊들을 정성껏 이어서 꿰매 만든 천막을 세웠다. 천막 옆에 꽂은 흰 깃발에는 붉은색 손자국이 찍혀 있었다. 알리바즈가 손에 잉크를 묻혀 찍은 자국이었다. 불면증 때문에 밤에 잠을 자지 못하는 이 아이의 백일몽에는 에프라시압의 흔적이 있었다. 이 전설적인 영웅을 생각

하지 않을 때에는 친구들과 레슬링을 하든지 전술을 고안했다. 그
가 이십 악체에 파는 못을 창끝에 묶는 법을 친구들에게 가르치자
그는 친구들 사이에서 두드러지는 존재가 되었다. 게다가 화약 제
조소로 가는 길에 있는 나무로 된 둥근 드럼통에서 쏟아진 가루를
열심히 모아 한 줌 정도 학교로 가지고 오자 아이들은 그를 숭배
하게 되었다. 그들은 수업이 끝나고 아지트로 가 보물 상자를 열
었다. 많은 잡동사니 사이에서 구리로 된 나침반 통, 유리구슬 한
줌, 감기약 병에 담은 라크*, 그리고 아카시아로 만든 풀을 꺼냈
다. 화약을 유리구슬들과 함께 구리 통에 넣고는 뚜껑에 구멍을
뚫었다. 라크와 풀을 뒤섞어 얻은 물질을 화약 위에 한 줌 쏟았다.
면실을 이 혼합물에 묻힌 후 햇빛에 말렸다. 이렇게 해서 도화선
과 포탄을 동시에 만든 셈이 되었다. 도화선을 구리 통 구멍에 쑤
셔 넣고는 자신들의 작품을 감탄하며 바라보았다. 그들은 무기를
들고 전쟁터에 나선 것처럼 고함을 지르며 보이보다 거리를 지나
쿨레 카프스로 뛰어갔다. 성 밑에 있는 구덩이를 지나 한적한 밭
에 다다른 아이들은 오랜 세월 동안 비로 인해 닳아 없어진 벽의
잔해를 발견했다. 벽돌로 된 벽 밑을 파고 포탄을 넣은 후 도화선
에 불을 붙이고는 즉시 나무 뒤로 뛰어가 숨었다. 거대한 폭발음
이 들렸다. 연기가 흩어진 후 벽이 산산조각 나 완전히 사라진 것
을 보게 되었다. 얼마나 무섭고 얼마나 놀랐던지 그들은 뒤도 돌
아보지 않고 도망치기 시작했다. 거대한 폭발에 놀란 나머지 그들

---

* 알콜 도수 40도인 터키의 국민주. 물을 섞으면 우윳빛으로 변한다.

사이의 결속력은 사라졌고, 자신들이 저지른 큰 잘못을 보고는 뿔뿔이 흩어졌던 것이다. 각자의 집으로 돌아갔을 때, 부모들은 아이들이 마치 우유를 엎지른 고양이처럼 기가 죽어 있는 것을 보고는 이웃들에게 혹 해를 입혔다면 배상을 하겠다고 말하면서 아무리 아이들을 얼러도 추측했던 대답을 얻지 못하자 안도의 한숨을 쉬었다.

다음 날 하굣길에 가장 용감한 아이 몇몇이 사건 현장에 가서 반 길* 깊이의 구덩이를 보고는 바로 자신들의 힘을 파악하게 되었다. 이제 자신들이 세상을 정복할 준비가 되었다는 것을 느꼈다. 다음 날 아이들은 용돈을 한데 모아 철물상에서 대못 마흔 다섯 개와 작은 못 이백 개를 샀다. 나무를 창, 활, 화살용으로 분류하여 자른 후 주머니칼로 다듬었다. 그리고 화살과 창끝에 못을 박고, 이웃집 닭에게서 뽑은 깃털을 화살에 달았다. 화약 제조소 문 앞에 있는 나무 드럼통에서 쏟아진 회색 가루를 정성스레 긁어모아 작은 나무통에 모아놓았다. 활 쏘는 연습, 레슬링, 그리고 열병식도 거행했다. 금요일은 휴일이었다. 목요일부터 이웃 학교 아이들에게 선전포고를 했다. 그날 밤 아이들은 뜬눈으로 밤을 새웠다. 동이 트자마자 헝겊으로 만든 화살통에 화살을 넣고, 등에는 활, 손에는 창, 코란 가방에는 돌을 담은 습격대는 적의 마을을 향해 길을 나섰다. 적지에 들어갔을 때 그들이 한 공터에 자리 잡고 있는 것을 보았다. 적들이 고함을 지르며 공격하면서 던진 수많은

---

* 183센티미터, 6피트.

돌이 몸과 머리를 강타했다. 그들도 돌을 던지며 대항했다. 그러자 적들은 나무 상자로 만든 참호로 몸을 피했다. 그러고는 계속 그곳에서 얼굴을 내밀고 그들의 신경을 건드리며 약을 올렸다. 많은 준비를 했지만 군대의 사기는 꺾이고 말았다. 게다가 적들이 손에 창을 들고 참호에서 뛰쳐나와 돌을 던지며 공격하기 시작하자 허둥지둥하기 시작했다. 도망쳐야겠다는 생각이 들었을 때 적이 골목 양쪽을 가로막고 있는 것이 눈에 띄었다. 어떤 아이들은 무기를 버리고 울기 시작했다. 바로 그때 예기치 않았던 일이 벌어졌다.

알리바즈의 손에서 마치 구원의 빛이 반짝이고 있는 것 같았다. 이 아이는 그때까지 풍성한 겉옷에 감춰두고 있던 진짜 언월도를 꺼내 두 손으로 움켜잡고는 자신 앞으로 다가오는 아이의 머리를 칠 듯이 공중으로 들어 올렸다. 그것은 코란의 성스런 구절이 새겨진 아랍 이흐산의 거대한 언월도였다. 알리바즈가 마치 이 거친 사나이의 영혼과 합치된 듯 전쟁터에서 "알라, 알라!*"라고 고함을 지르며 혼자 참호를 공격하자, 이 번쩍거리는 언월도를 본 적들은 돌도 던지지 못하고 활도 쏘지 못한 채 요새를 버리고 도망치기 시작했다. 알리바즈는 혼자서 적의 천막 앞으로 갔다. 그리고 면도칼처럼 날카로운 언월도를 몇 번 내리쳐 천막을 찢었다. 그런 다음 보물 상자 앞에 섰다. 그날 이후 그는 친구들 사이에서 전설이 되었다. 친구들은 그를 혼자서 군대를 물리친 알리바즈,

---

* "신이시여! 신이시여!"라는 의미.

다른 이름으로 에프라시압이라고 불렀다. 그는 미래의 모든 전쟁의 승자였다. 그는 모든 성, 작은 토성, 모든 요새의 정복자, 모든 용사들의 우두머리, 모든 악의 적이자 모든 약자의 수호자였다. 그는 에프라시압이었다. 미래 세계의 정복자이자, 용사들의 어깨 위에 올라앉아 행진할 영웅이며, 용기 외의 그 어떤 방패, 용감무쌍함 외의 그 어떤 무기도 필요하지 않은 용사였다. 그렇다, 추호도 의심의 여지가 없었다. 그는 에프라시압이었다.

그날 저녁 아이들은 승리의 흥분으로 깃발 위에 손자국을 찍고는 세계 정복을 위해 목숨을 바치기로 맹세했다. 알리바즈는 이런 행동을 할 필요가 없었다. 이미 예전에 손에 잉크를 묻혀 천에 손자국을 찍었기 때문이다. 다른 아이들이 도중에 세계 정복을 포기해도, 이 깃발이 존재하는 한 그는 그 목표를 위해 봉사할 것이었다. 그가 얼마나 확고하고 얼마나 용감했던지 주위 마을에서 온 아이들도 그의 군대에 등록하기 시작했다. 그는 지원병의 이름과 신상을 차례차례 공책에 적어 보관했다. 사령부가 있는 공터에는 더 큰 천막을 쳤고, 그 안에 권좌도 마련했다. 벌써 세 상자에 보물이 가득 들어찼다. 매주 금요일 사령부에서 정기적으로 열리는 회의에서 처음에는 포도주를 마시려고 시도했지만, 대부분이 포도주를 마신 후 배탈이 나서 토했기 때문에 결국 포도주스로 하기로 했다. 이 회의에서 내린 결정들은 꽤 흥미로웠다.

먼저 자신의 구역에서 하는 아슥*, 횔류오울루**, 공깃돌, 도무

---

* 양이나 염소의 척골 조각으로 만든 공기. 땅에 동그라미를 그리고 그 안에 아슥을

즈*** 같은 다양한 공깃돌 놀이에서 잃은 구슬, 딕케****, 자갈에서 십분의 일을 세금으로 받기로 결정을 내렸다. 누가누가 지나갔나, 술래잡기, 깨금발, 공기놀이, 손수건 돌리기, 오랏말 놀이, 손겹치기 같은 놀이를 할 때는 자릿세를 받을 것이었다. 또다른 결정은 아주 제대로 된 것이었다. 놀이에서 부정과 단독 행동을 막기 위해서 콤멜리*****, 투투말르****** 등 온갖 종류의 자치기 놀이와 말타기 놀이 등의 규칙을 하나하나 정해서 글로 적은 뒤, 이 법칙을 어기는 사람은 벌을 받는다는 것이었다. 각 놀이의 규칙들을 종이에 정성스레 써서, 그 위에 '할리치 만과 보스포루스의 군주, 아잡, 메이트, 큐룩추, 야으카파느, 카라쾨이, 키레치, 톱하네, 쿨레 카프 들의 수호자이며, 갈라타의 모든 보물의 주인인 에프라시압의 아들 알리바즈 에프라시압 칸'이라는 문장을 새겼다.

늘어놓는다. 놀이를 하는 사람은 손에 있는 아슥을 동그라미에 던져 동그라미 속에 있는 아슥들 중 하나를 동그라미 밖으로 끌어낸다. 그러면 그 아슥은 경기자의 것이 된다.
** 동그라미 속에 아슥들을 놓고 그중 하나의 아슥을 세워놓는다. 이 세워져 있는 아슥을 '휠류오울루'라고 한다. 경기자가 그 세워진 아슥을 얻게 되면 나머지 모든 아슥도 갖게 된다.
*** 고무공을 던져 올려 그것을 받는 사이에 돌을 가지고 노는 아이들의 놀이.
**** 동그라미 안에 넣은 아슥으로 경기자가 따야 하는 아슥.
***** 일종의 자치기 놀이로, 술래는 막대기를 친 후 그 막대기를 따라 뛰고, 그 사이 아이들은 구덩이를 판다. 이후 술래가 막대기를 가져와 그 구덩이에 넣는 것으로 놀이는 끝난다. 모두들 차례로 술래가 되며 가장 깊게 구덩이를 판 아이가 이긴다.
****** 일종의 자치기 놀이로 술래가 공중으로 쳐서 올린 막대기를 아이들이 손으로 잡는다.

IV

어느 날 저녁 무렵 알리바즈는 아지트에서 집으로 돌아오다가 골목 입구에서 몇몇 예니체리들이 우준 이흐산 에펜디를 밀치며 집에서 끌고 나오는 것을 보았다. 그 사람들을 지휘하는 사람은 깃털 장식이 달린 모자를 쓴 장교였다. 아이는 구석에 몸을 숨기고 무슨 일이 일어나는지 지켜보았다. 예니체리들은 집 안에 있는 모든 물건을 길거리로 내던지고 있었다. 무엇인가를 찾고 있는 게 분명했다. 집 안의 모든 물건이 길거리에 쌓이고, 집이 텅 비자 안에서 마룻바닥 깨지는 소리가 들려왔다. 예니체리들 중 한 명이 등에 지고 온 도끼들을 남자들에게 나눠주는 동안 손과 팔이 꽁꽁 묶인 우준 이흐산 에펜디는 속수무책으로 바라다보고만 있었다. 남자들이 도끼로 위층을 부숴 무너뜨렸다. 그곳에서 아무것도 찾지 못하자 아래층으로 내려와서는 결국 집 전체를 완전히 박살내버렸다. 장교는 연달아 우준 이흐산 에펜디의 따귀를 때렸지만 별 효과가 없자, 고통에 무감각한 그에게 화를 내며 분을 참지 못했다. 알리바즈는 자신이 아버지로 여기는 사람에게 가해진 고통을 목격하고는 끓어넘치는 분노를 주체할 수 없었다. 예니체리들이 아버지의 목에 줄을 매고 카라쾨이까지 끌고 가 나룻배에 태울 때까지 알리바즈는 그들을 따라갔다. 날이 어두워졌기 때문에 배가 어느 쪽으로 가는지는 볼 수 없었다. 그는 부두에서 아지트를 향해 뛰어갔다. 어둠 속 정령, 괴물, 악귀 들에도 불구하고 천막에서 온밤을 지새웠다. 한 손에는 풍성한 겉옷 속에 숨긴 언월도를 쥐고 있었다. 아침이 되자 마흔다섯 명의 믿을 만한 용사에게 소식을 전했다. 원정 시간이 도래한 것이다. 이 가혹한 세계에서 이제는 혹독한 전투를 치러야만 했다. 이 마흔다섯 명의 전사는 무기 저장고에서 가장 견고한 활, 가장 반듯한 화살, 가장 튼튼한 창을 집어 들었다. 코란 가방에는 포탄, 부싯돌, 부싯깃이 있었다. 알리바즈는 깃발을 가져온 후 천막에 불을 붙였다. 그들은 싸울 때 내는 고함을 지르며 메이트 카프스를 나갔다. 할리치 만을 따라 전진하면서 카으트하네 시내를 지났다. 드디어 에윕에 도착했다. 그곳은 장난감 상점들로 유명한 곳이었다. 포탄 중 한 개가 이 상점 가운데 한 곳에 떨어지자마자 커다란 폭발음이 터져 그곳에 있는 사람들의 정신을 쏙 빼놓았다. 어디에서 날아오는지 알 수 없는 화살들이 공중에서 휘파람 소리를 내며 호기심 많은 이웃들의 문에 박혔다. 주위에 있던 사람들은 아이들 무리가 폭발이 있던 가게로 들어가 딸랑이, 오뚜이, 공깃돌, 그리고 다른 물건들을 약탈하는 것을 경악하며 바라보았다. 포탄 하나가 더 터지자, 사람들은 그것이 산적의 습격이라고 생각하여 문과 창문을 걸어 잠갔다. 같은 날 생크림 가게와 사탕 가게가 있는 곳에서 네 번의 폭발음이 들렸다. 아세스바시는 부하들을 데리고 에윕으로 왔다. 하지만 그곳에는 도둑도, 산적도 없었다. 그 대신 공격을 당해 털린 모든 상점에 붉은색 잉크를 묻힌 아이 손자국만이 남아 있을 뿐이었다.

지하

I

뷘야민은 아버지의 손등에 입을 맞추고 집에서 나와 와르다페
트를 찾아갔다. 그들은 함께 에민외뉘를 지나 무슬림으로 개종한
아르메니아인 땅굴 부대장의 저택으로 갔다. 뷘야민은 등록을 한
후 와르다페트와 다른 네 명의 땅굴 파는 사람과 함께 다우트파샤
에 있는 사령부 천막 가운데 한 곳에 자리를 잡았다. 밤이 되자 뷘
야민은 꿈속에서 다시 그 신비스런 예니체리들을 보았다. 그들은
다음 날 궁전 앞에서 열병식을 한 후 제국 군대와 함께 에디르네
로 출발하여 올 겨울을 그 도시에서 보낼 계획이었다. 하지만 열
흘 후 에디르네에 도착했을 때, 그 엄동설한에 소피아로 출정하라
는 명령이 다시 떨어졌다. 소피아에서 일주일도 지나지 않았을 때
장군들 중 한 명이 와르다페트를 불러, 다음 날 아침까지 모든 부

하와 장비를 준비시키라고 명령했다. 장군은 제국 군대에서 따로 떨어져나와 예니체리 네 중대와 기병 부대를 데리고 미지의 곳으로 가려는 것이었다. 땅굴 부대가 필요한 것으로 봐서 어떤 성을 점령할 계획인 것이 분명했다. 아침이 되자 이 미지의 목적을 위해 선발된 병사들은 불안을 감추지 못했다. 왜냐하면 한겨울에는 거의 전투를 벌이는 경우가 없었기 때문이다. 장군은 병사들에게 모피, 동물 가죽, 펠트 망토, 펠트 부츠를 나누어주며 그들의 환심을 사려고 애썼다. 그러나 그들이 추위를 피하기 위해 이 의상들을 입자 몸놀림이 둔해졌다. 결국 월급을 두 배로 올려주겠다고 약속하자 의욕은 없었지만 어쩔 수 없이 중대로 돌아가 길을 나설 준비를 했다. 와르다페트는 계속 자신들의 작업이 어려울 거라고 말했다. 땅이 얼었기 때문에 지하에서 땅굴을 파기는 힘들 거라면서, 이 이상한 임무를 위해 자신들을 뽑은 사람을 맹렬히 비난했다.

소피아를 벗어났을 때, 그들의 추측과는 반대로 서쪽이 아닌 북쪽으로 향했다. 펠트 부츠를 신고 진흙에 빠지면서 어렵사리 전진하는 예니체리들의 얼굴에는 못마땅한 기색이 역력했다. 사흘 동안 북쪽으로 전진한 뒤에는 오히려 진흙을 그리워하게 되었다. 그곳의 땅이 꽁꽁 얼어 있었기 때문이다. 일주일 후 눈이 흩날리기 시작하자 불만은 더욱더 가중되었다. 열흘째 되던 날, 진눈깨비가 쏟아지자 혹한 때문에 병사들의 손이 금속 물건에 달라붙기 시작했다. 길을 나선 지 삼 주 후, 어느 산을 넘어갈 때 땅이 붕괴되어 용머리 모양의 콜롬보르네 대포가 절벽 밑으로 굴러 얼음이 언 강바닥으로 떨어지고 말았다. 이 사건은 열흘하고도 닷새 동안 더운 음식을 먹지 못한 병사들의 사기를 떨어뜨리고 신경을 곤두서게 만들었다. 남의 귀와 콧수염을 만지는 것만으로도 그 자리에서 바로 살인이 일어날 수 있었다. 혹한 때문에 얼어버린 이 신체 부분을 몸에서 떨어지게 하려면, 그것을 손가락으로 톡 치는 것만으로도 충분했기 때문이다. 장총, 갑옷, 대포나 그 어떤 금속 물질의 표면을 실수로 만진 사람들의 상태는 그야말로 처참했다. 콜롬보르네 대포가 강으로 굴러 떨어질 때 맨손으로 이 대포에 묶인 사슬을 잡고 있던 사람들도 대포와 함께 곤두박질쳤다. 예니체리들은 무기에 달라붙지 않도록 손에 봉투를 끼고 있었는데, 이는 그들의 거동을 이루 말할 수 없이 방해했다. 혹한은 그들에게 끔찍한 재앙을 가져다주었다. 눈 덮인 구덩이로 떨어진 여섯 명의 지원병을 구출했을 때, 그들의 손과 얼굴은 서로의 철갑옷에 붙어 있었다. 동료들이 이들 중 한 명의 머리를 잡고 갑옷에서 뺨을 떼어내자 금속 위에 살점들이 그대로 남았다. 하지만 그를 구할 방법은 이것 외에 달리 없었다.

이십팔 일이 지나 어느 초원에서 행군하고 있을 때, 엿새 전에 보낸 선발대가 지평선에서 보였다. 그러나 선발대가 전속력으로 달려오더니 행군 앞에 멈추지도 않고 지나쳐 가는 것을 보고는 모두들 놀랐다. 행군 속에 있던 기병들이 박차를 가해 그들 뒤를 따라갔다. 잠시 후 그 이유가 밝혀졌다. 선발대는 말 위에서 잠을 자다 그대로 마지막 숨을 내쉬며 동사했던 것이다. 예니체리들은 이를 불길한 징조로 받아들이고는 장군에게 반기를 들었다. 하지만 장군이 그들의 월급을 세 배로 올려주고, 그 금액 가운데 주화 십사만 개를 지금 당장 지불하겠다고 말하자 평정을 되찾았다. 일주일 후 망루에서 색색의 깃발들이 휘날리는 성채를 보고는 장군이 주화 십사만 개를 되돌려달라고 했을 때 그들은 고래고래 소리를 지르기 시작했다. 분노를 토하면서 장군의 말을 듣다가, 되돌려달라고 했던 그 돈의 두 배를 지불하겠다는 말을 듣고는 겨우 진정했다.

　그들은 점령할 성에서 대포 사정거리 정도 떨어진 곳에 천막을 쳤다. 화로가 준비되자 예니체리들은 거대하기로 유명한 솥을 가지고 왔다. 그리고 솥에 물과 쌀을 부었다. 양 꼬리에서 나온 기름을 녹여 밥에 붓고, 고기는 잘라 스프 끓이는 솥에 넣었다. 두 사람이 겨우 다룰 수 있는 거대한 국자로 끓는 스프를 젓는 동안, 예니체리들은 가죽 모자 속에 넣고 다니던 수저와 대접을 손에 들고 솥 앞에서 기다렸다. 얼마 지나지 않아 대접에 담긴 밥과 스프를 왕성한 식욕으로 먹기 시작했다. 그사이 장군은 다른 문제로 고심하고 있었다. 강으로 굴러 떨어진 열두 대의 콜롬보르네 대포 없이는 포위 공격에서 승리를 거둘 수 없었다. 예니체리들에게 나누어주었던 주화를 이러한 이유로 회수한 장군은 이 돈을 당장 녹이라고 명령했다. 주물 기술자는 이미 오래전에 썩은 삼천 개의 계란 흰자위로 만든 반죽으로 열한 개의 대포 주형을 만들었다. 그런 다음 구리를 화로에서 녹인 후 주형에 부었다. 드디어 목수들이 만든 수레에 열한 개의 콜롬보르네 대포가 장착되었다. 장군은 봉인된 주머니를 열더니 그 안에서 콘스탄티노플 주전소에서 만든, 동전을 가공하는 데 쓰는 스무 개의 동전 주형을 꺼내 주물 기술자에게 건네주었다. 성을 점령한 후 이 대포들을 다시 녹여, 녹인 구리로 이 동전 주형을 이용하여 무게가 절반으로 감소된 이십팔만 주화를 찍어낼 것이었다.

장군은 정오 무렵 말을 타고 수행원과 함께 요새 주위를 정찰했다. 그건 오래된 요새였다. 전통적인 건축 양식에 따라 여덟 개의 모퉁이가 있는 별 모양으로 지어져 있었다. 이러한 구조에서는 별 모퉁이를 지키고 있는 병정들이 벽을 타고 오르는 공격자를 뒤에서 쏠 수 있었다. 이상하게도 이 요새의 모퉁이들은 바람개비에 있는 여덟 방향과 정확히 일치했고, 하늘에서 내려다보면 나침반의 문자판과 비슷했다. 가장 철통같은 곳은 북쪽 모퉁이였고, 다른 망루들과는 다르게 검은 깃발이 휘날리고 있었다. 장군이 남동쪽 모퉁이를 조사하던 중, 이곳 성벽이 다른 성벽들과는 다른 돌로 쌓였다는 것을 알아챘다. 그것은 콜룸보르네 포탄으로 쉽게 부술 수 있는 회색 돌들이었다. 어디에서 공격을 해야 할지 확실해졌다.

하지만 에디르네에 있는 사령부에서 온 전령이 무슨 일이 있어도 북쪽에서 공격을 해야 한다는 칙령을 전달하자 일이 꼬이게 되었다. 사령부에 있는 사람들의 무지에 화가 난 장군은 사령부에 콜룸보르네 대포 여섯 대와 야영 대포 두 대, 그리고 예니체리 지원 부대를 요구했다. 언 땅에서 땅굴을 파는 힘겨운 작업이 거의 완성되었을 때, 에디르네에서 아주 이상한 명령이 전달되었다. 칙령에는 지금 요새에 있는 쥘피야르라는 첩자를 구출하기 위해 북쪽 망루 밑에서 남쪽으로 스물한 걸음 안으로 땅굴을 파야 하며,

구출은 그 달 십칠일 밤에 꼭 성사시키고, 아울러 요새 북쪽에 있는 언덕에 거대한 불을 피우고 전령이 전해줄 주머니에 가득 든 가루를 낮에 불 속에 던지라는 내용이 있었다. 또한 지원군이 이미 길을 나섰다는 것도 밝히고 있었다. 무슨 일이 일어나고 있는지 도무지 이해할 수 없었던 장군은, 칙령에 언급된 불 피우는 임무를 부하에게 맡기고 전령이 가지고 온 가죽 주머니도 그에게 넘겨주었다. 정확히 정오에 언덕에서 연기가 보였다. 그 연기는 갈수록 분홍색을 띠더니 드디어 새빨간 색으로 변했다. 장군은 그것이 요새에 있는 첩자에게 보내는 신호라고 생각했다.

칙령에 언급된 땅굴 파는 일은 물론 와르다페트에게 주어졌다. 와르다페트는 장군에게 사실을 말하는 것이라고 맹세하면서, 땅이 얼어 지하에서 통로를 파기는 거의 불가능하며, 더욱이 땅 파는 소리가 요새에 있는 사람들에게 들리지 않게 하면서 요새 안으로 스물한 걸음 들어가는 것은 절대 불가능하다고 말하고자 애를 썼다. 그러나 장군이 사형 집행인을 부르자 상황은 바뀌었다. 이렇게 해서 와르다페트를 위협한 장군은, 그의 자존심도 지켜주고 싶었기에 그에게 오십 플로린을 주었다. 와르다페트는 명령에 복종할 수밖에 없었다. 장군이 말했다.

"이 임무를 성공적으로 완수하지 못하면 내 머리가 날아갈 것이다. 하지만 내 머리가 날아가기 훨씬 전에 너희들 머리도 몸에 붙어 있지 않을 거라는 사실을 알아둬라. 그러니 모든 장비를 챙겨서 이번 달 십칠일까지 땅굴 파는 일을 끝내라. 십팔일에 주머니에 금화 오백 개가 들어 있는 부자가 되든지, 아니면 네가 판 땅굴에 너의 잘린 머리가 처박히든지 알아서 해라."

다음 날 와르다페트는 한 걸음 정도 간격으로 매듭이 지어진 측량 끈을 어깨에 메고 뷘야민과 함께 공터로 나갔다. 오십 줄에 가까운 와르다페트는 얼마 지나지 않아 숨이 찼다. 오래전에 기도로 들어간 돌이 더 자주 달그락거렸다. 그들은 요새에서 멀찌감치 떨어진 곳에 서서 땅굴의 입구로 정한 곳과 북쪽 성벽 사이의 거리를 산정했다. 그날 밤 즉시 땅굴을 파기 시작했다. 솥에 가득 끓인 물로 언 땅을 녹이고, 일곱 길 깊이 정도 지하로 내려갔을 때, 와르다페트가 예상했던 일이 사실로 드러났다. 땅 표면은 얼어 있었지만, 이곳은 쉽게 팔 수 있었다. 땅굴 파는 늙은이는 곡괭이를 열심히 움직이면서 뷘야민에게 봄 여름 가을 겨울 할 것 없이 세상에서 가장 쉬운 일 가운데 하나인 이 직업을 자신이 장군에게 얼마나 부풀려서 말했는지, 그리고 이에 속은 장군에게서 선물로 금화 오십 개를 포함하여 정확히 오백오십 플로린의 팁을 어떻게 뜯어냈는지 말했다. 하지만 말을 다 끝내기 전에 뷘야민의 곡괭이가 바위에 부딪혔다. 그는 불길한 징조라고 결론을 내렸다. 바위를 뚫지 못한다면 땅 밑으로 바위 주위를 우회해야 했다. 그러면 자칫 방향을 잃어버릴 수도 있었다. 이 직업에 있어 가장 중요한 관건이 바로 이것이었다. 나침반은 통로 안에서 그들이 실수를 하게 만들곤 했다. 그들은 현재 있는 장소에서 땅굴 입구까지 통로 벽에 닿지 않은 팽팽한 줄 각도기로 잰 각도에 의거하여 자신들이 있는 방향을 추정했다. 처음에 0.5도 정도 오차가 생긴다면 그들은 목적지에서 수십 센티미터 떨어진 곳으로 갈 수도 있었다. 우회하지 않고 바위 밑으로 내려갈 경우에도 같은 위험이 있었다. 단지 수평면뿐만 아니라 수직면에서도 각도가 고정되어야 하기 때문이다. 그래서 와르다페트는 기포가 있는 물로 가득 찬 유리관으로 자주 통로의 바닥을 점검하고, 일곱 길 깊이를 항상 유지했다.

결국 그들은 바위 주위를 우회하기로 결정했다. 와르다페트는 팽팽한 줄 위에 놓인 각도기로 새로 판 통로의 각도를 몇 번이고 쟀다. 하지만 바위를 지났을 때도 여전히 의심을 거두지 못했다. 바로 그때 천장에서 흙이 떨어지기 시작했다. 지상에서 전투가 시작되었던 것이다. 서로 대포를 쏘아대고, 예니체리들과 자살 부대가 성벽의 무너진 곳을 공격하고 있을 때, 요새에 있던 사람들은 기병대를 출격시켜 참호를 습격했다. 일곱 길 위에서 돌을 깎아 만든 대포알이 떨어지고 포탄들이 터졌으며, 거대한 투석기가 움직이고, 말들이 전속력으로 달렸다. 땅이 심하게 흔들렸다. 통로가 붕괴될 조짐이 보였지만 와르다페트는 이러한 것에 익숙했다. 만약 이 땅굴을 여름에 팠다면, 지상전 다음 날 통로 천장에서 새어 나오는 피를 볼 수 있었을 것이다. 하지만 이 엄동설한에서는 피가 몸 밖으로 빠져나오기 전에 얼어붙곤 했다.

그 달 십사일에 뷘야민의 곡괭이가 하얀 물체에 부딪혔다. 호기심 가득한 와르다페트와 함께 그 주변의 흙을 제거한 뷘야민은 그것이 오래전에 화석으로 변한, 거의 황소 크기만 한 도마뱀 머리인 것을 알게 되었다. 도마뱀은 목부터 허리까지 땅속에 파묻혀 있었다. 뷘야민은 그 괴물의 이빨을 기념품으로 갖고자 했다. 하지만 이빨은 그의 손이 닿자마자 잘게 부서지고 말았다. 와르다페트는 이것을 행운의 징조로 여기고 횃불 아래서 여러 가지 계산을 했다. 숫자를 더하고 빼고 각도기를 보고 필기한 각도가 백팔십 도가 되는지 확인했다. 그러고는 젊은이에게 미소를 지었다. 만약 계산이 맞다면 세 걸음만 가면 성벽 바로 밑에 도착할 것이다. 그날까지 팠던 한 길 높이의 통로 길이는 백열일곱 걸음이었다. 이 힘든 작업을 하는 동안, 각자 먹은 음식을 제외하고라도 양 세 마리의 꼬리 기름을 섭취했는데도 그들의 몸은 쇠약해지고 말았다.

세 걸음 거리를 판 후 와르다페트는 위치를 정확하게 확인하기 위해 지상을 향해 통로를 파기로 결정했다. 사다리를 이용해 천장을 뚫기 시작했다. 뷘야민이 손으로 천장의 흙을 파내는데 손가락에 무엇인가가 붙었다. 여러 차례 물로 씻어 녹슬지 않도록 한 단검의 손잡이였다. 와르다페트가 지독한 추위 때문에 살에 붙어버린 단검을 천 조각으로 싸서 잡아당겼을 때, 뷘야민의 피부는 금속 위에 붙어 그대로 남았다. 계속해서 천장을 뚫고 있을 때 이번에는 바닥으로 해골이 떨어졌다. 그 해골을 집어 들고 흔들자 방울 소리 같은 것이 들렸다. 해골 눈썹 사이에 구멍이 나 있는 것을 보고는 그 틈을 좀더 깨서 안을 들여다보니, 총알이 보였다. 드디어 그들은 언제 축조했는지 모를 성의 초석에 다다랐다. 와르다페트의 계산이 맞았다. 그들은 성벽 바로 모퉁이에 있었다. 하지만 앞으로 남은 스물두 걸음 남짓한 거리는 그들의 임무에서 가장 어렵고 위험한 부분이었다. 곡괭이 소리를 요새에 있는 사람들이 들을 수도 있고, 그렇다면 그쪽에서 이들을 찾기 위해 땅굴을 팔 수도 있기 때문이었다. 땅굴 파는 기술이 생긴 이래, 지상에서도 그러하듯 지하에서도 끔찍한 전쟁이 치러지곤 했다. 이러한 이유로 와르다페트는 장군에게 상황을 설명하고 호위병을 요구하기로 결정했다.

장군은 북쪽 성벽에 아침부터 밤까지 포탄을 던지라고 명령했다. 이 폭발음이 땅굴 파는 소리를 덮을 거라고 생각했기 때문이다. 모퉁이에서 요새 안으로 열한 걸음 파들어갔을 때, 와르다페트가 곡괭이를 놓고 뷘야민에게 조용히 하라는 신호를 보냈다. 그들 옆에 있는 두 명의 호위병이 언월도로 손을 뻗쳤다. 귀를 기울이니 지하 깊은 곳 어디에선가 땅 파는 소리가 들려왔다. 요새에 있는 사람들이 그들의 존재를 알아채고, 그들을 찾기 위해 역으로 땅을 파기 시작했던 것이다. 그들은 숨을 죽이고 기다렸다. 그들이 있는 곳에서 들리는 유일한 소리는 와르다페트의 가슴에서 나는 달그락 소리와 자신들을 찾고 있는 땅굴 파는 사람들의 곡괭이 소리뿐이었다. 소리는 갈수록 가까워졌다. 그들 사이의 거리는 한 걸음 정도밖에 되지 않았다. 그런데 소리는 그들 머리 위 어딘가에서 들려오고 있었다. 그러니까 적들은 그들을 더 얕은 곳에서 찾고 있었던 것이다. 그러나 이 기쁨은 그리 오래가지 않았다. 다른 곳에서도 또 소리가 들려왔고, 그건 요새 사람들이 또다른 땅굴을 파고 있다는 것을 의미했기 때문이다. 게다가 이번 땅굴은 바로 그들이 있는 깊이에서 파들어오고 있었다. 하지만 천만다행으로 곡괭이 소리는 갈수록 멀어졌다. 와르다페트는 그들이 어느 방향으로 땅을 뚫어가고 있는지를 알기 위해 위험천만한 일을 자청하고 나섰다. 그는 조용히 칼로 통로 벽에 작은 구멍을 뚫기 시작했다. 흙이 부드러워지자 손으로 긁었다. 예닐곱 뼘 정도 긁자 손이 허공으로 나간 것이 느껴졌다. 이 구멍은 자신들을 찾고 있는 상대편 사람들의 땅굴과 연결되었다. 와르다페트의 목적은 막대기에 묶은 거울을 구멍 속으로 넣어, 땅굴을 파는 적들이 어느 쪽에서 와서 어느 쪽으로 가는지를 보는 것이었다. 먼저 뷘야민에게 횃불을 달라고 해서 구멍을 통해 반대편을 보려고 했다. 그가 본 것은 그의 머리를 혼란스럽게 했다. 눈앞에 새빨간 눈에 입에서는 불을 뿜는 날개 달린 괴물이 있었던 것이다. 그는 새파랗게 질렸다. 자신이 환상을 보았다고 생각하며 눈을 씻고 다시 한번 쳐다보았다. 아니었다, 환상을 본 것이 아니었다. 그 괴물은 진짜가 아니라 왠지 그림 같았다. 더 자세히 보고 나서야 그는 그것이 문신이라는 걸 알았다. 문신이 새겨진 곳은 젖어 있었다. 그는 정신을 차렸다. 자신이 얼마나 위험한 짓을 했는지 알게 되었다. 그들을 찾고 있는 땅굴 파는 사람들 중 한 명이 땀을 흘렸는지, 셔츠를 벗고 괴물 문신이 새겨진 땀에 젖은 등을 땅굴 벽에, 그들이 판 구멍 바로 앞에 기댄 채 쉬고 있었던 것이다. 진흙을 묻힌 셔츠로 급히 구멍을 막은 와르다페트는 십자가를 꺼내 기도를 하기 시작했다. 그들이 두려워하는 일은 일어나지 않았다. 적의 땅굴 부대는 그들을 찾지 못했던 것이다.

그 달 십육일 밤, 수많은 고난과 위험을 넘기고 스물한 번째 걸음의 거리에 도달했다. 와르다페트는 장군에게 상황을 보고하고, 그의 정당한 몫인 금화 오백 개를 요구했다. 하지만 장군은 일이 아직 끝나지 않았다고 말했다. 북쪽 망루 바로 밑에 설치한 화약통이 아직 폭발하지 않았던 것이다. 하지만 이보다 더 중요한 일이 또 있었다. 그들은 다음 날 저녁 스물한 번째 걸음이 끝나는 곳에서 위로 땅을 파서 요새에 있는 첩자를 구해야 했던 것이다. 와르다페트는 이 두 번째 임무가 애초에 흥정을 할 때 포함되지 않았다고 말했다가 호되게 뺨을 맞았다. 장군은 자신이 거느린 사람들에게 겁과 용기를 동시에 주는 능력을 발휘하여 땅굴 파는 사람을 위협했으며, 팁을 금화 육백 개로 올려주었다. 그뿐 아니라 장군은 그에게 쇠고리를 엮어 짠 갑옷을 선물했다.

와르다페트는 천막으로 와 뷘야민에게 말했다.

"내일 밤 아주 위험한 임무가 우릴 기다리고 있다. 스물한 걸음이 끝나는 위치에서 땅굴을 위로 파야 한다. 우리에게 무슨 일이 닥칠지 확실치 않다. 그러니 저 갑옷을 입는 게 좋을 거다."

그는 쇠고리로 엮어 짠 갑옷을 뷘야민의 야전 침대 위에 놓았다. 와르다페트의 입술은 계속 움직이고 있었다. 기도를 하는 것이 분명했다. 와르다페트는 마리아 그림 앞에 촛불을 켜고 무릎을 꿇고는 아침까지 기도를 했다. 그의 초조함은 뷘야민에게도 전달되었다. 젊은이는 자신의 막막한 처지를 잊기 위해 몇 주 전에 아버지가 준 『세계 아틀라스』를 품에서 꺼냈다. 그는 무작정 어떤 페이지를 펼쳐 처음 눈에 들어온 문장을 읽었다. 촛불 아래서 책 사이에 손가락을 넣고 펼쳤을 때 '그는 지하 보물들 사이로 들어갔다'라는 표현이 눈에 들어왔다. 뷘야민은 책을 덮고 이불처럼 사용하는 펠트를 덮었다. 와르다페트는 여전히 기도를 하고 있었다. 근심스럽게 달싹이는 입술 사이에서 흘러나오는 중얼거림이 젊은이에게 자장가처럼 들렸다. 잠에 빠져든 뷘야민은 꿈속에서, 녹슨 갑옷을 입고 곰팡이가 슨 방패를 들고 어두운 안개 속에서 길을 가고 있는 예니체리들을 보았다. 그들은 어디가 어디인지 모를 광활한 지역, 혹은 지하를 돌아다니며 조용히 보물을 찾고 있는 것 같았다. 보물은 마치 자석처럼 그들을 끌어당겼지만, 나침반이 없었기에 그들을 이끄는 방향을 추측하지 못했다. 그들이 찾는 것은 모든 곳에 있었고, 또 어디에도 없었다. 어쩌면 검은 안개 속에서 전진하고 있는 예니체리들을 끌어당기는 힘은 그 안개 자체일지도 몰랐다.

와르다페트는 해가 뜨기 전에 젊은이를 깨웠다. 그날은 마지막 날이었다. 와르다페트의 강권에 뷘야민은 장군이 준 갑옷을 입을 수밖에 없었다. 그들이 판 흙을 광주리에 담아 땅굴 밖으로 나를 사람들이 밖에서 기다리고 있었다. 그들은 땅굴 안으로 들어와 북쪽 망루 바닥에 설치해놓은 화약통의 도화선을 점검했다. 드디어 그들은 스물한 걸음이 끝나는 위치에 도착했고, 위로 오를 수 있도록 나무 구조물을 쌓았다. 갑옷이 너무나 무거워 뷘야민은 금세 지쳤다. 그들은 조용히 일을 하여 저녁 무렵에는 다섯 길 위로 올라갔다. 여섯 길 중간쯤에서 바닥으로 자갈들이 떨어지기 시작했다. 그것은 어떤 구조물의 밑부분에 도달했다는 신호였다. 드디어 그들은 네모난 돌과 썩은 널빤지에 도달했다. 와르다페트는 돌과 벽돌을 서로 연결하는 회반죽을 송곳으로 노련하게 팠다. 그런 다음 벽돌 한 장을 빼내 아래로 던지자 그 틈으로 빛이 새어 들어왔다. 자정이었다. 아래에 있는 호위병들은 칼을 빼든 채 보초를 서고 있었다.

와르다페트가 벽돌을 하나하나 빼서 구멍을 넓히고 있을 때, 그들이 구출하려는 첩자도 자신을 구하려고 사람이 왔다는 걸 알아챘다.

"제발 좀 빨리 서둘지 못하겠소? 놈들이 곧 들이닥칠 거요."

사내는 이렇게 재촉했다.

구멍이 아이 한 명이 통과할 정도로 커졌을 때, 위에서 어떤 소음이 들려왔다. 어떻게인지는 모르지만 첩자를 구출하려는 시도를 알아채고 병사들이 급습하여 문을 부수기 시작했던 것이다. 첩자의 가느다란 다리를 본 와르다페트는 그가 마른 사람이라고 생각하고는 이렇게 소리쳤다.

"이보시오! 그렇게 죽치고 있지만 말고 다리를 밑으로 내리시오! 그러면 우리가 당신 다리를 잡고 밑으로 끌어당기겠소!"

그러자 첩자는 요새의 저장식품 창고가 불에 탔을 때 그 자리에 있었는데 그만 허기를 참지 못하고 양 허벅지 살을 먹어치워 배가 불룩해졌기 때문에 구멍을 통과할 수 없다고 말했다. 이 대답을 들은 와르다페트가 욕설을 퍼부으며 벽돌 두 장을 한꺼번에 빼는 순간, 위에서 와당탕 문이 부서지는 소리가 들렸다. 동시에 구멍에서 한 남자의 다리가 나타났다. 그는 배가 끼었다며 자신을 구해달라고 애걸했다. 와르다페트와 뷘야민이 남자의 다리를 붙잡아 그를 비계로 내렸을 때, 구멍을 통해 날아온 창이 그들 바로 옆에 꽂혔다. 위에서 외국어로 고함치는 소리가 들려왔다. 그들은 절박한 상황에 처했다. 구출해낸 첩자와 함께 그들은 줄사다리를 타고 황급히 아래로 내려갔다. 위에 있던 사람들이 줄지어 비계로 뛰어내렸다. 밑에 있는 예니체리들이 비계를 넘어뜨리기 위해 첩자가 아래로 내려오기를 기다리고 있을 때, 이교도 병사들 가운데 한 명이 정확히 네 길 높이에서 뛰어내려 그들과 결투를 하기 시작했다. 다른 예니체리들이 줄사다리를 끊자 세 명이 두 길 높이에서 밑으로 떨어졌다. 다행히 다친 사람은 없었다. 하지만 위에서 내린 밧줄을 타고 이교도 병사들이 한 명씩 한 명씩 밑으로 미끄러져 내려와 예니체리들과 결투를 벌이기 시작하면서, 이들 셋은 난장판 한가운데 서 있게 되었다. 그 좁디좁은 통로에서 누가 누구를 때리는지 알 수도 없었다. 단지 어떤 종교를 믿는지 알 수 없는 사람들의 그림자가 휘두르는 칼이 오르락내리락했으며, 땅굴은 고함 소리와 비명 소리로 가득했다. 몇 명 되지 않는 예니체리들이 그 많은 적군과 대적하기는 불가능했다. 세 명은 이 북새통에서 빠져나와 땅굴 입구로 향하면서도 이교도 병사들이 예니체리들을 물리치고 곧 자신들을 따라잡을 거라는 걸 알아챘다. 그들은 그때 북쪽 망루 바로 밑에 있는 화약통 옆에 있었다. 이교도 병사가 부상을 입은 것을 본 와르다페트는 허리춤에 차고 있던 언월도를 빼들고는 소리쳤다.

"자네들은 먼저 가게. 저놈을 죽이고 나도 뒤따라가겠네."

그는 적군과 대적할 준비를 하다가 적군의 손에 철퇴가 있는 것을 발견했다. 가슴에 첫 번째 타격을 받자 세상이 캄캄해졌다. 두 번째 타격은 가까스로 피할 수 있었다. 세 번째 타격이 천장을 지지하고 있는 버팀목 중 하나를 치자 위에서 쏟아진 흙이 적군을 놀라게 했다. 와르다페트는 가슴에 극심한 통증을 느끼면서도 언월도로 적군의 배를 찔렀다. 통로 끝에서는 여전히 전투가 계속되고 있었다. 와르다페트는 무릎의 힘이 빠져나가는 것을 느꼈다. 그리고 가슴에 입은 타격의 여파로 입에서 피가 흘러 나왔다. 이 때문에 그는 계속해서 기침을 했다. 땅이 다시 흔들리기 시작했다. 아마도 요새의 기병들이 반격을 개시한 것 같았다. 천장에서 흙이 쏟아지고 있는데도 와르다페트는 계속 기침을 하면서 부싯돌과 부싯깃을 꺼내 횃불을 켜고, 화약통으로 연결된 도화선으로 기어가 불을 붙였다. 바로 그때 기침이 터져 나왔고, 행운이었던지 오랜 세월 동안 가슴에 들어 있던 돌이 입 밖으로 튀어나왔다. 그 돌을 집어든 와르다페트는 불꽃을 튀기며 타고 있는 도화선의 불빛 아래에서 그것이 도토리 크기만 한 다이아몬드라는 것을 알게 되었다. 그는 유일한 빛의 원천인 도화선의 불꽃을 따라 기어가면서 오랫동안 가슴속에 넣고 다녔던 그 보물을 유심히 관찰했다. 그러고는 확인해보기 위해 허리춤에서 거울을 꺼내 다이아몬드로 그 위에 선을 그었다. 그의 추측은 맞았다. 그것은 최소한 금화 팔만 개의 가치가 있는 다이아몬드였던 것이다. 그는 도화선의 불꽃이 화약통에 다다를 때까지도 다이아몬드에서 눈을 떼지 못했다. 성경 구절들이 떠올랐다. 도화선의 불꽃이 화약통 위로 올라갈 때 이 귀한 보석을 한 번 더 보기 위해 불꽃 가까이에 다이아몬드를 가져갔다. 도화선 불꽃이 화약통 안으로 들어가자 이 보물의 광채도 사라졌다.

뷘야민과 첩자가 땅굴 밖으로 나왔을 때, 거대한 폭발음이 들렸다. 지하에 있던 모든 통로들은 붕괴되고 말았다. 자신들을 추적하는 사람들에게서 벗어났지만 아직 위험이 완전히 사라진 것은 아니었다. 그 많은 수고가 첩자 한 명을 구출하기 위한 것이었다고 추정한 요새 안 사람들은 공격을 시작했고, 땅굴을 에워싸고 있는 참호로 기마병을 출정시켰다. 뷘야민과 첩자가 땅굴에서 나오자 사방은 그야말로 피바다로 변해 있었다. 3열 종대로 나뉜 기마병들 가운데 일부는 땅굴 주변 참호를 습격하고, 다른 병사들은 이곳으로 오려는 지원 부대와 격전을 벌이고 있었다. 어떤 기마병은 마른 가지를 바구니처럼 짜 그 안에 돌을 채운 뒤 각면보(角面堡)* 벽을 뛰어 넘어와, 땅에서 전투를 하고 있는 예니체리들을 위협했다. 상황은 아주 심각했다. 그렇다고 완전히 포위된 것은 아니었다. 땅에 파인 깊은 구덩이와 하수구를 통해 도망칠 수도 있었다. 그런데 바로 그 순간 그들에게 총알이 빗발치듯 날아오기 시작했다. 말랐지만 배는 불룩한 췰피야르라는 첩자는 총알 세례가 잠시 멈추었다가 얼마 후에 다시 시작될 거라는 걸 알고 있었다. 그 무기로는 일 분에 두 발밖에 발사할 수 없었기 때문이다. 이에 그들은 몸을 피하고 있던 참호가 곧 무너질 걸 아는 예니체리들과 함께 도망치기 시작했다. 계산에 따르면, 총알을 피해 안전한 곳에 숨을 수 있는 시간은 삼십 초밖에 없었다. 하지만 이는 잘못된 추측이었다. 왜냐하면 사격을 가한 총포 부대는 일반적인

---

* 다각형으로 각이 지게 만든 보루. 여러 방면에서 오는 적을 막거나 공격하는 데 적합하다.

2열 종대가 아니라 4열 종대였고, 그리하여 사격 속도가 일 분에 네 발이었던 것이다. 뷘야민과 첩자와 함께 참호에서 도망치던 예니체리들이 공터를 지나고 있을 때, 그들에게 총알이 빗발치듯 날아들었다. 그들 대부분이 쓰러졌다. 뷘야민은 공포에 휩싸였다. 다리를 맞은 쥘피야르가 뷘야민의 등 뒤에서 소리쳤다.

"이것을 가져가, 가져가서 장군에게 건네줘. 자, 빨리! 받아!"

뷘야민은 첩자가 던진 물건을 잡으려고 했지만, 그 미끄러운 물건은 손 사이에서 빠져나가 그의 갑옷에 달라붙어버렸다. 갑옷에 붙은 이상한 것을 어렵사리 떼어내 손에 쥔 젊은이는 그것이 자석으로 된 새까만 동전이라는 것을 알게 되었다. 한편으로는 뒤에 있는 참호를 향해 죽을힘을 다해 뛰면서, 다른 한편으로는 장군에게 전달해줘야 할 귀중한 물건인 이 이상한 동전을 손으로 더듬거리며 품속에 있는 책 사이에 넣었다. 그러나 참호에 도착하기도 전에 그들을 추적하는 기병들에게 따라잡힐 것만 같았다. 그런데 잠시 후 기병들은 예니체리의 사정 거리 안으로 들어왔고, 예니체리의 발포로 기병들 대부분이 죽었다. 그럼에도 그들 중 한 명이 마침내 뷘야민을 따라잡았다. 젊은이는 자신의 등을 겨냥한 기병의 창을 감지하고는 순간적으로 뒤돌아서 기병의 무기를 잡아 빼앗았다. 창을 잃은 기병은 검을 빼들고는 뷘야민에게 다시 달려들었다. 젊은이는 창의 손잡이를 땅에 대고 창끝으로 말을 겨냥하여 기병의 공격을 방해했다. 기병도 포기하지 않고 앞으로 달려 나왔다. 그러고는 노련한 솜씨로 검을 휘둘러 창끝을 잘라버렸다. 기병이 이렇게 하다가 잠시 몸의 균형을 잃고 기우뚱하는 틈을 타,

젊은이는 창 손잡이로 기병의 등을 힘차게 내리쳐 말에서 떨어뜨렸다. 검을 잃은 기병은 쇠고리를 엮어 짠 갑옷을 벗어 뷘야민 쪽으로 던졌다. 이는 젊은이가 손에 들고 있던 창으로 적의 머리를 막 내리치려던 찰나에 일어난 일이었다. 기병은 갑옷을 손에 들고 빙빙 돌리다가 뷘야민의 얼굴에 던졌는데, 그만 갑옷이 추위 때문에 뷘야민의 얼굴에 달라붙고 말았다. 기병은 장갑 긴 손으로 갑옷의 한 끝을 붙잡고는, 젊은이를 이리저리 돌리기 시작했다. 갑옷을 얼마나 세게 잡아당겼던지, 쇠고리들은 뷘야민의 얼굴에서 살점들을 떼어내고서야 떨어졌다. 얼굴이 피투성이가 된 채 뷘야민은 바닥으로 쓰러졌다. 기병이 그의 곁으로 와 몸을 뒤지기 시작했다. 장군에게 전달해야 하는 것, 그 이상한 동전을 찾는 것이 분명했다. 하지만 바로 그때 포탄이 그들 옆에 떨어졌다. 도화선에 불이 붙어 있었다. 기병은 몸수색을 그만두고 그 포탄을 집어 먼 곳으로 던지려고 몸을 일으켰다. 손에 막 쥐려는 찰나 포탄이 터지고 말았다. 그때 뷘야민은 바닥에 누워 있었기 때문에 생명을 구할 수 있었다. 하지만 너무나 기진맥진해 있었던 탓에 참호에서 온 예니체리들은 그가 죽었다고 생각했다. 예니체리들은 그의 입에 거울을 갖다대보고 나서야 그가 살아 있다는 것을 알고 천막으로 옮겼다. 사령부에 있던 그 누구도, 얼굴이 갈기갈기 찢긴 이 젊은이의 신원을 확인할 수 없었다.

II

뷘야민은 꿈을 꾸고 있었다.

와르다페트와 함께 지하에서 통로를 파고 있었다. 너무나 깊은 지하였는데 통로의 벽은 흙이 아니라 마치 어두운 안개 같았다. 곡괭이로 벽을 내리칠수록 흙은 칠흑처럼 어두운 연기로 바뀌었고, 이 안개는 무릎 밑으로 퍼져나갔다. 하지만 어쩐지 두 사람 다이 안개에 놀라는 기색이 없었다. 와르다페트는 연신 뒤돌아 젊은이를 보고 크게 웃으면서 자신들이 하는 일이 얼마나 쉬운지를 설명했다. 싫증도 내지 않고 땅을 파던 그들은 종유석과 석순들로 가득 찬 수많은 동굴, 온천물이 끓는 것 같은 소리를 내는 수많은 강, 수많은 거대한 도마뱀의 해골에 이르렀다. 하지만 아주 작은 속삭임조차 광물질 벽에 부딪혀 천둥소리로 변하는 동굴에 이르렀을 때는 그 자리에 얼어붙고 말았다. 종유석 밑과 석순 위에 이미 오래전에 목재들이 썩어버린 거대한 배가 있었던 것이다. 그 안으로 들어간 뷘야민은 암수 양성인 다양한 동물의 해골들을 보고는 겁에 질리고 말았다. 공포에 질려 갑판으로 뛰쳐나갔지만, 동굴에서 본 것들이 뷘야민의 피를 얼어붙게 만들었다. 녹슨 갑옷을 입고 쇠 베일을 쓴 예니체리들이 동굴 벽에서 안개를 가르듯이 나오고 있었다. 젊은이는 와르다페트를 콕콕 찌르며 자신이 본 것들을 그에게도 보여주었다. 예니체리들이 맞은편에 있는 벽 안으로 사라지자, 둘은 통로를 그 방향으로 뚫기 시작했다. 한시도 쉬지 않고 땅속 깊숙이 내려갔다. 정령들이 목욕하는 온천 진흙, 녹은 납이 흐르는 강, 구멍에서 뿜어져 나오는 유황 연기를 지나 자석 같은 동굴에 도착했다. 이곳은 모든 나침반이 가리키는 곳이었다. 그들은 공포로 얼어붙었다. 검은 불꽃이 자석 같은 벽을 가르고, 과거와 미래의 모든 죄인들이 이 동굴에서 고통 속에 신음하고 있었던 것이다. 이곳은 그들이 다다를 수 있는 최후의 심연이었다. 그들은 도망치고 싶었다. 마음속에서 들려오는 어떤 소리가 한 나무의 뿌리를 따라 위로 올라가라고 말했다. 마침내 뿌연 유황 연기 사이로 그 나무의 뿌리를 발견했다. 그는 위쪽으로 올라가면서 용이 지키고 있는 보물들, 화석이 된 괴물의 알들, 죽은 모든 동물의 흔적들을 보게 되었다. 황금 광맥을 지나 에메랄드, 루비, 다이아몬드, 청금석(青金石), 그리고 수많은 종류의 크리스털을 보았다. 보석으로 치장된 왕관을 쓰고 황금 갑옷을 입은 채 누워 있는 왕의 주검들, 사슬에 묶인 저주받은 해골들, 가슴에 말뚝이 박힌 채 자고 있는 흡혈귀, 머리가 없는 몸과 잘려나간 머리를 무심히 쳐다보았다. 무덤에서 고통을 겪고 있는 주검들의 신음 소리가 남의 일처럼 들리지 않았다. 뿌리를 따라가다보니 얼마 지나지 않아 여우굴, 두더지굴, 토끼굴 그리고 쥐구멍에 이르렀다. 와르다페트는 파던 걸 멈추고 심호흡을 했다. 그는 다이아몬드를 찾자고 말했다. 이번에는 그가 정한 방향으로 땅을 팠다. 화약 연기 속에서 그들은 다이아몬드를 찾았다. 와르다페트는 하품을 하더니 다이아몬드 위에 누워 잠을 잤다. 뷘야민이 아무리 애를 써도 그를 깨울 수가 없었다. 어쩔 수 없이 뷘야민은 혼자서 위쪽을 향해 파올라가기 시작했다. 드디어 나무의 몸통에 다다랐다. 그는 지상으로 올라왔다. 별들을 보았고, 깨끗한 밤공기를 가득 들이마셨다. 달빛 아래 나무들의 실루엣을 분간할 수 있었다. 뷘야민은 보름달에 다다르고 싶었다. 나무 위로 올라갔다. 다람쥐들을 깨우고 새집에 있는 새들을 놀래키며 나무 꼭대기에 이르렀을 때, 보름달이라고 생각했던 것이 실은 그 나무에 열린 유일한 과일인 것을 알게 되었다. 참을 수 없을 만큼 그 과일의 맛을 보고 싶었다. 은색 과일을 깨물자 보물들을 지키는 용들의 불꽃 맛이 났고, 피투성이 금, 청금석, 붉은색 루비의 참을 수 없는 맛이 느껴졌다. 뷘야민은 불과 물을 통치하는 술탄들의 고통과 흡혈귀들의 슬픔을 맛보았다. 무덤에서 두 천사가 심문하는 주검들의 고통과 죄인들의 쾌활함을, 그리고 이 쾌활함의 대가인 검은 불의 뜨거움을 맛보았다. 그 과일이 달린 나무의 뿌리가 미치는 모든 곳에서 전이되어온 수천 가지의 맛과 향취, 슬픔 그리고 폭소를 맛보았다. 이것은 지하의 맛이었다. 그는 그 맛을 알았다. 아버지 우준 이흐산 에펜디가 자신에게 주었던 책의 모든 장들을 이 맛으로 알게 되었다. 그 맛에서 그가 살고 있는 세상의 어두운 면들을 하나하나 빠짐없이 보았다. 그것들을 보자마자 그는 지하 보물들 사이에 섞이게 되었다.

잠에서 깨어났을 때 뷘야민은 눈을 뜨기가 힘들었다. 얼굴에 붕대가 감겨 있었기 때문이다. 관자놀이, 이마, 뺨에서 견딜 수 없는 고통이 느껴졌다. 그리고 열에 들떠 있었고, 연신 기침을 했다. 기진맥진하여 눈 위에 쓰러진 바람에 나흘이 지난 뒤에야 발견되어 폐렴에 걸렸던 것이다. 얼굴은 만신창이가 되어 그를 알아보는 사람도 없었다. 하지만 사람들은 그가 갑옷을 입고 있는 것을 보고는 예니체리라고 결론지었다.

뷘야민은 자신이 부상자로 가득 찬 우마차에 있다는 것을 금세 알아차렸다. 혹독한 추위를 막기 위해 몸 위에 펠트 세 장이 덮여 있었다. 뷘야민은 눈이 붕대로 감겨 있었지만, 우마차 옆에서 걷고 있는 예니체리들의 대화에서 "요새에 있던 첩자가 와르다페트의 조수에게 아주 귀중한 것을 주었는데, 뷘야민이라는 이름의 그 배은망덕한 조수 놈이 자신에게 맡긴 그 물건과 함께 도망쳤고, 그것을 요새 사람들에게 팔았다"는 얘기를 듣게 되었다. 쵤피야르라는 첩자는 전쟁터에서 뷘야민의 시체를 찾지 못했고, 전사들에게 그 젊은이의 얼굴을 묘사해주면서 생사를 불문하고 그를 데려오라고 명했으며, 그의 머리를 가져오는 사람에게 금화 백 개의 상금을 주겠다고 했다.

뷘야민은 손을 품 안에 집어넣었다. 아버지가 그에게 준 책은 여전히 거기 있었다. 손가락을 책장 사이에 넣고 첩자가 준 동전을 찾았다. 쵤피야르가 왜 자신이 이 귀중한 것을 가지고 도망쳤다고 믿는지 한참을 생각해보았다. 그 사람은 첩자였으니 어떤 것도 우연으로 치부되지는 않을 것이다. 그런 사람이 쉽사리 우연을 믿지 않을 거라는 건 명백했다. 왜냐하면 직업상 조심스러워야 하고, 항상 가장 최악의 경우를 생각해야 하기 때문이다. 첩자가 요새에서 손에 넣었다가 자신에게 건네줄 수밖에 없었던 그것은, 그게 무엇이든지 간에, 그의 눈에는 너무나 귀중한 것으로 여겨져 이제 일의 진상은 중요하지도 않았다. 쥘피야르가 찾고 있는 이 귀중한 것을 지금 지니고 있는 사람은 좋은 의도이건 나쁜 의도이건, "발생 가능한 가장 나쁜 상황이 무엇이든 간에 그것이 현실이다"라는 첩자의 원칙에 따라 목이 날아갈 것이다.

뷘야민은 약간 정신이 들자, 그의 고향과 어느 예니체리 소속인지를 물어보는 질문을 피하기 위해 기억상실증에 걸린 척하기로 결정했다. 그것은 아주 적절한 결정이었다. 왜냐하면 그들이 요새에서 벗어난 지 십칠 일째 되는 날, 밤을 보내기 위해 소피아까지 사흘 정도 걸리는 거리에 있는 어떤 곳에서 휴식을 취할 때 쥘피야르가 다리를 절룩거리며 다가왔기 때문이다. 그는 유대인 의원에게 뷘야민의 얼굴에 감긴 붕대를 풀라고 명령했다. 의원이 붕대를 푸는 동안 그의 가슴은 쿵쿵 뛰었다. 하지만 붕대를 다 풀었을 때 첩자는 자신을 알아보지 못했다. 그 주위 사람들은 물론이고 쥘피야르조차 그를 동정하며 쳐다보았다. 자신의 손을 얼굴로 가져갔을 때 그는 이상한 점을 느꼈다. 마치 스펀지를 만지는 것 같았고, 눈꺼풀 하나는 절반이 없었다. 그럼에도 그는 인내심을 잃지 않고, 자신을 심문하는 사람들에게 자신이 기억을 잃어버렸다는 것을 믿게끔 만들었다. 첩자와 그의 동행자들이 돌아가자 그는 의원에게 거울 하나를 갖다달라고 했다. 이십 일 동안 그를 치료하고자 했던 의원은 그에게 도통 거울을 주지 않았다.

소피아에 도착한 날 그는 거울을 구할 수 있었다. 그리고 혹독한 추위에 그의 피부에 달라붙은 쇠고리로 짠 갑옷이 그의 얼굴을 어떤 지경으로 만들었는지 보게 되었다. 입술, 뺨, 이마 그리고 관

114

자놀이에서 살점이 떨어진 결과 그의 얼굴은 거의 괴물처럼 변해 버렸다. 오른쪽 눈꺼풀의 절반이 없어졌다. 이후 그는 잠을 잘 때마다 눈 위에 젖은 헝겊을 덮어야만 잠들 수 있게 되었다. 다른 부상자들은 거울을 보고 또 보며 우는 이 젊은이를 너무나 동정했고, 서로 앞 다퉈 그를 위로하기 위해 안간힘을 썼다. 어떤 이는 영웅의 얼굴은 그래야 하며, 그 얼굴로 검을 빼들고 이교도에게 달려가면 모두들 뒤도 돌아보지 않고 도망칠 거라고 했다. 다리가 잘린 어떤 예니체리는 콘스탄티노플에 있는 어떤 외과의사가 수술용 칼로 사람들의 얼굴을 자르고 성형하여 흉측한 모습으로 변신시키고는, 이 일에 대해 부끄러운 기색도 없이 칠 플로린을 받는다고 말했다. 그가 말한 바에 따르면, 에으리 성벽을 처음 기어오른 사람들은 이 외과의사의 작품인 괴물 얼굴을 한 사람들이었다. 하지만 그들이 온갖 위로의 말을 건네도 젊은이의 울음은 그치지 않았다. 그는 부상자들과 함께 에디르네로 호송되었을 때까지도 여전히 울고 있었다. 게다가 폐렴이 나은 지 얼마 되지 않아 그의 체력은 거의 바닥나 있었다. 겨우 서 있을 수 있었고, 연신 기침을 했다. 사령부는 전투를 할 수 없는 상태에 놓인 다른 병사들과 함께 그에게도 순도가 낮은 이백 악체를 하사했다.

뷘야민은 콘스탄티노플로 돌아가려는 서너 명의 사람들 사이에 끼어, 그들을 수송할 우마차를 전세 내기 위해 자신에게 할당된 몫을 지불했다. 바야흐로 봄이었다. 그래서 여행은 힘들지 않았다. 신선한 봄 공기, 머물렀던 마을에서 산 따뜻한 빵, 질그릇에 담아 먹었던 맛있는 요구르트, 트라키아 산 꿀 그리고 맛있는 포도주가 분야민이 건강을 회복하는 데 커다란 도움을 주었다. 하지만 콘스탄티노플 성벽을 보는 순간 떠오른 생각에 젊은이는 피가 얼어붙는 것 같았다. 지금 그를 아는 수백, 어쩌면 수천 명의 사람들이 그를 찾고 있을 것이다. 얼굴이 갈가리 찢어졌기 때문에 그를 알아보기는 어려울 것이다. 하지만 그의 이름은 알고들 있었고, 그가 콘스탄티노플 어디에 살고 있는지도 땅굴 부대 등록부를 통해 필시 알아냈을 것이다. 그렇다면 아버지 집으로는 갈 수 없는 노릇이었다. 그러나 상황이 어떻든지 간에 아버지가 커다란 위험에 빠져 있을 건 분명하지 않은가? 이 모든 것이 머리에 떠오르자 갑자기 온몸이 떨리기 시작했다. 다른 사람들은 그의 병이 재발했다고 생각했다.

우마차가 톱카프를 지나 디완 욜루를 지나갈 때도 그는 여전히 아버지를 생각하고 있었다. 아야소피아 앞에서 일행들과 헤어진 뷘야민은 최대한 빨리 걸어서 할리치 만으로 내려갔다. 그러고 나서 나룻배를 타고 갈라타로 건너갔다. 카라쾨이 부두에서 엘켄지 한으로 한걸음에 달려간 뷘야민은 그의 집이 있던 자리에 찬바람만 쌩쌩 부는 것을 보게 되었다. 예니체리들이 완전히 부숴버린 집의 목재들을 목욕탕 주인들이 땔감으로 쓰려고 다 훔쳐가버렸기 때문이다. 자신의 정체를 가능한 한 숨기려고 했던 뷘야민을 이웃들은 전혀 알아보지 못했다. 젊은이는 과거 자신이 살았던 마을을 한동안 정처 없이 배회하다 그 골목에 있는 찻집으로 들어가, 인사를 건네는 사람들에게 다른 이름으로 자신을 소개했다. 아버지에게 일어난 일을 알아내는 데는 그리 오랜 시간이 걸리지 않았다. 가련한 우준 이흐산 에펜디가 당한 일은 몇 주 동안 갈라타에 있는 모든 찻집의 주요 화젯거리였던 것이다. 그 가련한 사람은 집이 완전히 부서진 후 에트메이다느에 있는 예니체리 숙소로 호송되었다. 그들은 우준 이흐산 에펜디가 비밀을 털어놓지 않자 그의 눈을 뽑고, 귀와 코를 잘라내고는 그 상태로 콘스탄티노플 거지들의 왕초인 흔즈르예디*에게 금화 두 개를 받고 팔았다. 뷘야민은 이 이야기들을 도무지 믿을 수 없었고, 울지 않기 위해 안간힘을 썼다. 알리바즈와 원숭이 뮈쉬테리의 행방도 알 수 없었다. 젊은이는 이 많은 불행을 가져다준 그 불길한 동전에 저주를 퍼부었다. 찻집에서 나온 뒤 품에 있는 책 사이에서 그 이상한 동전을 꺼내 할리치 만에 던지려고 생각했다. 하지만 곧 그 생각을 버렸다. 그는 갈라타 부두에 있는 배가 불룩한 모양의 나무통 위에 앉아 그 동전을 유심히 관찰했다. 광택이 없고 새까맸다. 무게도 거의 없는 것 같았다. 하지만 자석의 힘이 얼마나 강했던지 뷘야민은 그것이 붙어 있는 단도에서 겨우 떼어낼 수 있었다. 그는 이러한 이상한 상황에서 무엇을 해야 할지 도무지 알 수가 없었다. 되는대로 책장을 펼쳐 점을 볼까 하는 생각까지 했다. 그가 펼친 페이지에서 제일 먼저 눈에 들어온 문장은 이것이었다.

'거지들 사이에 섞여 자신의 운명을 기다리기 시작했다.'

뷘야민은 이 복잡한 상황에서 어떻게 벗어나야 할지 판단이 서지 않았다. 하지만 자신이 해야 할 첫 번째 일이 무엇인지는 확실

---

* '돼지고기를 먹은 사람'이라는 뜻.

히 알고 있었다. 무슨 수를 써서라도 아버지를 거지들 사이에서 구해야만 했다. 그러나 이 거대한 도시에서 의심을 받지 않고 아버지를 찾는다는 것은 절대 쉬운 일이 아니었다. 사실 그가 지나쳤던 모든 마을에서 그는 얼굴에 있는 상흔 때문에 계속 주목을 받았다. 이 난관을 어떻게 극복할지 한동안 생각했다. 그러자 아버지가 자신을 배웅하던 날 자신에게 했던 말이 떠올랐다. 우준 이흐산 에펜디는 그에게 거듭해서 모험이 일종의 예배라는 말을 했었다. 하지만 자신이 경험하고 있는 이 모험은 악과 불확실함으로 가득했다. 원정을 나가기에 적합하지 않은 그 한겨울에 왜 요새를 공략했을까? 만약 그 일이 쥘피야르를 구출하기 위한 것이었다면, 왜 그 사람은 요새에서 귀중한 문서가 아니라 그 불길한 동전을 가지고 왔을까? 동전 위에 글씨 한 줄도, 어떤 문장(紋章)도 없는 이 시커먼 동전에 어떤 가치가 있는 것일까? 이 모든 질문은 그에게 어떤 궁금증도 불러일으키지 않았고, 그 대답에도 전혀 관심이 없었다. 그는 과거의 그 아름답고, 편하고, 근심 없고, 단조로웠던 일상으로 돌아가고 싶었다. 인간들이 세상에 대해 무관심하다는 것을 바로 이 순간 깨닫게 되었다. 그리하여 아버지가 했던 말에 의미를 부여할 수 있게 되었다. 이 세상에서 인간들이 유일하게 두려워하는 것은 무엇인가를 알게 되는 것이다. 고통, 갈증, 슬픔을 알게 되면 잠을 설치게 되고, 이로 인해 더 편한 침상, 더 맛있는 음식, 더 유쾌한 친구들을 찾게 된다. 세상에 대해 무관심한 사람들은 금은보석, 희열, 안락, 산해진미, 욕정으로 가득 찬 세계를 건설하고는 슬픔, 고통에 대한 생각들이 머릿속에 들어오지 못하게 만드는 단계까지 이르게 된다. 하지만 우준 이흐산 에펜디는 세상의 증인이 되는 것이 진정한 예배라고 말하곤 했다. 모든 사람들은 어떤 식으로든 세상을 읽어야 한다고 했다. 코란 그 자체도 예언자가 세상을 어떻게 읽었는지에 대한 실례(實例)이며, 그의 뒤를 따르는 사람들은 모두 세상을 그처럼 읽고 그 증언을 기록해야 하며, 그것들을 다른 사람들에게 전해야만 한다. 세상의 증인이 되는 방법은 모험밖에 없다. 경험하고, 보고, 배운 것들이 얼마나 고통스럽든지 간에 모험은 인간에게 있어 커다란 은총이다. 이 세상에서 가장 커다란 행복은 이 세상의 증인이 되는 것이기 때문이다.

뱀의 색깔

I

풍문에 의하면, 바그다드가 페르시아의 땅이 되기 아주 오래전에 이 도시에 어떤 도둑이 살고 있었다. 그 도둑은 열지 못하는 자물쇠가 없었고, 들어가지 못하는 집이 없었으며, 털지 못하는 저택이 없었다. 그는 눈에서 아이라이너를, 엉덩이 밑에서 방석을, 손가락에서 반지를, 귀에서 귀걸이를 훔쳐 흥청망청 살았다. 이 도시의 파샤가 거리에 수많은 경관들을 배치해도 도둑의 수법 앞에서는 속수무책이었고, 매일 아침 대문 앞에 모인 사람들의 울음소리를 그치게 할 수 없었다. 그곳의 파샤는 그야말로 힘든 상황에 놓여 있었다. 왜냐하면 이 바그다드의 도둑은 한마디로 변장의 달인이었던 것이다. 이것이 바로 그가 체포되지 않는 이유이자 직업상의 성공 요인이었다. 그는 단지 변장을 하는 것에 그치지 않고, 밀랍과 다양한 화장술을 이용해 자신이 눈독 들인 집주인의 얼굴로 정체를 바꾸기까지 했다. 그런 다음 태연히 그 집에 들어가 하인에게 집에 있는 모든 금을 모아서 가져오라고 명하고는, 설탕이 중간 정도 들어간 커피 한 잔도 주문했다. 내친김에 식사도 차려오라고 해서 먹고는 금이 가득 든 자루를 들고 집에서 나와 자취를 감추었다. 그러던 어느 날, 그는 어떤 집을 털기 위해 부유한 과부로 변장하는 실수를 저지르고 말았다. 그 과부는 파샤의 아들이 남몰래 사랑하고 있던 여자였다. 파샤의 아들은 자신의 전 생애를 통틀어 가장 아름다운 여성이라고 여긴 그녀 대신에, 길에서 보았던 바그다드 도둑을 하인들과 함께 보쌈해서 납치했다. 그는 도둑을 곧장 궁전으로 데려와 하렘의 여자들에게 넘겨준 후 그날 밤 잠자리를 준비시키라고 명령했다. 여자들은 도둑을 목욕탕에 데리고 들어가 목욕을 시키기 위해 대리석 침대에 눕혔다. 하지만 그 찜통 같은 열기에 얼굴에 있던 밀랍들이 녹아내리자, 그를 문둥병 환자로 오해한 여자들이 하늘을 찌를 듯한 비명을 질러댔다. 그 비명 소리를 듣고 뛰어온 파샤의 아들은 연인의 상태를 보고 의심이 들어 가랑이 사이를 더듬어보고는 그가 여자가 아니라는 것을 알게 되었다. 덜미가 잡힌 도둑은 겁에 질렸다. 얼마나 애원하고 눈물을 흘렸는지, 그가 도둑일 뿐만 아니라 파샤 아들의 하렘이라는 비밀스런 장소까지 본 중죄인임에도, 자신을 동정하게 만드는 그 능력 덕분에 용서를 받을 수 있었다. 성한 몸으로 거리에 나온 도둑은 이제 바그다드에서는 도둑질을 할 수 없다는 사실을 깨달았다. 직업을 바꿔야겠다고 생각한 그는 거지가 되기로 마음먹었다. 얼굴과 몸에 밀랍과 화장으로 종기, 무좀, 탄저, 암, 사마귀, 태선, 상처, 구강 궤양, 다래끼, 뾰루지, 임파선종, 고름 등을 만들어 구걸하러 나선 첫날, 바그다드에서 하루에 동냥할 수 있는 양의 구 할을 모았다. 자선가들이 그에게 아랍 동전, 금화 그리고 금을 주기 위해 거의 경쟁을 하는 동안 그는 "순례를 마친 사람처럼 덕을 쌓으시길, 신이 나쁜 말과 사악한 시선에서 보호하시길, 신이 뻔뻔하고 부끄러움 모르는 나쁜 여자들로부터 보호하시길, 가는 길이 순례를 한 것처럼 선행이 되기를, 다른 사람은 돈을 벌고 당신은 그 돈을 쓰기만 하기를, 행복의 비 아래에서 벌거벗고 서 있으시길, 신이 당신을 여자들로부터 자유롭게 하시길, 백 살까지 사시길!"이라는 기도를 늘어놓기만 하면 되었다. 얼마 지나지 않아 그는 그 지역에서 가장 알려진 거지가 되었고, 그의 유명세는 사방으로 퍼져나갔다. 더욱이 술탄 무라트는 바그다드에 입성했을 때 그에게 천금을 적선하고는, 바그다드의 각기 다른 오백 종류의 기술 분야 장인들을 데려가면서 콘스탄티노플 거지들에게 구걸하는 비법을 가르치도록 그도 데리고 갔다. 술탄과 함께 콘스탄티노플로 온 그는 허가서를 들고 곧장 거지들의 동업조합으로 갔다. 이 괴상한 장소에서 그는 처음에는 다른 동료들에게 환영을 받는 듯했다. 거지들은 그에게 환영 파티를 열어주었고, 그의 앞에 고기 음식도 내놓았다. 그는 왕성한 식욕으로 모든 음식을 맛있게 먹고 빵으로 냄비에 묻은 양념까지 깨끗이 닦아 먹었다. 그 당시 거지 왕초가 비웃음을 머금고, 그 고기는 돼지고기라 주지하는 바와 같이 그 고기를 먹은 사람의 기도는 받아들여지지 않기 때문에 이제 기도의 효력이 없는 거지가 되었다고 말했을 때 그는 도무지 믿을 수가 없었다. 자신에게 친 장난은 그의 밥벌이와 직결되는 것이었다. 그는 얼마나 화가 났던지, 두려운 시선으로 그를 바라보는 콘스탄티노플 거지들에게 "당신의 인생이 슬픔으로 일관되길, 계속 콧물이 흐르길, 당신의 집이 폐허가 되어 부엉이들만이 울기를, 셔츠가 불이 되어 당신을 태우길, 늑대 떼가 당신을 갈가리 찢어발기기를, 신이 너에게 옴을 주고 그곳을 긁을 손톱은 주지 않기를, 참혹한 형태로 죽기를, 한쪽 눈이 멀기를, 최후의 심판 때 이스라필*이 부활의 나팔을 불어도 너희들 중 아무도 그 나팔 소리를 듣지 못하기를" 등 자신이 외우고 있는 모든 기도를 읊기 시작했다. 다른 거지들은 그의 저주가 실현되면 어쩌나 하고 얼마나 두려움에 떨었던지, 용서를 받기 위해 그날 번 것들을 모두 새 왕초에게 상납했다. 하지만 이미 돼지고기를 먹은 후였다. 그리하여 바그다드에서 온 이 거지의 이름은 흔즈르예디로 남게 되었다.

그런데 이후 돼지고기로 만든 음식의 맛이 그의 미각에 남아 흔즈르예디는 난생 처음으로 먹었던 그 맛을 잊지 못하게 되었다. 그는 양, 염소, 토끼, 닭, 거북이, 개구리 고기도 시식해보았다. 하지만 그가 찾던 맛은 이것들 가운데 그 어떤 것에도 없었다. 욕구를 누르기 위해서 자학도 해보았지만 소용없었다. 그의 몸은 그

---

* 부활의 날을 알리기 위해 예루살렘의 신성한 바위 위에서 트럼펫을 분다는 이슬람교의 대천사.

더러운 짐승의 고기를 원했고, 밤마다 꿈속에서 돼지들을 뒤쫓았다. 결국 갈라타에 있는 유럽인 푸줏간에서 바비큐용으로 준비된 돼지 새끼를 살 용기를 냈다. 그런데 재수가 없으려고 그랬던지, 그날 동업조합에 있는 방에서 푸줏간 주인이 싸준 꾸러미를 막 열었을 때 어떤 거지가 들어와 돼지를 보고는 비명을 질러댔다.

"신의 가호가 있기를!"

흔즈르예디는 전혀 놀라는 기색도 없이 단검을 빼들고 그에게 속삭였다.

"안 본 걸로 해."

갖은 애를 다 썼지만, 그날 이후 흔즈르예디는 자신이 돼지고기 중독자라는 소문을 막을 수 없었다. 몇 년이 지난 후에는 아예 드러내놓고 돼지고기를 먹었다. 이 때문에 아세스바시의 명령하에 마을 이맘*이 보는 앞에서 몇 번이나 발바닥을 몽둥이로 맞는 형벌도 받았다. 그럼에도 그는 도저히 돼지고기에 대한 집착에서 벗어날 수 없었다. 결국 그를 경고나 충고를 통해 바른 길로 인도할 수 없다는 것을 안 재판관은 그를 앞에 앉혀놓고 다시 한번 돼지고기 먹는 장면이 발각되면 목을 치겠다고 말했다. 그로부터 며칠이 지난 후 길 가던 그의 앞을 막은 예니체리 병사들이 그의 말안장 주머니에서 돼지 다리 하나를 발견했다. 이렇게 해서 거지들의 왕초는 에민외뉘에 있는 감옥에 갇히게 되었다. 하지만 이 모든 것은 뷘야민이 그 불길한 돈을 떠맡기 몇 년 전에 일어난 일이었다.

---

* 이슬람 사원의 예배 인도자.

돼지고기 먹는 습관을 버리지 못할 거라고 단정된 흔즈르예디가 사형선고를 받은 지 며칠 후, 사형 집행인은 감방에서 그를 인계받았다. 관례상 그를 진단카프 목욕탕으로 데려가 때를 밀고 몸을 씻겨주었다. 몸을 정갈히 한 죄인의 목에 줄을 매고 에민외뉘로 데려가는 내내 그들 뒤에는 사형 집행을 구경하려는 사람들로 인산인해를 이루었다. 부두에 도착하자 흔즈르예디는 다리에 힘이 풀리고 말았다. 사형 집행인은 사형을 거행할 나무 그루터기 앞까지 죄인을 부축한 후 주머니에서 나침반을 꺼내 기도할 방향을 확인하고는 죄인의 머리를 그쪽으로 돌렸다. 죄인에게 신앙 고백을 할 시간을 주고 사형 집행인은 칼을 갈기 시작했다. 드디어 죄인의 머리를 나무 그루터기에 대놓고 칼을 공중으로 들어 올렸다. 바로 그때 광장 쪽에서 몇 명의 말 탄 사람들이 달려오더니 사형 집행을 중단시켰다. 그들 중 한 명이 말에서 내려 커다란 종이에 쓴 칙령을 사형 집행인의 코앞에 들이댔다. 종이 맨 위에는 술탄의 문장이 찍혀 있었다. 사형 집행인의 조수들 중 한 명이 더듬거리며 칙령을 읽었다. 흔즈르예디라는 이름의 거지를 이 칙령을 가져온 사람들에게 인계하라는 명령이었다.

그들은 가련한 흔즈르예디를 당나귀에 태워 베야즈트로 데려갔다. 말 탄 사람들은 말에서 내린 후 흔즈르예디를 데리고 주전소 바로 옆에 있는 찻집으로 들어갔다. 이 찻집 주인은 동성애자이자 난폭한 살인자로 악명이 자자한 사람인지라, 이곳에 발을 들이는 사람은 별로 없었다. 주인은 방금 들어온 사람들이 누군지 알고 있었기 때문에 커튼을 열고 어디로 연결되는지 알 수 없는 통로로 안내했다. 남자들은 거지와 함께 통로로 내려가 한동안 걸었다. 주전소는 그들 바로 위에 있었다. 드디어 육중한 문의 자물쇠를 열고 어떤 음침한 방으로 들어갔다. 벽마다 문이 나 있는 이 방은 촛불로 밝혀져 있었다. 벽에 붙어 있는 선반에는 무슨 일에 쓰이는지 알 수 없는 수많은 기구들이, 옷걸이에는 오스트리아, 스웨덴, 러시아, 덴마크, 프랑스 사람들이 입는 옷들이 걸려 있었다. 어떤 문 뒤에서 개 짖는 소리가 들렸고, 다른 문들의 틈새로는 수은 냄새를 풍기는 연기가 새어나왔다. 이토록 음침한 분위기 속에서 배는 나왔지만 마른 사람이 긴 소파들 중 한 곳에 누워 드르렁 드르렁 코를 골며 자고 있었다. 소음, 더러운 냄새, 음침한 분위기에도 아랑곳하지 않고 잠을 잘 수 있는 이 사람은 쥘피야르였다. 그리고 이 장소는 그가 편히 쉴 수 있는 유일한 곳이었다. 바로 이곳은 뷘야민이 몇 년 후에나 발을 들여놓게 될 황실 정보기관의 본부였던 것이다. 쥘피야르는 그 당시 정보부의 가장 독한 첩자였다.

사람들이 그를 흔들어 깨우자 쥘피야르는 졸린 눈으로 흔즈르예디를 훑어보았다. 날라 온 커피를 마실 때에도 여전히 그에게서 눈을 떼지 않았다. 쥘피야르는 그에게 앉으라고 명하면서 말했다.

"이제 우리를 위해 일해라, 우리 기관과 주인을 위해서."

흔즈르예디는 깜짝 놀랐다. 무슨 말을 하는 건지 도무지 이해할 수가 없었다. 그래도 일단 그 말에 기꺼이 복종하겠다는 듯 행동했다. 하지만 쥘피야르는 뻔한 감사 표시에 속을 사람이 아니었다.

"넌 이제 우리 주인의 사람이다. 널 얼마나 믿을 수 있을는지 모르겠지만, 해결하지 못할 일도 아니지, 이건."

혼즈르예디는 자신이 세상에서 가장 믿을 만한 사람인 이유를 일일이 열거하며 설명했다. 쥘피야르가 미소를 지었다.

"네가 믿을 만한 사람이 아니라도 걱정할 건 없다. 그저 그렇게 되기 위해 최선을 다해라."

그러고는 거기에 있던 남자들에게 신호를 보내 빗장 달린 문을 열게 하고는 한 포박된 남자를 데려오게 했다. 혼즈르예디는 그 가련한 사람을 알아보았다. 바흐체카프에 있는 시미트* 빵 화덕에서 일하는 일꾼이었다.

쥘피야르가 말했다

"그는 특별한 사람이 아니다. 내 부하들이 무작위로 골라 이곳으로 데려온 사람이다. 지금부터 그에게 일어날 일이 무엇인가를 네게 보여주지."

쥘피야르는 의자 위에 있는 과일주스 한 컵을 눈짓으로 가리키더니 혼즈르예디에게 절반 정도만 마시라고 명했다. 거지는 시키는 대로 한 후 남은 주스를 가련한 빵 화덕 일꾼에게 억지로 마시게 했다. 쥘피야르는 품에서 꺼낸 계란 크기만 한 시계를 들여다보았다. 거지와 일꾼은 별 이유 없이 땀을 흘리기 시작했다. 첩자는 약품 서랍에서 붉은색 알약이 가득 든 병을 꺼내 한 알을 혼즈르예디에게 내밀었다. 독처럼 쓴 약이었다. 거지는 그들이 자신을 독살시키려는 거라고 생각했다. 그런데 일꾼이 대신 몸을 비틀며

---

* 고리 모양의 빵으로 위에 깨가 뿌려져 있다.

신음하기 시작했다.

쥘피야르가 말했다.

"봤느냐? 너희는 같은 주스를 마셨다. 넌 살아 있고, 저 사람은 죽어가고 있다. 그렇다고 당장 기뻐할 건 없다. 너도 하루밖에 살 수 없으니까. 물론 하루에 한 알씩 이 알약을 먹지 않는다면 말이지. 네 몸에 있는 독의 영향은 수년 동안 계속될 것이다. 하지만 이 알약을 먹는 한 네 몸은 아무 해도 입지 않을 것이다. 내가 한 말을 믿지 못하겠다면 알약을 먹지 말거라. 결정은 네 자유니까. 하지만 땀을 흘리기 시작했을 때―곧 죽을 거라는 의미이지―우리에게 오면 좋을 수도 있겠지. 너의 고통에 대한 특효약을 찾을 수도 있고 말이야."

빵 화덕 일꾼은 꽤 많은 양의 초록색 쓸개즙을 토한 후에 죽었다. 남자들이 그의 시체를 자루에 넣어 가지고 나가자, 쥘피야르는 전신 거울을 보며 옷매무새를 가다듬었다. 그들은 황실 정보기관의 수장을 알현하러 갈 참이었다. 다른 사람들에게 극도로 잔인한 이 첩자는 수장의 이름을 언급할 때 무한한 존경의 표시로 목소리를 낮추고 손을 앞으로 모아, 마치 비밀스런 예배의 일부를 거행하는 듯한 태도를 취했다. 아직 정신을 가다듬지 못한 거지가 그에게 수장의 이름을 물었을 때, 그는 속삭이듯 말했다.

"에브레헤."

그의 이러한 태도에 흔즈르예디는 말할 수 없을 정도로 크나큰 두려움에 사로잡혀버렸다. 그렇지 않아도 끔찍한 사람인 쥘피야르조차 입에 올리기를 조심스러워하는 그 수장을 상상하려고 하다가 결국 흔즈르예디는 두려움 때문에 입술에 물집이 생기고 말았다.

쥘피야르는 어떤 문을 열고는 그 안에 대고 무어라고 속삭였다. 얼굴에 나타난 존경심 가득한 표정으로 보아 수장인 에브레헤와 이야기를 하고 있는 것 같았다. 방에서 들려오는 날카롭고 갈라진 목소리 때문에 흔즈르예디는 피가 얼어붙는 듯한 느낌을 받았다. 여자와 아이의 목소리 중간쯤 되는 그 목소리는 듣기에 몹시 괴롭고, 우아함과는 거리가 멀었다. 첩자가 거지에게 안으로 들어가라고 명하자 거지는 사시나무 떨듯 몸을 떨었다. 게다가 방에서는 역겨운 냄새를 풍기는 연기가 흘러나오고 있었다.

그후 몇 년이 지나 우준 이흐산 에펜디라는 이름의 눈알이 뽑히고 귀와 코가 잘린 남자가 같은 장소에서 자신에게 금화 두 개에 팔리던 날, 흔즈르예디는 같은 냄새를 맡고 그날을 기억하게 될 것이다. 주전소 바로 밑에 있는 비밀의 방에서 활동하는 정보기관에 몇 년이 지난 후에 들어가게 될 뷘야민의 기억에서 몇 달 동안 사라지지 않을 이 냄새는 밀폐된 증류기에서 끓고 있는 수은에서 풍겨나오는 것이었다.

거지는 코를 막고 안으로 들어갔다. 그곳은 연금술 지옥이었다. 중간에 있는 세 개의 조시모스 화로 중 두 개가 타고 있었고, 그 위에 있는 증류기는 보글보글 끓고 있었다. 벽에는 다양한 크기와 용도의 풀무, 부젓가락, 도가니 들이 걸려 있었다. 작업대에는 소금을 빻는 절구, 광석을 잘게 부술 때 쓰는 방아, 나선형 유리관과 다양한 도구들이 있었다. 선반에는 붉은색, 초록색, 노란색 가루들로 가득 찬 크고 작은 유리병들과 형형색색의 액체들로 가득한 다양한 크기의 병들이 놓여 있었다. 사방에 스며 있는 푸른색 연기를 제외하면, 벽돌 난로에서 활활 타는 불의 붉은색과 주황색이 방을 온통 채우고 있었다. 거지는 벽돌 난로 쪽으로 다가가 수장 에브레헤를 알현했다. 검은 터번을 쓰고, 붉은색의 길고 헐렁한 가운을 입어 박쥐처럼 보이는 그는 방 안의 푸른 연기로부터 아무런 영향을 받지 않는 것처럼 보였다. 긴 손가락과 오랫동안 깎지 않은 더러운 손톱은 황산 때문에 노랗게 변해 있었다. 턱은 좁았다. 여성을 연상시키는 그의 피부는 얼마나 투명했던지, 관자놀이, 이마, 손 위로 푸른색 혈관들이 보였다. 눈은 커다랬지만, 새까만 눈동자는 아주 작았다. 얼굴과 몸 군데군데에 산성 약품에 녹은 상처들이 있었다. 콧수염은 없었지만, 눈에 띄는 턱수염 몇 가닥이 그에게 권위적인 모습을 부여했다. 자신 앞에서 몸 둘 바를 모르고 서 있는 거지에게 그 추악하고 견딜 수 없을 정도로 갈라진 목소리로 자신이 원하는 것을 하나하나 말할 때의 그 목소리, 냄새 그리고 외모가 불러일으키는 느낌 때문에 거의 모든 사람들은 그의 명령을 무시할 용기를 내지 못했다.

많은 세월이 흐른 후 감추고 있는 비밀을 말하지 않아 고통을 당한 우준 이흐산 에펜디를 사러 갔던 날, 흔즈르예디는 다시 그 갈라진 목소리를 기억하게 될 것이고, 여느 때처럼 그날도 에브레헤의 도무지 이해할 수 없는 목적에 대해 골똘히 생각하게 될 것이다. 어쩔 수 없이 정보기관에 들어가게 되었을 때 수장이 자신에게 원했던 것은 정말로 이상한 것이었다. 콘스탄티노플에서 거지들이 모은 모든 동냥들을 다음 날 아침에 고스란히 되돌려줄 테니 하룻밤 동안 자신에게 달라는 것이었다. 흔즈르예디는 사형에서 벗어나자마자 그 저주받을 독을 몸에 흡수한 그다음 날 저녁, 자신의 목숨을 부지해줄 일곱 개의 붉은색 알약이 든 코담배 통을 들고 거지들의 동업조합으로 돌아가면서 여전히 그 이상한 요구에 대해 생각했다. 또한 밤새도록 이 문제를 깊이 생각했다. 아침이 되자마자 땀을 흘리기 시작했고, 알약 한 개를 먹었다. 사원에서 저녁기도 시간을 알리는 소리가 흘러나온 후에 몰려 들어온 거지들이 자신들이 모아 온 모든 동냥들을 그의 감시하에 작은 누더기 자루에서 큰 자루로 부을 때도, 그는 여전히 머릿속의 의문에 대한 대답을 찾지 못했다. 동전, 악체, 잔돈 그리고 가끔 금화들로 가득 찬 자루는 매일 밤 쥘피야르와 부하들이 수거해갔다가, 아침이 되면 같은 사람들이 한 푼도 빠짐없이 동업조합으로 가지고 와 되돌려주었다. 자신의 몫을 챙긴 후 돈을 거지들에게 나누어준 흔즈리예디의 궁금증은 날이 갈수록 커져갔다. 가지고 갔던 돈과 되돌려주는 돈은 은화, 동전, 잔돈 한 푼도 틀리지 않고 똑같았다. 게다가 몇 개의 잘못 찍힌 돈까지도 알아볼 수 있었다. 만약 사용하지 않고 꿔주지도 않는다면 이 돈으로 무엇을 하는 걸까? 흔즈르예디는 돈을 가지러 온 쥘피야르의 부하들 중 한 명에게 포도주 한 통을 대접하며 이 질문을 했다. 이미 반쯤 술에 취한 부하는 마치 비밀을 알려주듯 그의 귀에 대고는 이렇게 속삭였다.

"정말이지 나도 아무것도 모르오. 하지만 우리 주인이신 에브레헤는 자루마다 가득 든 별 가치도 없는 돈을 매일 밤 센다오. 특히 색깔이 아주 짙어진 돈들을 한쪽으로 분리시켜놓지. 쥘피야르 씨와 대화를 나누는 것을 들은 게 벌써 여러 차례라오. 그들은 항상 검은색 동전에 대해 언급하지. 아마도 당신들이 거둬들인 그 돈들 가운데 '악마의 돈'이라고 했던 돈을 찾고 있는 것 같던데. 게다가 당신에게서뿐만 아니라 다른 곳에서도 돈 자루들이 온다오."

남자가 이 말을 하는 순간 쥘피야르가 안으로 들어왔다. 그러더니 부하가 근무 중에 술을 마시는 걸 보고 따귀를 갈겼다. 흔즈르예디는 다음 날 저녁에 모습을 보이지 않은 그 남자가 끼었던 반지를 첩자의 손가락에서 보았다. 이후 거지는 목숨을 부지하기 위해 자신의 호기심을 억눌렀다. 이제는 생명을 위협하는 질문들을 스스로에게도 하지 않았고, 그 대신 붉은 알약들을 삼켰다. 이 상황은 몇 년이나 지속되었다. 몸속에 남은 독은 여전히 영향을 주어 특히 아침에 땀을 많이 흘렸다. 그러나 이는 착각이었다. 그 불길한 날 그에게 준 독은 컵의 바닥에 가라앉아 있었기 때문이다. 그는 처음 절반만 마셨기 때문에 아무런 해도 없었고, 바닥에 가라앉은 독을 마신 일꾼만이 중독되었던 것이다. 하지만 그는 그의 삶에 해독을 끼친 것이 사악한 속임수라는 걸 오랫동안 알지 못했다.

사형을 면하고 정보기관의 일부가 된 지 육 년이 지나자, 이제는 맘 편히 돼지고기를 먹을 수 있게 되었다. 어느 날, 돼지고기 내장으로 만든 순대를 커다란 접시 가득 먹고 있을 때, 쥘피야르의 부하들 중 한 명이 찾아와 당장 기관으로 가야 한다고 말했다. 흔즈르예디는 찻집의 통로를 지나 주전소 밑으로 내려갔을 때, 피범벅이 되어 바닥에 누워 있는 우준 이흐산 에펜디를 보았다. 쥘 피야르는 겁먹은 모습이었고, 에브레헤는 분노에 차 있었다. 에브레헤는 정보를 얻어내려고 사람을 고문하는 것은 미련한 짓이라면서, 우준 이흐산 에펜디를 예니체리 손에 맡긴 쥘피야르에게 화를 내고 있었던 것이다. 에브레헤에게는 더 효과적인 방법이 있었다. 고문보다 부드럽지만 더 영향력 있는 방법들이었다. 바닥에 누워 있는, 이제 보지도 못하고 듣지도 못하는 이 남자를 심문하기는 거의 불가능해 보였다. 하지만 흔즈르예디에게는 이 남자가 지금 상태로도 쓸모 있을 듯했다. 즉, 미래가 전도양양한 거지가 될 수 있다는 말이었다. 우준 이흐산 에펜디는 이렇게 해서 거지들의 왕초에게 금화 두 개에 팔렸던 것이다.

흔즈르예디는 그 남자의 상처가 완전히 아물지 않도록 일부러 치료를 대강 했다. 거지라는 직업에서 상처나 부러진 부위, 탈장은 아주 좋은 무기가 되었기 때문이다. 하지만 일주일 후에 붕대를 풀고 자신의 작품을 관찰했을 때 그는 그만 실망하고 말았다. 그가 기대했던 염증이나 흘러나오는 고름, 종기 등이 없었던 것이다. 게다가 손, 팔, 다리를 떨게 하려고 마시게 했던 흑연이 들어간 시럽도 도무지 효과가 없었다. 그렇다고 빠진 눈알 때문에 생긴 텅 빈 공간, 잘려나간 코와 귀가 연민을 불러일으키지 않는 것은 아니었다. 조합에서는 눈이 보이지 않는 이 남자를 도와줄 사람을 하나 붙여 에윕 사원 마당으로 구걸을 내보냈다. 우준 이흐산 에펜디를 끌고 갔던 거지는 저녁 때 동냥으로 가득 찬 자루를 들고 돌아와 이 장님에 귀머거리인 남자가 무엇인가를 보고 듣는

다면서 정말 놀랄 일이라고 말했다. 의심을 품은 다른 거지들은 새 동료가 귀머거리인지 아닌지를 알아보기 위해 장전된 총을 귀 바로 밑에서 발사했다. 하지만 그 남자는 아무런 반응도 보이지 않았다. 그래도 의심이 가시지 않자, 그 사람이 장님이라는 걸 확인하기 위해 그의 눈꺼풀을 들어 올려 살펴보았다. 하지만 눈알이 없는 움푹 팬 공간만 있을 뿐이었다. 모두들 안심했다. 하지만 흔즈르예디의 마음은 편치 않았다. 에브레헤가 현재 아주 중요한 일을 진행하고 있으니 그에게 최선을 다해 협력해야 하며, 만약 일이 잘못되기라도 하면 죄가 있든 없든 그가 복용하는 알약 공급을 당장 중단하겠다고 말했기 때문이다. 그의 임무 중 한 가지는 우준 이흐산 에펜디를 철저히 감시하는 것으로, 그를 절대 혼자 있게 내버려두어서는 안 되며, 만약 어떤 젊은이가 그에게 접근하면 당장 쥘피야르에게 알리는 것이었다.

쥘피야르는 그에게 그 젊은이의 얼굴을 장황하게 설명해주었다. 그의 묘사에 따라 한 화가가 그림을 그려주기까지 했다. 그랬음에도 흔즈르예디는 우준 이흐산 에펜디가 여기저기서 구걸을 한 지 이 개월이 지난 후에 조합을 찾아온 한 젊은이를 전혀 의심하지 않았다. 왜냐하면 자신이 아나톨리아에서 왔으며, 콘스탄티노플에서 일을 찾지 못했다고 말하는 그 젊은이는 대중 앞에 나설 수 없을 만큼 얼굴이 엉망이 된 사람이었기 때문이다. 그는 쥘피야르가 설명한 사람과 전혀 맞아 떨어지지 않았다. 손의 피부가 팽팽한 데다 그 목소리를 들어서는 젊은 사람인 게 확실했다. 그러나 거지들의 오분의 이가 어린아이이거나 젊은 사람이었다. 게

다가 이 거지 후보자는 그 너덜너덜한 얼굴 때문에 꽤 많은 동냥을 쓸어 모을 것 같았다. 그래도 그는 몇 마디 심문하는 것을 잊지 않았다. 그리하여 원수지간인 상대 가족의 일원이 낫으로 그의 얼굴을 갈가리 찢어놓았으며, 죽임을 당할지도 모른다는 두려움에 고향 마을을 떠났고, 얼굴의 상처로 인해 콘스탄티노플에서 보증인을 찾기는커녕 그 누구도 일자리를 주지 않았다는 사실을 알게 되었다. 인생에 있어 유일한 목표는 오로지 살아남는 것으로 돈에도 관심이 없고, 조합원으로 등록될 수만 있다면 자신이 받을 동냥의 십분의 칠이 아니라 십분의 팔도 기꺼이 상납하겠다고 말했다. 흔즈르예디는 이 헐값 자원을 놓칠 사람이 아니었다. 그는 부하들에게 조합 명부를 즉시 가져오라고 지시했다. 세 명이 커다랗고 두꺼운 명부를 가지고 왔다. 그 명부가 얼마나 무거웠던지, 특수 제작한 나무 책상 위에 놓았는데도 책상이 삐거덕댔다. 첫 페이지는 라틴어, 그다음은 그리스어, 마지막은 오스만 튀르크어로 된 이 명부는 이스탄불 정복 전후에 거지들이 정성스럽게 보관했으며, 몇 세기 동안 종족에서 종족으로, 세대에서 세대로 전해지면서 마지막으로 흔즈르예디에게 넘어왔던 것이다. 그는 명부의 빈 페이지를 열고는 젊은이를 보며 말했다.

"네 이름이 무엇이든 간에 여기서는 별 의미가 없다. 우리는 우리 안에 들어온 사람들에게 별명을 붙인다. 별명이 있는 거지는 임차권을 가지게 된다. 그러니까 자신만의 고정된 구걸 장소를 갖게 된다는 의미이다. 그런데 이렇게 하기 위해서는 먼저 그 장소에 따라 십 플로린에서 백오십 플로린에 달하는 임대료를 지불해야 해. 네게 이 정도의 돈은 없을 것 같으니, 지금으로서는 별명도 특전도 줄 수 없다. 그래도 네게 어떤 식으로든지 최소한 어떤 이름이라도 줘야겠지. 일단 부를 수 있어야 하니까 말이지. 음, 뭐라고 부를까?"

흔즈리예디는 턱에 손을 괴고 생각에 잠겼다. 도통 마땅한 이름이 떠오르지 않았다. 그런데 그 순간 쥘피야르가 그에게 절대 잊어서는 안 된다며 경고한 어떤 이름이 떠올랐다. 결정을 하고 펜을 잉크병에 넣으며 "아, 찾았다!" 하고 말했다.

"이제부터 네 이름은 뷘야민이야."

그는 자신이 이 이름을 대장에 쓸 때 앞에 있는 젊은이가 순간 움칠하는 모습을 눈치 채지 못했다.

II

아버지를 구할 목적으로 거지들 사이로 들어간 뷘야민은 흔즈르예디의 허가를 받아 명부에 등록한 후 조합 건물에서 잠잘 곳을 찾기 시작했다. 그 건물은 쉴레이만 사원과 왈리데 한 사이에 있는 교회 건물로 한때 화재가 난 후 수리 허가를 받지 못해 성직자들이 떠나버린 상태였다. 하지만 떠날 수밖에 없었던 성직자들을 희생자라고 말하는 것은 부질없다. 왜냐하면 이 건물은 이스탄불이 정복되기 몇 세기 전에 콘스탄티노플 거지들이 모은 동냥으로 건축한 거지 동업조합 건물이었는데, 이해심이 부족한 어떤 왕에 의해 한때 교회로 전환되었던 것이기 때문이다. 그 건물을 성직자들에게 넘겨주기 싫어한 거지들이 교회에 불을 냈다는 소문이 여전히 돌고 있었다.

건물이 아주 크긴 했지만, 그 안에 천 명에 가까운 갈 곳 없는 거지들이 풀, 넝마, 낡고 머릿니가 들끓는 침대요 위에 서로 포개어 모여 있었기 때문에, 뷘야민이 잠잘 곳을 찾기는 쉽지 않았다. 결국 일곱 명의 불구인 자식들을 데리고 구걸을 하는 어떤 뚱뚱한 여자 곁에 가 앉았다. 성차별이 없는 조합에서 여성 구역, 남성 구역은 따로 없었다. 어차피 젊거나 늙은 남자들 대부분은 뼈와 가죽만 남아 있었고, 찌푸린 표정에다 이빨은 홀랑 빠져 있었다. 주위에 어찌나 많은 장님, 불구자, 신체 마비, 절름발이, 벙어리, 평발, 중풍 걸린 사람, 곰배팔, 안짱다리, 사팔뜨기, 누워만 있는 사람, 팔 없는 사람, 꼽추가 있었던지, 이방인이라면 이곳을 병원으로 착각할 수도 있었을 것이다. 그러나 하나 혹은 여러 신체 기관들이 없었음에도, 장님들을 포함하여 모든 사람들의 눈은 생동감으로 반짝였다. 물론 이 광채는 동냥을 하러 나갈 때면 새벽 햇살과 함께 필연적으로 사라지고, 얼굴에는 절망적인 표정만이 자리잡았다. 남의 동정을 사서 동냥을 뜯어내는 예술의 천재인 이들은 실로 창조적인 수많은 방법과 스타일을 제각기 발전시켰다. 어떤 거지들은 직업의 핵심을 설명하는 책을 써서 자신들의 경험을 미래 세대에 남기기도 했다. 조합 도서관은 거지의 달인들이 쓴 수많은 책들로 꽉 차 있었다. 이 책들은 구걸하는 수법 이외에도 송시(訟詩)와 이야기를 작곡한 목록, 일흔두 종족의 주전소에서 발행한 돈의 목록, 동냥을 더 얻기 위해 몸을 훼손하는 방식에 관한 외과 책들로 구성되어 있었다. 의학 서적은 물론 조합의 공식 외과의사들의 소유였다. 이 냉혹한 사람들은 아나톨리아 각지에서 데려와 흔즈르예디에게 판 아이들의 팔과 다리를 부러뜨리고, 피부에 깊은 상처를 내어 거지들의 군대에 새로운 병사들을 제공해주었다. 외과의사들 외에, 조합 환전인들은 한데 모은 돈들 사이에 의심스러운 것들이 있는지 조사했다. 동전의 금과 은 함량 비율을 연금술 절차에 따라 확인한 후 수입금을 회계원들에게 넘겨주었다. 아주 빠른 속도로 돈을 세는 이 사람들은 총계를 수입지출 장부에 기입한 후 그날 번 동냥 모두를 자신들의 왕초인 흔즈르예디에게 바쳤다. 거지들은 게으르고, 쓸모없고, 의욕이 없다고 주장하는 사람들은 조합에 와서 한번 훑어보기만 해도 자신들이 얼마나 큰 착각을 하고 있는지 알게 될 것이다. 거지들은 낮 시간대의 피로감과 게으름과는 반대로 밤이 되면 몇 시간만 자는 것으로 만족하고 개미처럼 열심히 일했다. 일터에서 돌아오면 그날의 수입을 지저분한 보따리에서 꺼내 몇 번이고 센 후, 증인들 옆에서 대장에 기입하고 흔즈르예디에게 양도했다. 그사이 줄을 서 있는 사람들 사이에서는 치고받는 소음이 끊임없이 이어졌다. 돈을 종류별로 분류하고 총액을 점검하는 동안, 장님 회계원이 곱셈을 잘못하면 사람들은 고래고래 소리를 지르며 이의를 제기했다. 밤이 깊어지면 횃불 몇 개를 더 붙인 후, 불구에다 절름발이인 사람이 새로 작곡한 애달픈 송시를 노래로 부르고, 이 노래를 더욱더 슬프게 만들기 위해 동료들로부터 도움을 구했다. 어떤 사람은 작은 공책에 갈대 연필로 쓴 기도문을 팔려고 애를 썼고, 붉은 잉크를 사용해놓고는 자신의 피로 썼다고 밝힌 시에 곡을 붙이기 위해 귀가 예민한 친구들에게 도움을 청했다. 일곱 명의 아이가 있는 여자는 길을 지나가는 가련한 사람들 앞에 풀어놓은 자신의 아이들에게 더 끈질기고, 더 강압적이고, 계획한 것을 반드시 하고 마는 사람이 되어야 한다고 명령하며, 말을 듣지 않는 아이들을 몽둥이로 때렸다. 이 모든 일은 음식이 요리될 때까지 계속되었다. 그날 저녁식사는 큰 솥에서 끓고 있는 쌀, 밀, 이집트 콩, 소금, 꿀, 고기 그리고 식용유가 혼합된 것이었다. 장작불에서 천천히 끓는 이 음식이 배급될 시간이 다가오면, 남녀노소 모든 거지들은 손에 동냥을 모으는 그릇을 들고 줄을 섰다. 솥에서 풍겨 나오는 음식 냄새를 코로 들이마시면 그들 배에서는 꼬르륵거리는 소리가 들려왔다. 음식을 요리하는 솥은 목욕하는 데에도 사용되곤 했다. 그러나 거지라는 직업의 관습에 따라 목욕은 일 년에 한 번, 그러니까 온갖 덕행을 하고, 가난한 사람들에게 마지막 동냥을 주는 라마단 축제 그다음 날 행해졌다. 왜냐하면 수입이 없는 날이 이 시기부터 시작되기 때문이었다. 거지의 몸에 있는 머릿니나 벼룩은 구걸할 땐 환영받는 존재이고, 라마단 축제 이후에는 어차피 한산해지기 때문에 그다음 날 조합에서는 물을 데우고, 노인과 어린아이 머리에 있는 이를 잡고, 때로는 주변 목욕탕에서 때밀이를 고용하여 부르기도 했다. 목욕하기 전날 아이들에게 마시게 한 머릿니 시럽의 효과가 나타날 즈음, 솥에 있는 물도 데워졌다. 뒤이어 때 미는 순서가 시작되었다. 얼마나 때가 많이 나오는지, 돈을 주고 고용한 때밀이들은 때를 민 늙은 거지의 등에서 떨어지는 때 뭉치들을 보면서 "아이고, 세상에, 하느님!"이라는 말을 반복하곤 했다.

아버지를 구하기 위해 이 이상하지만 다채로운 세계에 뛰어든 뷘야민은 아무에게도 들키지 않도록 조심하며 주위를 관찰했다. 그러면서 그때까지 알지 못했던 이 세계에 익숙해지려고 노력했다. 아직 흔적을 찾진 못했지만 아버지가 조합 건물에 있다는 것은 확실했다. 그러나 아버지에게 다가가는 것은 쉽지 않아 보였다. 만약 쵤피야르가 여전히 이 일에 관련되어 있다면, 우준 이흐산 에펜디를 분명히 주시하고 있을 것이기 때문이었다. 어쩌면 이 생각은 망상일 수도 있었다. 앉아 있던 자리에서 일어나 건물을 돌아보고, 아버지가 있는 곳을 확인해볼까도 생각했다. 하지만 몇몇 거지들의 하루 수입으로 꽉 찬 돈 자루가 문 앞에 쌓이는 것을 보고는, 앞으로 일어날 일을 조금 더 지켜보기로 했다. 그의 이러한 행동이 얼마나 다행한 일이었는지는 나중에 감사기도를 드려도 모자랄 정도가 될 것이다. 잠시 후 문 앞에 거지들하고는 전혀 달라 보이는 무기를 든 몇몇 사람들이 나타났기 때문이다. 뷘야민은 그들 속에 쵤피야르가 있는 것을 보고 얼어붙었다. 그는 흔즈르예디가 내민 몇 장의 종이에 도장을 찍은 뒤 건물로 들어와 늙은 거지들이 있는 구역으로 갔다. 눈에 띄지 않게 조심스레 그들을 주시하던 뷘야민은 쵤피야르가 바닥에 누워 있는 사람을 관찰하며 흔즈르예디에게 무엇인가 말하는 것을 보았다. 누워 있는 그 사람은 바로 거의 알아볼 수 없을 정도로 처참한 지경이 된 아버지였다. 젊은이는 가까스로 눈물을 참았다. 하지만 여전히 희망은 있었다. 희망이 없더라도 그 순간에는 지켜보는 것 이외에 자신이 할 수 있는 일이 없었다. 마음 같아서는 아버지 곁으로 가 손을 붙잡고 입맞춤을 하고 싶었다. 갑자기 너무나 속절없는 마음에 휩싸인 뷘야민은 그곳을 떠나 한 기둥 밑에 털썩 주저앉아 울기 시작했다. 그를 위로해줄 사람은 아무도 없었다. 단지 몇 명의 거지가 만약 이렇게 애처롭게 울 수 있는 감상적인 젊은이라면 자신의 직업에서 일취월장하여 달인의 경지에 이를 거라고 생각했을 뿐이었다.

뷘야민이 흐느껴 울고 있을 때 봄비가 내리기 시작했다. 흔즈리예디가 누굴 시켜 닫게 한다는 걸 잊어버린 정문에서 불어오는 시원한 바람이 조금이나마 그를 진정시켰다. 그러나 억수 같은 비가 쏟아지기 시작하면서 천둥과 번개까지 쳤다. 거지들은 자기들끼리 이렇게 말했다.

"비가 오는 건 좋은 징조야. 올해는 풍작이겠는걸. 적선도 많아질 거야."

이런 말을 하다 정문을 쳐다본 사람들은 그만 얼어붙고 말았다. 순식간에 건물 전체가 두려움과 분노의 웅성거림으로 휩싸였다. 분노와 공포로 떠는 거지들의 눈이 정문에 못 박혔고, 입술은 인내와 침착함을 기원하는 기도들로 달싹거렸다. 문 앞에 모든 사람이 보기만 해도 몸서리치는 누군가가 서 있었던 것이다.

턱수염도 콧수염도 없고, 대머리에다 눈썹도 속눈썹도 없는 남자였다. 하지만 그가 너무나 주눅 들어 보이는 데다 수줍음까지 탔기 때문에 뷘야민은 사람들이 왜 그를 두려워하는지 이해할 수 없었다.

"데르트리*가 왔어. 저놈에게는 말이 통하지 않아. 때려라! 이 건물을 무너뜨릴 놈이다!"

누군가가 이렇게 말하자 그들 중 용감한 사람들이 잠시 주저하다가 자리를 박차고 일어났다. 아이들이 그 남자에게 돌을 던지는 동안, 남자 어른들과 남자만큼이나 건장한 여자들이 몽둥이로 남자의 머리와 눈, 등을 때리며 이 비오는 밤에 그를 거리로 내몰았다. 뷘야민은 나중에야 거지들이 그를 두려워할 만하다고 수긍했다. 왜냐하면 데르트리라는 별명으로 불리는 이 사람은 정확히 여섯 번이나 번개를 맞았던 것이다. 한때 부유한 상인이었던 데르트리는 자신의 상점 안에 있다가 창문을 통해 들어온 번개에 맞아 머리카락, 수염과 함께 재산도 다 타버려 재가 되고 말았다. 그는 무일푼으로 정처 없이 거리를 떠돌다가 거지라는 직업에 마음이 동했다. 수염이 없는 거지는 환영받지 못했기 때문에 여름 내내 수염을 기르고 하얗게 염색을 했다. 이렇게 한 다음 구걸하여 모은 꽤 많은 자본은 가을에 그의 머리 위에 떨어진 번개로 머리카락, 눈썹, 속눈썹과 함께 다시 재가 되고 말았다. 그래도 그는 주저앉지 않았고, 털 없이, 수염 없이, 대머리 상태로 약간의 동냥을 얻을 수 있었다. 그러나 그의 머리 위로 세 번 더 번개가 떨어지자 그는 재수 없는 사람으로 알려지게 되었고, 술탄은 그가 지나가는

---

* '고민 있는 사람, 걱정이 있는 사람'이라는 뜻.

사원, 궁전, 저택에 번개가 떨어질 수도 있다는 이유로 콘스탄티노플에서 돌아다니는 것을 금지하는 칙령을 내렸다. 하지만 그는 이 칙령에 신경 쓰지 않았다. 한번은 칙령을 어겼다는 이유로 체포되었는데, 그가 감금된 감옥으로 번개가 떨어져 그 감옥을 보수하는 데 만칠천 악체가 들었던 것이다. 데르트리는 자신의 운명이 밥벌이 수단이 될 수 있다는 걸 깨닫고, 저택과 성 근처를 돌아다니며 사람들에게 집 안으로 번개를 떨어지게 하겠다고 협박하기 시작했다. 그가 나타나면 사람들은 동냥을 주고 쫓아내기도 했으며, 때로는 돌을 던지며 뒤쫓아 가기도 했다. 오랫동안 어느 지붕 아래 들어가본 적이 없는 이 사람의 가장 커다란 염원은, 어디든 폐쇄된 공간에서, 어떤 지붕 아래서든 마음 편히 잠을 자보는 것이었다.

데르트리를 돌과 몽둥이로 쫓으며 그들에게 피해를 주지 않을 안전한 거리까지 몰아낸 후 건물로 돌아온 사람들은 주변을 밝히고 있는 횃불이 낭비되지 않도록 몇 개만 남기고 모두 꺼버렸다. 거지들 중 누군가는 최근에 작곡한 송시를 암송했고, 누군가는 게시판에 기도 구절을 쓰며 낙서를 했고, 누군가는 횃불 아래서 주사위 노름을 했다. 아이들은 모두 이미 잠들었다. 과거 교회의 화재 흔적을 안고 있는 돔에서는 기침 소리, 기도 소리, 그리고 욕설들이 가끔 메아리쳤고, 가끔은 소원을 담은 채 던져진 주사위의 달그락거리는 소리가 들려왔다. 잠을 이루지 못하던 뷘야민은 조합에서 보낸 첫날 꽤 많은 정보를 얻을 수 있었다. 흔즈르예디에게 들은 바에 따르면, 거지들 사이에는 엄격한 계급이 있었다. 뷘야민의 직속상관은 알렘사트라는 남자였다. 이 사람은 기도문이 적힌 종이 담당자, 송가 부르는 사람, 송시 쓰는 사람 그리고 장님들의 책임자인 동시에 임대 구걸 장소의 대장이었다. 알렘사트의 조력자는 외테르뷜뷜이라는 이름의 신체 불구자였다. 조합에서 가장 계급이 낮은 뷘야민은 하얀 수염을 기른 이 상전들의 명령에 따라 기도가 적힌 종이를 관리하는 우타르드라는 사람의 조수가 되었다. 이제 그의 임무는, 매일 아침 기도를 올리기 전에 그들의 손등에 입을 맞춘 후, 함께 사원들을 돌아다니며 자신의 방식에 따라 동냥을 하는 것이었다.

밤새 잠을 설친 뷘야민이 아침 무렵 막 잠이 들려고 하는 순간, 우타르드가 지팡이로 그를 쿡쿡 찌르며 깨웠다. 우타르드는 왼쪽 눈이 보이지 않았고, 오른쪽 다리는 마비되고, 꼬질꼬질한 하얀 턱수염을 한 사람이었다. 셀 수도 없이 많은 헝겊 조각으로 기워 만든 긴 웃옷을 입고 있었다. 그는 그 옷에 기워진 헝겊 조각을 가장 자랑스러워했다. 왜냐하면 그것들은 총리대신, 정부 각료, 학자 그리고 많은 부자들이 한때 입었던 술탄이 선물한 옷, 카프탄, 잠방이, 셔츠를 만들고 남은 천 조각들이었던 것이다. 우타르드는 새 조수에게 자신의 손등에 입을 맞추도록 한 다음 그에게 손바닥만 한 종이 다발을 건네주었다. 각 종이 위에는 '당신이 예배를 드릴 때 이마를 대는 모든 곳이 캬베*가 되길 기원합니다. 부디 한

---

* 메카에 있는 검은 천으로 덮인 커다란 입방체 모양의 돌로 된 구조물로, 무슬림들은 이 구조물을 향해 예배를 올린다. 캬베의 한구석에는 검은 돌이 있다. 만약 캬베 안에서 예배를 올린다면 어느 방향으로 기도를 해도 무방하다.

푼만'이라고 쓰여 있었고, 이 구절 위에 캬베 그림이 그려져 있었다. 뷘야민이 할 일은 아주 단순했다. 신자들이 예배를 드리는 동안 사원 관리인들을 따돌리고 사원으로 들어가서, 엎드려 기도하는 사람들이 이마를 대는 곳에 이 종이를 놓는 것이었다. 그러면 신자들은 엎드릴 때 어쩔 수 없이 이 종이를 읽게 되고, 종교적 감정에 푹 빠져 있는 때인지라 어찌 되었든 마음에서 동정심이 우러나와, 예배가 끝나고 해산할 때 조수와 함께 동냥을 하는 우타르드에게 악체 몇 푼을 주지 않을 수 없었던 것이다.

뷘야민 앞에는 두 가지 위험이 놓여 있었다. 하나는 사원 관리인들이었다. 당시 법에 의하면, 사원 안에서 구걸을 하여 기도하는 사람들을 불편하게 하는 것이 금지되어 있었다. 손에 몽둥이를 들고 있는 관리인, 수문장 들의 의무는 바로 이러한 거지들을 내쫓는 것이었다. 그래도 젊은이는 기도를 하는 척하며 안으로 들어가 벽 가장자리 어딘가에 자리를 잡을 수 있었다. 신자들이 엎드리는 순간, 그러니까 신자들의 주의가 집중되어 있지 않은 바로 그 순간 잽싸게 첫 번째 줄에 있는 신자들 앞에 종이를 놓고, 두 번째 줄로 넘어갔다. 그렇지만 예배가 끝날 때쯤 관리인들에게 적발되는 것을 피할 도리가 없었기 때문에, 신자들이 사원에서 해산하기 전에 밖으로 나와야만 했다. 두 번째로 조심해야 할 것은 종이 수거였다. 장인에게 동냥과 함께 넘겨주어야 하는 이 종이들이 하나라도 모자라면 그 책임을 뷘야민이 져야 했다. 그렇기 때문에 무슨 일이 있더라도 사원 안에 있는 사람들의 동정심을 불러일으켜야만 했다. 만약 제대로 하지 못하면 몽둥이감이었다. 왜냐하면 종이에 그 글을 써주는 사람이 자기 노동의 대가로 많은 돈을 요구했기 때문이다.

우타르드는 먹고 마시는 것을 줄여가며 타흐텔칼레에 한 곳, 아야소피아 지역의 사원 두 곳을 구걸 장소로 임대했다. 아야소피아 지역의 두 군데는 아직 사원 관리인들과 뇌물 액수에 합의하지 못해 더 위험했다. 경험이 전혀 없던 뷘야민은 이러한 이유로 매를 흠씬 두들겨 맞았다. 정오기도 시간 이후 우타르드가 그의 얼굴에 침을 뱉으면서 이런 식으로 해서는 절대 구걸의 달인이 될 수 없다고 말했다. 저녁 무렵 우타르드가 무슨 이유에선지 너무나 우울해서 할리치 만에 있는 술집으로 가야 했다. 우타르드는 선불을 요구한 술집 주인이 가져온 포도주를 마시면서 울었다. 그는 자신이 뷘야민에게 욕설을 하고 때리기도 했지만 실은 뷘야민을 자식처럼 사랑하며, 자기 손으로 짝을 찾아 결혼식을 올려줄 것이고, 자식이 생기면 친손자처럼 정성스레 돌보며 그 아이들에게 구걸하는 비법을 전수할 것이라고 말했다. 그러고는 뷘야민에게 가장 좋은 것은 유전적으로 신체 장애가 있는 집안의 여자와 결혼하는 것이라고 했다. 불구로 태어난 아이들은 이렇게 해서 미래가 약속된 거지가 될 수 있다는 것이다.

우타르드는 마시면 마실수록 더 울었고, 울면 울수록 더 마셨다. 그러다 결국 앉아 있던 자리에서 곯아떨어졌다. 그들은 저녁 예배 시간도 놓쳐버렸고, 아직 흔즈르예디에게 상납할 몫도 모으지 못한 상태였다. 이 때문에 뷘야민은 셔츠 속에 꿰매 숨겨놓았던 육 악체와 동전 스무 개를 그 늙은 거지의 자루에 넣어놓아야

했다. 그러나 그것만으로는 충분치 않았다. 그는 자기 몸을 뒤져 눈에 띄지 않는 몇 푼을 더 찾으려 했다. 자신이 가지고 있는 마지막 돈은 아버지가 그에게 준 책 사이에 넣고 다니던 그 동전뿐이었다. 처음에는 이 불길한 동전에서 벗어날 수 있는 절호의 기회라고 생각하고는 그 동전을 늙은 거지의 자루에 넣으려고 했다. 그러나 막판에 포기해버렸다. 조합에서 배급하는 식사를 놓쳤기 때문이다. 이 돈으로 어쩌면 빵 굽는 화덕에서 빵 반 덩어리를 살 수 있을지도 몰랐다. 뷘야민이 이미 곯아떨어진 우타르드를 등에 업고 종종걸음으로 조합 쪽으로 갔을 때 빵 굽는 화덕은 모두 닫혀 있었다. 뷘야민은 그날 저녁을 굶고 자야 했다.

뷘야민이 우타르드와 구걸을 다닌 다음 날도, 그다음 날도 이 첫날과 다르지 않았다. 젊은이는 시간이 지나면서 이 장님의 성질과 성격을 알게 되었다. 늙은 장님은 밤에 잠을 자지 못했기 때문에 아침에 짜증을 부렸다. 하지만 정오예배 시간을 기다리기 위해 찻집에서 커피를 마시고 나면 그 짜증은 서서히 가라앉았다. 저녁 무렵은 그에게 가장 유쾌한 시간이었다. 그러나 포도주 몇 잔이 들어가면 정신 상태가 변하고 우울해지기 시작했다. 술기운이 계속 유지되는 동안은 우울하기는 했지만 동시에 이해심 많고 너그러워지기도 했다. 때로 조수에게 가장 질 나쁜 포도주이기는 했지만 한잔 사주기도 했고, 젊은이가 자신이 가진 유일한 돈으로 술값을 내려고 하면 한사코 말리며 자신의 돈주머니를 열기도 했다. 얼마 지나지 않아 장님이 술에 곯아떨어지면 뷘야민은 조합까지 이 늙은이를 업고 갔으며, 흐즈르예디에게 수입금을 양도한 후 남들이 눈치 채지 않게 아버지 우준 이흐산 에펜디를 슬쩍 살펴보곤 했다. 아버지는 흔즈르예디의 오른팔인 알렘사트의 감시를 받고 있었다. 어떤 악몽을 꾼 뒤 다리가 마비되어 목발을 짚어야만 걸을 수 있었던 알렘사트는 조합의 안전을 책임지고 있었다. 우준 이흐산 에펜디를 감시하는 것 외에도, 콘스탄티노플에서 거지들을 위협하는 어떤 위험을 해결해야 했기에 꽤나 걱정이 많아 보였다. 그 위험이란 자신을 에프라시압이라고 밝히고는, 죄를 저지른 마을에 자신의 손자국을 남기는 어떤 아이였다.

이후 믿음직하지 못한 몇몇 역사학자들이 '아이들의 반란'이라고 명명한 활동의 우두머리인 이 아이는 여덟 살에서 열 살 사이의 아이 마흔네 명으로 구성된 비정규 무장 단체와 함께 장난감 가게들을 습격하여 딸랑이와 오뚝이를 약탈하고, 생크림 가게에 들이닥쳐 후원금을 요구했다. 그 아이가 이 무장 단체와 어디에서 먹고 자는지는 알 수 없었다. 들리는 소문에 따르면 그의 진짜 이름은 알리바즈이며, 엄마는 콥트족 출신이라고 했다. 그 아이가 거지들을 혐오하는 이유는, 흔즈르예디도 잘 알고 있는 바, 그 아이가 통솔하는 무장 단체의 한 아이가 조합 소속 윗분들 중 한 명에게 잡혀 불구가 된 후 강제로 구걸에 나서야 했기 때문이다. 에프라시압의 분노가 얼마나 컸는지, 그는 장님에서 신체 마비 환자, 중풍 환자에 이르기까지 모든 거지들을 잔인하게 괴롭히기 시작했다. 장님들에게 발을 걸어 바닥에 나뒹굴게 만들고, 신체 마비 환자의 목발을 부러뜨리고, 꼽추들을 올가미 밧줄로 묶었다. 이러한 괴롭힘 가운데 가장 최악은 늙은 거지들이 정성스레 길러

백색이 된 턱수염을 불태우는 것이었다. 이는 그 가련한 노인들의 밥벌이가 없어진다는 의미였다. 턱수염이 없는 거지에게는 그 누구도 동냥을 주지 않았기 때문이다.

에프라시압의 훼방이 날이 갈수록 심해져, 안전을 책임지는 알렘사트는 수입금이 갈수록 줄어드는 것을 보며 슬퍼하는 흔즈르 예디에게서 거의 매일 꾸지람을 들었다. 결국 알렘사트는 요직에 있는 몇몇 거지들에게 총을 나눠주었고, 그 결과는 곧바로 나타났다. 한 눈은 보이지 않고 다른 한 눈에는 백내장이 있는, 학질에 걸린 듯 손과 팔을 계속 떠는 어떤 거지가 실수로 소를 쐈고, 그 총소리에 놀란 임부가 아이를 유산하는 사건이 일어난 것이다. 이 거지는 즉시 체포되어 감옥에 들어갔다. 그 죄에 대한 벌은 거지의 신체 기관 중 한 군데를 자르는 것이었다. 하지만 신체의 결함이 거지들에게는 가치 있다는 것을 아는 재판관은 이 벌을 내리는 대신 그를 콘스탄티노플에서 추방했다. 이 사건이 있은 후 거지들이 자신에게 총을 반납한 뒤에도 알렘사트는 포기하지 않았다. 어느 날 밤 그는 조합을 나서 톱카프 밖으로 나갔다. 밤새 들판을 걷고 산을 넘고 강을 건너 어느 산자락에 도착했다. 그가 붉은 안감을 댄 긴 겉옷을 벗어 공중에서 한두 번 흔들자, 산에 있던 모든 산적들이 내려와 그의 곁으로 왔다. 그는 세 명의 산적을 한 달간 고용하기로 산적 두목과 합의를 했다. 이 산적들의 임무는 자신들의 두목이 금화 사십 개를 받는 대가로 에프라시압과 그의 부하들을 처벌하는 것이었다. 산적들을 우마차의 짚더미 사이에 숨겨 도시로 데려온 알렘사트는 그다음 날 자신이 얼마나 옳은 일을 했는지 알게 되었다. 산적들이 거지를 궁지에 몰아넣은 아이들 중 두 명을 죽이고, 다른 두 명을 생포하여 흐즈르예디에게 바쳤던 것이다. 하지만 그후 이 산적들은 슬슬 무위도식하기 시작하더니, 툭 하면 알렘사트에게 돈과 자릿세를 요구하기 시작했다. 그래서 알렘사트는 할 수 없이 도시 수비대에게 알리겠다고 위협하여 그들을 간신히 산으로 되돌려 보냈다.

그러고 나서 거지들이 에프라시압의 행패로 다시 신음하기 시작했을 때, 왕초인 흐즈르예디는 자신의 상념에 빠져 조합 일을 게을리 했고, 상황은 악화되었다. 그가 얼마나 우울하고 얼마나 절망적인 상태였던지, 공중제비를 넘고 네이*를 부는 꼽추 난쟁이들도 그를 웃게 만들지 못했다. 결국 올 것이 온 것이었다. 한쪽 발을 진흙탕에 담그고 있던 늙은 흐즈르예디가 양심의 가책을 느끼기 시작했던 것이다. 그는 자신이 지옥의 고통에서 구제될 수 없을 거라고 말했다. 왜냐하면 돼지고기를 지나치게 많이 먹었고, 매일 밤 포도주 반 통을 마셨으며, 종교적으로 먹는 것이 금기시된 동물의 고기를 먹는 자신을 저주하고 있었기 때문이다. 매일 밤 포도주를 마시는 그를 본 독실한 신자 거지들은 서로 쿡쿡 찌르며 교훈으로 삼으라고 왕초를 가리켰다. 그러고는 자기들끼리 이렇게 말하곤 했다.

"어차피 죄를 많이 지었지. 장례식이 가까워졌어."

흐즈르예디는 자신이 평생 먹어치운 그 많은 돼지고기로 인해

---

* 피리의 일종.

양심의 가책과 후회의 나날을 보내느라 조합 일을 얼마나 소홀히 했던지, 매일 밤 에브레헤에게 보내기로 약속한 그날치 수입을 모으는 일에도 신경 쓰지 않았다. 어느 날 밤 조합에 온 쥘피야르는 돈이 자루에 담겨 있지 않은 것을 보고는 그의 뺨을 호되게 갈겼다. 다음 날도 이런 일이 반복된다면 그 붉은 알약을 더이상 주지 않겠다고 말했다. 하지만 이제 죽고 사는 것도 흔즈르예디에게는 관심 밖의 일이었다. 다음 날 밤 다시 찾아온 에브레헤의 부하들이 또다시 돈이고 뭐고 준비되어 있지 않은 것을 보고는 그를 얼마나 흠씬 때렸는지 흔즈르예디의 입과 코에서 피가 철철 흐르기 시작했다. 그런데도 흔즈르예디는 이렇게 소리 질렀다.

"때려, 동정하지 말고 날 죽여! 이 세상에서 사는 것은 종교적으로 내게 금지되어 있어!"

그러면서 자신의 코에서 흐르는 피가 돼지의 피라고 말했다. 죽어도 개의치 않겠다는 흔즈르예디를 보고 쥘피야르는 어찌할 바를 몰랐다. 피투성이가 되어 바닥에 누워 있는 흔즈르예디에게 몇 번 더 발길질을 한 쥘피야르는 부하들을 데리고 돌아갔다.

뷘야민은 이 사건이 벌어진 다음 날 에브레헤를 처음 보게 되었다. 조합에 처음 왔을 때부터 쥘피야르와 그 부하들을 특별히 주시하고 있던 젊은이는, 만약 흔즈르예디가 그러한 태도를 고수한다면 그들이 어떻게 행동할지 궁금했다. 거지들의 왕초는 그날도 다른 날처럼 포도주 통 앞에서 술을 마시고 있었다. 그들이 오기 한 시간 전까지 돈 자루는 여전히 준비되지 않았다. 결국 예상했던 일이 일어나고 말았다. 몇몇 군인이 발로 걷어차 조합의 정문을 열었고, 건물 안으로 스무 명에 가까운 예니체리들이 들어왔다. 쵤피야르와 부하들의 한가운데에 있는 사람이 뷘야민의 시선을 사로잡았다. 에브레헤였다. 검은 터번을 두르고 새까맣고 긴 겉옷을 입은 그는 분노에 차 흔즈르예디 곁으로 다가왔다. 하지만 흔즈르예디는 이미 만취 상태였다. 그는 커피 한 잔과 양동이에 물을 가득 담아 오라고 명령했다. 차가운 물을 뒤집어쓴 술주정뱅이가 겨우 정신을 차리자 설탕이 들어가지 않은 커피를 억지로 마시게 했다. 게슴츠레한 눈에 생기가 돌았을 때 그는 자기 앞에 있는 에브레헤를 보고 자신의 눈을 믿을 수 없었다. 그 위대한 수장이 친히 이곳으로 발걸음을 한 것이었다. 종교적으로 금기시된 것을 먹어서 더 무거워진 그 많은 죄에 배은망덕한 행동이 추가될 것이 분명했다. 며칠 동안 느꼈던 후회감과 죄책감으로 풀이 죽을 대로 죽은 흔즈르예디는 그의 주인을, 그 위풍당당한 사람을, 그 숭고한 에브레헤를 그 위대한 풍모와 함께 눈앞에서 보게 되자, 그리고 그를 이 누추한 곳까지 납시게 한 것을 생각하자 너무나 송구스러워 자신이 머릿니나 벼룩만도 못한 인간으로 느껴졌다. 흔즈르예디는 그에 대한 존경심의 표현으로 자리에서 일어나 책상다리를 하고 앉았다. 하지만 속이 메스꺼워 토하고 싶었다. 결국 참지 못하고 그날 밤 먹은 모든 것을 토해내고 말았다. 주인이 그에게 미소를 지어 보였다. 하지만 그건 끔찍하고 소름 끼치는 미소였다.

"네 주인을 빨리도 잊었구나. 내가 원하는 것을 왜 하지 않나? 내가 없다면 이 세상에서 살 수 없다는 것을 모르느냐?"

에브레헤가 말했다.

흔즈르예디는 며칠 동안 계속된 자신의 불충이 수장을 오랫동안 뵙지 못해 그의 위대함과 위풍당당함을 잊었기 때문이라는 걸 알게 되었다. 그는 떨리는 목소리로 말했다.

"저를 용서해주십시오, 수장님. 너무나 오랫동안 죄악에 빠져 있어 제 자신이 무슨 짓을 저질렀는지도 모르게 되었습니다. 원하시면 절 죽이시고, 원하시면 놔주십시오. 수장님 뜻대로 하십시오. 하지만 수장님의 종인 저 흔즈르예디가 후회하고 있다는 것만은 알아주십시오. 그럼 원하시는 모든 걸 다하겠습니다. 지금 당장 절 죽여주신다면 기꺼이 죽겠습니다."

에브레헤는 그를 주시하며 말했다.

"난 너의 죽음을 바라지 않는다. 물론 지금은. 하지만 네가 똑같은 짓을 반복한다면, 죽음은 너에게 너무나 쉬운 구원이 될 것이다. 이를 알고 있겠지?"

이 말을 들은 남자의 손과 발이 덜덜 떨리기 시작했다. 하지만 에브레헤는 여전히 그에게서 눈을 떼지 않고 있었다. 이는 흔즈르예디를 더욱더 갈등하게 만들었다. 수장의 날카로운 시선을 계속 받고 있자니 너무나 괴로웠고, 그의 시선을 피하자니 무례하게 느껴질까 두려웠던 것이다. 거대한 힘 앞에서 느끼는 이 당황스러움에서 어떻게 벗어나야 할지 알 수가 없었다. 그래서 흔즈르예디는 손님을 접대하는 집주인 노릇을 하기로 결론을 내렸다.

"존엄하신 수장님. 여기까지 오셨는데 아무것도 대접하지 못했습니다. 누추하긴 하지만 이곳까지 오셨는데, 그냥 가시는 것은 있을 수 없는 일입니다. 허락하신다면 수장님께 한 상 차려 올리겠습니다."

이 교활한 거지는 그 자리를 모면하기 위한 임시응변이긴 했지만 이렇게 해서 솔선하여 여러 사람에게 명령을 내리기 시작했다. 가운데에 상을 놓고 바닥에 요를 깔았다. 그리고 포도주 통을 열었다. 왕초는 창고에서 말린 수죽*, 훈제 쇠고기, 가장 좋은 빵들을 가져오게 해서 상을 차렸다. 불을 피우고 양 새끼와 닭 바비큐 요리를 하기 시작했다. 흔즈르예디는 손에 포도주 병을 들고는 손수 주인의 잔에 술을 따랐고, 손님들이 만족해하는 것을 보면서 만면에 미소를 띠었다.

다른 거지들이 침을 흘리며 이 음식들을 바라보고 있는 동안에도 뷘야민은 에브레헤에게서 눈을 떼지 못하고 있었다. 그러니까 이 털이 없고 갈라진 목소리의 검은 옷을 입은 주인공이 쥘피야르의 주인인 것이고 동시에, 이 박쥐 같은 옷을 입은 이상한 행동거지와 투명한 피부를 한 재수 없는 인간이 자신과 자기 아버지의 운명을 바꾼 사람이었던 것이다.

뭘 해야 할지 한참을 궁리하던 뷘야민은 자신에게 찾아온 첫 번째 기회를 잘 이용해야겠다고 결심했다.

얼마 지나지 않아 기다리던 기회가 찾아왔다. 손님들이 흔즈르예디가 차린 음식들을 맛있게 먹고 있을 때, 어떤 행운의 신호인지는 몰라도, 에브레헤가 손을 가슴으로 가지고 갔다. 얼굴이 새

---

* 부풀려 말린 동물의 내장 속에 양념과 간 고기를 채워 넣은 음식.

하얗게 질리고, 튀어나온 커다란 눈에 핏발이 섰다. 기침을 하고 싶어하는 것 같았다. 처음에는 아무도 무슨 일이 일어나고 있는지 알지 못했다. 주인이 중독되었다고 결론을 내린 쥘피야르의 손은 반사적으로 검의 손잡이로 향했다. 하지만 문제의 원인은 완전히 엉뚱한 데 있었다. 에브레헤가 먹었던 음식 가운데 하나가 그의 기도를 막았던 것이다. 조금 전까지만 해도 백설처럼 하얗던 얼굴이 지금은 새파랗게 변해 있었다. 갑자기 소란이 일어났다. 쥘피야르는 주인에게 물을 마시게 하면서, 여기저기 명령을 내려 의원을 부르고 출입구를 막으라고 말했다. 하지만 바로 그때 예상치 않았던 일이 벌어졌다.

뷘야민이 자리를 박차고 일어나 음식이 차려진 곳으로 가 에브레헤를 일으켜 세웠다. 뷘야민은 숨이 막혀 죽기 일보 직전인 수장의 뒤로 가 팔로 그의 배를 둘러 안고는 순간적으로 갈비뼈를 눌렀다. 이 압박으로 흉부에 갇혀 있던 공기가 터져 나오면서 기도를 막았던 음식물이 입에서 튀어나왔다. 그것은 조합의 수입 가운데 흔즈르예디의 몫으로 떨어진 세금으로 산, 토끼 육수로 만든 티리티* 조각이었다. 모두 안도의 한숨을 내쉬었다. 흔즈르예디가 주인에게 박하 농축액 향기를 맡게 하는 동안, 중독과 질식의 징후를 헷갈려 했던 쥘피야르는 에브레헤의 입에서 튀어나온 음식 덩어리를 나중에 관찰할 요량으로 손수건에 쌌다.

박하향의 영향으로 정신을 차린 수장은 자신의 생명을 구한 젊

---

* 튀긴 빵을 육수에 삶아 만든 음식.

은이를 머리끝에서 발끝까지 훑어본 후 물었다.

"넌 의원이 아니구나. 이 처치 방법을 어디서 배웠느냐, 그리고 무슨 이유에서 배웠느냐?"

뷘야민은 이제 영웅처럼 행동해야 한다고 생각했다. 에브레헤의 생명을 구한 방법을 아버지인 우준 이흐산 에펜디에게서 배웠음에도 이렇게 말했다.

"그걸 어디서 배웠는지는 중요하지 않습니다. 제 목적은 당신을 구하는 것이 아니었습니다. 단지 이 방법이 효과가 있는지 없는지를 보고 싶었을 뿐입니다. 왜 배웠냐고요? 저는 무엇인가를 알기 위해서 이 세상에 태어났습니다. 제게 있어 신성한 것이 있다면 그건 지식입니다. 이 세상과 다른 세상의 지식 말입니다. 이러한 이유로 제가 배운 것을 이성의 저울에서 재본 후 그것이 옳은지 그른지를 알아보는 것뿐입니다."

에브레헤는 얼굴을 찡그렸다. 조합원이 주인에게 교만한 인상을 주었을까봐 걱정에 휩싸인 흔즈르예디는 뷘야민이 재미있는 말이라도 한 것처럼 가식적인 폭소를 터트렸다. 하지만 수장은 더더욱 못마땅한 표정을 지었다. 의심이 가시지 않은 에브레헤는 알아볼 수 없는 상태인 젊은이의 얼굴 뒤에 숨겨진 정체를 끌어내려는 듯 오랫동안 그를 바라본 후 말했다.

"만약 이 세상에서 가장 커다란 목적이 '아는 것'이라면, 아직 네가 배워야 할 것들은 많다. 어쩌면 이러한 것들을 내게서 배울 수도 있을 것이다. 어떤 사람들은 지식을 신학교에서 찾고, 어떤 사람들은 폐허에서 찾지만, 나는 그것을 다른 곳에서 찾고 있다.

그렇다면 너는 어디에서 찾고 있느냐?"

뷘야민은 단호하게 대답했다.

"세상입니다."

수장의 얼굴에 미소가 번졌다. 에브레헤에게서 아주 드물게 볼 수 있는 이 미소에 쥘피야르도 놀라고 말았다.

"거참 이상한 공통점이군. 나는 그 대답이 오로지 내게만 유일한 것이라고 생각했는데. 너를 더 자주 만나봐야겠구나. 갈가리 찢겨진 얼굴 뒤에 실은 누구의 얼굴이 있는지 궁금하구나. 내일 정확히 자정에 내게 오너라. 나를 어디서 찾을 수 있는지는 이 가련한 놈이 알고 있다."

'가련한 놈'이란 흔즈르예디를 가리키는 말이었다. 부하들이 준비된 돈 자루를 노새에 싣는 동안, 에브레헤는 긴 웃옷을 걸치고는 밖으로 나갔다. 그가 얼마나 당당해 보였던지, 조금 전 죽음을 눈앞에 두었던 사람과 같은 사람이라고는 생각할 수 없었다.

III

콘스탄티노플이 깨어나기 조금 전, 사원 첨탑의 쉐레페*에 있는 뮈에진들이 손바닥에 있는 시계를 보며 귀에 손을 댄 채 기도 시

---

* 기도를 읊는 사원 첨탑에 있는 발코니. 뮈에진이 이곳으로 올라가 기도 시간을 알리는 코란 구절을 읊는다.

간을 기다리고 있을 때, 얼굴의 수많은 상처 자국 밑에 오로지 자기만 아는 정체를 지닌 젊은이가 도시 한가운데에서 정처 없이 배회하고 있었다. 사악한 도둑들이 먼저 그를 보았다. 등에는 훔친 물건들로 가득 찬 자루를 메고, 천으로 된 넓은 허리띠에는 온갖 종류의 문을 열 수 있는 열쇠를 찬 채 일을 마치고 돌아가던 이 남자들은 신에게 감사드리며, 자신들의 왕초인 미르데센크 세흐페르네비의 이름을 읊으며 서른아홉 개 구슬이 꿰어진 기도 염주를 세면서 의심스런 눈초리로 그 젊은이를 훑어보았다. 머리를 혼란스럽게 하는 생각들로 그날 저녁 잠을 이루지 못했던 젊은이를 본 두 번째 사람들은 사형 집행인들이었다. 목을 매달고, 자르고, 질식시키는 데 쓰는 기름 먹인 가죽 끈, 도끼, 칼, 밧줄을 허리에 찬 조수들, 보조 장인 그리고 사형 집행인들은 그날 밤 목을 친 후 부패를 방지하기 위해 소금을 뿌린 여덟 고관의 머리를 자루에 넣고는, 궁전에서 보낸 노새들을 기다리고 있었다. 닭이 울기 시작했을 때 이번에는 남색가들이 그를 보았다. 항문 성교를 할 때 물건에 바를 기름이 든 작은 상자들을 주사위처럼 땅에 굴려 주사위 노름을 하고 있던 이 남자들은 젊은이를 머리끝에서 발끝까지 훑어보았다. 그가 마흐뭇파샤*에서 돌아다니고 있을 때는, 울고 웃고, 공중제비를 넘고, 물구나무를 서고, 입에서 침을 흘리고, 허리에 사슬을 묶은 광인들이 그를 보았다. 사원에서 아침기도 시간을 알리는 때였다. 남색가들과 뻔뻔스러운 소년들이 애교와 교태를

---

* 이스탄불에 있는 재래시장.

부리며 젊은이에게 가격을 속삭였다. 상인들이 첫 손님을 진열장이나 가게로 부르기 시작했을 때, 장대에 돈 상자를 끼워 나르기 시작한 아르메니아인 짐꾼들이 그를 알아보고는 뒤를 돌아보자마자 언월도를 잡았다. 타흐텔칼레에서 낮에는 환전상을 하고, 밤에는 노름을 하는 이 사람들은 머릿속에 수천 가지 생각을 가진 젊은이가 그들 앞을 지나가자 이렇게 말했다.

"아이고, 세상에나! 금의 순도를 혀로 알아내고, 주사위 노름을 할 때는 처음 던지자마자 주사위 두 개가 동시에 여섯 개의 눈이 나오게 하는 우리 주인의 목숨을 그러니까 저 젊은이가 구했단 말이지!"

시장을 지나는데, 창문으로 세계 각지에서 온 다양한 민족으로 구성된 상인들의 형형색색 머리 장식들이 보였다. 다뤌퓔퓔, 케바베, 압둘카흐르*, 계피를 파는 상인들은 생강을 사는 중개인들에게 말했다.

"아이고, 세상에! 하나를 주고 사서, 그것을 열하나에 되파는 수장님이 바로 저 젊은이에게 목숨을 빚졌다오."

그러고는 코담배 상자를 손님에게 건넸다. 태양이 천체 관측의의 열여섯 번째 나침 방위선에 올라갔을 때, 모든 주문(呪文)들이 실현되었던 순간에, 젊은이가 갑자기 우준차르시 시장의 한 골목에 나타나 쓰레기 더미 위에 앉아 있던 검은 고양이를 놀라게 한

---

* 다뤌퓔퓔, 케바베, 압둘카흐르는 실제로 존재하지는 않는, 작가가 만들어낸 상상의 향료나 양념이다.

것은 마법사들이 보기에 좋지 않은 징후였다. 점성술사들이 이번에는 천체 관측의의 스물한 번째 나침 방위선에서 태양을 보았을 때, 베야즈트 사원의 첨탑으로 올라가던 모든 뮈에진들은 신자들이 정오예배를 보기 위해 몸을 정갈히 씻는 샘에서 이 젊은이가 물을 마시는 모습을 목격했다. 사원에 있던 사람들이 두 번째 기도를 시작했을 때, 고서점 주인들이 수장의 목숨을 구한 이 젊은이를 보았다. 글을 쓸 때 묻은 검은 잉크 자국이 혀와 손가락에 그대로 남아 있는 이 남자들은 젊은이가 그들의 서점 앞을 지나갈 때 비밀스러운 이야기들을 속삭였다. 뷘야민은 그날 콘스탄티노플 사방을 돌아다녔다. 시장, 목욕탕, 찻집, 목욕탕 보일러실, 사원, 상점에 들어갔다 나왔다. 지식인과 바보들, 학자들과 무식한 사람들, 모자 장수와 도매상들, 사기꾼과 파산자들에게 몇 번이나 모습을 드러냈고, 인지시켰고, 눈에 띄었고, 인식되었다. 그리고 마침내 미스르 차르시스*에서 속임수를 써 쥘피야르와 그 부하들을 따돌리는 데 성공했다.

　빈자리가 하나 남아 있는 나룻배에 뛰어 올라 갈라타로 가는 동안 그의 머릿속은 희망과 근심으로 가득했다. 어제까지만 해도 자신을 지배했던 사건들에 새로 질서가 잡혀 희망은 생겼지만, 한편으로는 자신을 의심하는 쥘피야르의 눈빛이 마음에 걸렸다. 왜냐하면 그 사람은 원정에서 돌아올 때, 진짜 정체는 알 수 없었겠지만 부상자들로 가득 찬 그 우마차에서 갈가리 찢겨진 자신의 얼굴

---

* '이집트 시장'이라는 의미로, 이스탄불에 있는 향신료 및 양념 시장.

을 보았기 때문이다. 따라서 심문을 당한 흔즈르예디가 그에게 자신이 아나톨리아에서 왔다고 말한다면, 그 사람의 의심은 더 커질 게 분명했다. 지난밤에, 에브레헤가 간 후 흔즈르예디가 그의 곁으로 와 이렇게 말했다.

"이봐 젊은이! 에브레헤의 목숨을 구했으니, 네 인생도 구한 셈이야. 그 사람들은 큰일을 하지. 그러니 네가 잡은 기회를 놓치지 마. 무슨 수를 써서라도 그 사람들 사이로 들어가. 그들의 일원이 되면 널 도와준 이 가련한 흔즈르예디도 잊지 말고 말이야."

거지들의 왕초는 이렇게 말한 다음, 행운을 가져다달라는 의미로 젊은이의 손에 마흔한 개의 악체와 한 개의 금화를 쥐여주고는, 그날 마음껏 돌아다니며 놀다가 자정이 되기 전에 주전소 옆 찻집 앞으로 가라고 주의를 주었다.

나룻배가 할리치 만을 지나 카라쾨이에 도착했을 때, 뷘야민은 부두로 뛰어 올라가 뒤를 돌아보았다. 해안에서 백 길 정도 떨어진 나룻배에 쥘피야르와 그 부하들이 타고 있는 게 보였다. 그들이 육지로 올라오기 전에 몸을 숨기려고 카라쾨이 문으로 들어가 아랍 사원으로 가는 길로 접어들었다. 뷘야민은 한적한 골목에 있는 찻집에서 차를 마시며 숨을 돌렸다. 벽에 등을 기대고 주위를 살펴보면서 그날 밤 있을 일에 대해 생각하기 시작했다.

커피를 네 잔째 마셨을 때 귀에 익은 목소리가 들려왔다. 아버지 우준 이흐산 에펜디를 감시하고 있는 알렘사트였다. 세 장님에게 '주의하지 않아 그를 놓쳐버린 일에 대해' 소리를 버럭버럭 지르면서, '만약 저녁때까지 그를 갈라타에서 찾아내지 못하면, 밤에 세 명 모두 발바닥에 몽둥이찜질을 당할 줄 알라고' 화를 내고 있었다. 그들에게 들키지 않도록 고개를 돌린 뷘야민은 너무나 기쁜 나머지 심장이 쿵쿵 뛰었다. 아버지가 갈라타 어딘가에서 아무도 없이 혼자 배회하고 있었기 때문이다. 이는 아버지에게 접근할 수 있는 하늘이 내린 기회였다.

뷘야민은 쥘피야르의 부하들과 마주치지 않게 주의하며 갈라타 전체를 뒤지기 시작했다. 그러나 해가 질 때까지 어디에서도 아버지의 모습을 볼 수 없었다. 그는 카슴파샤 묘지에 가보기로 했다. 날이 어두워지기 시작했고, 그는 묘지에서 홀로 있는 한 사람을 발견했다. 바로 아버지 우준 이흐산 에펜디였다. 그는 광장 일곱 군데와 목욕탕 보일러실 주인의 무덤 앞에서 무릎을 꿇고 기다리고 있었다.

젊은이는 조용히 아버지 곁으로 다가갔다. 손을 그의 어깨 위에 막 올려놓으려고 하는데, 우준 이흐산 에펜디의 입에서 "뷘야민! 내 아들!"이라는 말이 쏟아져 나왔다. 눈알이 빠진 그의 눈을 공포스럽게 바라보던 젊은이는 아버지가 자신을 어떻게 알아보았는지 놀라지 않을 수 없었다. 그는 아버지의 잘린 코와 아예 들리지 않게 된 잘린 귀를 보고 눈물을 참을 수가 없었다.

"아버지! 저를 보지도, 듣지도 못하시는군요. 하지만 전 정말로 아버지의 아들 뷘야민입니다."

가련한 남자는 고개를 들고 아들의 손을 잡은 후 말했다.

"내가 비록 눈멀고 귀먹었지만, 널 볼 수 있고 네 말을 들을 수 있다. 실은 널 보고 듣는 것 이상으로, 너와 네가 살고 있는 세상도 생각하고 있단다."

이 말을 들은 뷘야민은 참지 못하고 엉엉 울기 시작했다. 너무 많은 일을 겪은 아버지가 그 무게를 견디지 못한 나머지 미쳐버렸다고 생각했던 것이다. 하지만 남자는 무덤 앞에서 일어나 슬프고 깊은 목소리로 아들에게 말했다.

"너희들은, 너희 모든 사람들은, 너희가 살고 있는 세계는, 콘스탄티노플은, 모든 것은 오로지, 오로지 내 생각 안에 존재하고 있다. 렌데캬르는 잘못 생각하였다. 나는 생각한다, 하지만 오로지 나만 존재하는 것은 아니다. 내가 생각하기 때문에 실은 너희들이 존재하는 것이다. 너희들, 그리고 너희들이 살고 있는 세계가."

엉엉 울던 젊은이가 아버지의 팔짱을 끼고 갈라타로 걸어가는 내내, 우준 이흐산 에펜디는 계속해서 이렇게 말했다.

"모든 것이 나, 그리고 나의 생각으로 이루어져 있다 하더라도 이 세상에 산다는 것은 멋진 일이다. 너! 나의 아들! 넌 나의 정신 속에서 하나의 꿈, 하나의 생각이다. 넌 지금 나를 만지고 있다. 하지만 나는 널 만질 수 없다. 꿈을 만지는 것은 불가능하기 때문에."

이후 일어난 일은, 너무 울어 눈이 충혈된 뷘야민에게는 악몽처럼 느껴졌다. 날은 완전히 어두워졌고, 보름달이 언덕 뒤에서 떠올랐다. 뷘야민의 팔을 꼭 잡은 아버지는 그를 갈라타로 거의 끌다시피 데려갔다. 달빛 아래서 좁은 골목길을 걷고 있을 때, 우준 이흐산 에펜디는 마치 그의 생각을 읽기라도 한 듯 아들에게 뒤돌아보지 말라고 반복해서 말했다. 그는 자신이 정신으로 모든 사건을 지휘하고 있기 때문에 자신들은 안전하다고 말했다. 부두로 내려왔을 때도 뷘야민의 눈물은 그칠 줄 몰랐다. 배가 불룩 나온 수 많은 나무통, 궤짝, 짐들이 선적을 기다리며 여기저기 쌓여 있었다. 아버지는 마치 장님이 아니라 모든 것을 볼 수 있다는 듯 나무통 앞에 멈춰 서서 뚜껑을 쳤다.

"내가 찾고 있던 통이다. 나를 담을 수 있는 크기군. 자, 저 지레를 가지고 와 뚜껑을 열어보거라."

아버지의 명령을 들은 뷘야민은 망설였다. 주위는 어두웠고, 아무도 보이지 않았다. 단지 그들 바로 옆에 있는 배의 선실에서 술에 취한 선원들의 노랫소리가 들려올 뿐이었다. 그는 같은 명령을 다시 들었다.

"자! 두려워마라! 네가 보고 있는 모든 것은 내 생각들로 이루어져 있다. 명심해라. 나는 내 정신으로 모든 사건을 지휘할 수 있다. 만약 내가 원하고 생각한다면, 저 배 안에 있는 사람들을 모두 사라지게 할 수 있다. 자! 내가 말한 대로 해라! 아버지로서 네게 명령한다."

모든 희망을 잃은 뷘야민은 울면서 아버지가 시키는 대로 했다. 겉으로는 아주 무거워 보이는 그 통은 텅 비어 있었다. 아버지는 그 통 안으로 들어가 아들에게 명령을 하나 더 내렸다.

"이제 뚜껑을 꽉 닫아라. 그리고 당장 여기를 떠나거라!"

젊은이는 아버지를 그 상태로 둘 수가 없었다. 그러나 동시에 마음속에서 우러나오는 어떤 충동이 그에게 아버지가 명령한 대로 뚜껑을 꽉 닫으라고 강요했다. 그는 뚜껑을 닫기 전에 통 안에 있는 아버지를 마지막으로 한 번 더 봤다. 뷘야민은 일을 마친 후 무릎을 꿇고 앉아 다시 울기 시작했다. 오랜 시간이 지났지만 아버지는 통에서 나오지 않았다. 마침내 뷘야민은 다시 뚜껑을 열기로 마음먹었다. 그는 어떤 희생을 치르더라도 그곳에서 우준 이흐산 에펜디를 꺼내자고 생각했다. 그런데 뚜껑 쪽으로 몸을 막 기울였을 때, 배의 갑판으로 나온 어떤 선원이 "도둑이야!"라고 고함치기 시작했다. 공포에 휩싸인 젊은이는 지레를 내던지고는 울며불며 도망쳤다.

뷘야민은 숨을 헐떡거리며 한적한 곳에 웅크리고 앉아 생각을 정리하려고 했다. 현재로선 아버지를 잃어버린 셈이었다. 그러나 에브레헤와 만난 후, 아침 무렵에 다시 여기로 와서 아버지를 구할 수 있을 것이다. 마음을 가라앉히려고 노력했지만 정신적 혼란은 더욱더 가중되었다. 용기도 꺾이고, 정신이 나간 아버지의 상태가 그를 혼란스럽게 만들었다. 그는 수장과 만나기 전에 술집에 들러 용기를 북돋워두는 게 좋겠다고 생각했다.

호탕한 웃음소리가 가장 많이 흘러나오는 술집으로 들어갔다. 안에 있는 사람들은 포도주를 마시고 담배를 피우면서, 건장한 어떤 남자에게 장난을 치고 있었다. 뷘야민은 포도주 반 병을 마시고 나서야 제정신을 차렸고, 술집 손님들이 "저기 봐, 저기 봐, 아랍이 왔어!"라는 말을 하며 괴롭히는 남자를 보고 미소마저 지을 수 있게 되었다. 남자는 사람들이 자신에게 이 말을 던지자마자 분노에 떨며 일어나 출입구를 열고 밖을 쳐다보았고, 그에게 장난을 치던 사람들은 그 모습을 보고 폭소를 터트렸다. 불한당 같은 외모에 족제비 새끼처럼 눈알을 핑핑 돌리는 어떤 사람이 마치 무슨 비밀이라도 말하는 듯 다른 사람들에게 들리지 않게 입 양옆을 손으로 막고, 뷘야민에게 그 사람은 퀄레토푹이라는 건달로 지금은 미쳐버렸으며, 몇 년 전에 죽은 아랍 이흐산이라는 건달이 살아 있다고 믿고는 그와 싸움을 하기 위해 눈을 벌겋게 뜨고 찾아다니는 중이라고 말해주었다. 하지만 포도주에 취한 뷘야민은 남자가 마지막으로 했던 말을 이해하지 못했다. 계산을 하고 밖으로 나가 선선한 공기를 마시자 약간 정신이 들었다. 자신이 처해 있는 상황이 너무나 불확실했기 때문에, 이 세상에서 길을 찾기 위해 아버지의 아틀라스를 펼치고는 아무 문장이나 골랐다.

뷘야민은 술집 등불 아래서 '이제 영웅은 학자처럼 행동해야 한다'라는 구절을 읽었다. 그 불길한 검은 동전은 여전히 책 사이에 있었다.

자정 무렵, 뷘야민은 카라쾨이에서 기다리는 사공에게 이 악체를 지불하고 할리치 만으로 가 오둔 카프스를 나갔다. 어둠 속에서 타흐텔칼레와 옥추라르바시를 지나 주전소에 도착했다. 그 옆에 있는 문이 닫힌 찻집 앞에서 흔즈르예디가 자신을 기다리고 있었다. 그는 젊은이를 보자 찻집의 문을 두드렸다. 잠시 후, 살인자같이 험상궂게 생긴 남자가 나타나 그들을 안으로 들였다. 그러고는 지저분한 커튼을 들어 올려 비밀 통로의 문을 열었다.

수장

I

소문에 의하면, 아들 뷘야민에 의해 배가 불룩한 나무통에 넣어진 우준 이흐산 에펜디를 실은 배가 갈라타 부두를 떠나 제벨리타르크를 향해 돛을 올리기 백오십 년 전, 콘스탄티노플에 사는 파샤들, 궁전에서 일하는 사람들 그리고 장관들이 의문사로 죽어가고 있었다. 궁전의 유대인 의원들은 곧 그들이 독살되었다는 사실을 알게 되었다. 피를 흘리지 않고, 그러니까 아주 고통스런 방식으로 살해된다는 공포가 궁전 사람들에게 커다란 영향을 미쳐 부엌에서 음식이 요리되는 즉시 자물쇠가 달린 그릇에 넣어 식탁에 놓는 습관이 도시에 퍼져나갔다. 두 개의 자물쇠가 달린 냄비의 열쇠 가운데 한 개는 요리사가, 다른 한 개는 집주인이 가지고 있었다. 식탁으로 냄비를 가져오면 베스멜레*를 읊은 뒤에 뚜껑을 열었고, 재산 보호를 위해 삼천 년 전에 자물쇠를 발명한 하룬의 영혼에 기도를 올렸다. 하룬이 죽은 지 백칠십삼 년이 흐른 후 피타고라스가 송곳을, 천이백육십이 년이 지난 후 바그다드의 도둑 미르데센크 세흐페르네비가 만능키를 발명했기 때문에 사망자는 감소하지 않았다. 그런데 이상한 것은 죽은 사람들이 모두 국가와 관련된 비밀 정보들을 집에 보관하고 있던 사람들이라는 점이었다. 사드라잠**이 애도를 표하고, 고인들에게 위탁했던 문서들을 되돌려받기 위해 그들의 저택에 사람들을 보냈지만, 갔던 사람들은 항상 빈손으로 돌아와서는 그 집들에는 문서고 뭐고 아무것도 없었다고 말했다.

어느 날, 드디어 이 살인 사건의 범인이 체포되었다. 범인은 일반 저택과 연안 저택에 청소와 빨래를 하러 다니는 파출부로 변장한 프랑스 첩자였다. 당시의 술탄은 자기 앞에 끌려온 첩자의 가랑이 사이를 만지고는 그가 남자라는 것을 알게 되었다. 술탄은 물건을 놓지 않고 힘을 주어 꽉 쥐면서 위협적으로 물었다.

"이 저주받을 놈아! 여자로 변장하고 돌아다니면서 이 사람 저 사람을 속여 독살시키느니, 차라리 남자답게 검으로 결투를 하는 게 낫지 않느냐? 네가 한 짓이 남자로서 부끄럽지 않느냐?"

술탄이 고환을 꽉 쥐고 있어 그 고통 때문에 오만상을 찌푸리고 있던 첩자가 대답했다.

---

* '우리를 가엾게 여기시고 보호하시는 신의 이름으로'라는 의미로, 어떤 일을 시작할 때 읊는 아랍어의 약자.
** 오스만 제국의 관직. 오늘날의 '수상'에 해당한다.

"숭고하신 술탄이여, 물론 제가 한 짓은 남자답지 않은 일입니다. 하지만 지식인다운 처사이긴 하지요."

"이 저주받을 이교도 놈아! 지식인다운 처사라고! 그렇다면 네가 지식인이냐? 어떤 지식을 연구하고 있느냐?"

"네, 저는 많은 것을 알고 있습니다. 전하의 항구에 드나드는 배들이 어떤 물건들을 싣고 있는지, 전하께서 하신 비밀 협상, 전하께서 통치하는 민족들의 반란 성향, 창고에 있는 화약의 양, 대포의 개수, 모든 것을, 모든 것을 알고 있습니다."

"이놈아, 너는 내게 지식인라고 말했다. 그런데 네가 말한 것들을 아는 것으로 지식인이 된단 말이냐?"

"전하의 학자들은 무엇을 알고 있습니까?"

"점성술사는 선전포고와 할례를 하기 위한 적당한 때를 알고 있다. 세이흐*들은 보이지 않는 세계에만 있는 비밀들을, 신학교 학자들은 무엇이 죄이고 무엇이 응보인지 알고 있다."

"숭고하신 술탄이여! 만약 술탄께서 열거하신 지식인들이 오로지 말씀하신 것들만 알고 있다면, 그들은 별로 아는 게 없다고 말씀드릴 수밖에 없습니다."

"그건 왜?"

"왜냐하면 정보의 척도는 위험이기 때문입니다."

"그건 또 무슨 말이냐?"

---

* 종파의 설립자나 어떤 종파의 우두머리 혹은 종파의 분파에서 가장 높은 지위에 있는 사람에게 부여하는 칭호.

"정보는 맞아야만 하고, 지식인은 오류를 범하는 것을 죽음을 두려워하듯 두려워해야 합니다. 전하의 지식인들은 오류를 범하는 것을 두려워합니까?"

"별로 그런 것 같지 않더구나. 하지만 먼저 무슨 말을 하고 싶은 건지 잘 설명해봐라."

"전하의 점성술사들과 신학교 학자들은 오류를 범했을 때, 예를 들면 벌을 받습니까? 오류를 범하는 것을 두려워하지 않는다면, 오류로 인해 받을 벌은 두려워하겠지요."

"아니다, 그들에게는 벌을 주지 않는다. 우리는 그들이 학자라는 이유로 존경한다."

"그렇다면 그들이 옳은 생각을 하도록 만드는 조건이 없다는 말이군요. 왜냐하면 그들은 자신들이 옳은 생각을 하든지 그렇지 않든지 간에 존경을 받을 것이고 위험에 처하지 않을 것이라는 걸 알기 때문에 오류를 범하는 것 역시 두려워하지 않을 테니까요. 하지만 일례로 상인들이 그러합니까? 이 직업을 가진 사람들은 옳게 생각하지 않는 순간에 파산합니다. 저와 같은 첩자들도 오류를 범하는 순간 체포되고 사형됩니다. 바로 이러한 이유로, 오류를 범한 순간 재산, 더 나아가 목숨을 잃지 않는 사람들의 생각은 믿을 수 없습니다. 왜냐하면 재산, 목숨 그리고 사랑하는 사람들이 위험에 처하지 않은 사람들은 옳게 생각하지 않습니다. 제가 말씀드린 '정보의 척도는 위험이다'라는 말은 이런 의미입니다. 제가 왜 지식인이라고 했는지도 말씀드리지요. 저는 제가 하는 일로 많은 돈을 받기 때문에 제 나라에서는 무시를 당합니다. 저의 왕에게 전달한 정보가 잘못된 것이라면 전 즉시 처형됩니다. 제가 감수하는 위험은 이처럼 아주 커다란 위험이기 때문에, 첩자로서 지식인의 최고봉은 저입니다. 제가 알고자 하는 정보도 필연적으로 가장 옳은 정보가 되겠지요. 왜냐하면 그것이 옳거나 그르다는 것이 밝혀지는 순간 저는 부자가 되거나 시체가 될 것이기 때문입니다."

첩자의 말을 듣고 크게 마음이 흔들린 술탄은 그날 밤 잠들지 못하고 아침까지 생각에 잠겼다. 결국 술탄은 엔데룬* 학생들 중 몇 명에게 직업의 비밀을 전수하는 대가로 첩자의 목숨을 살려주기로 결정했다. 다음 날 아침, 첩자를 대전으로 불러 자신의 생각을 말했을 때 전혀 기대하지 않았던 대답이 돌아왔다. 이 저주받아 마땅한 이교도는 목숨을 부지하기 위해 술탄의 제의를 수락할 순 있지만, 아무나 무작정 조수로 삼을 수는 없다고 말했다. 그러자 술탄은 그렇다면 어떤 조수가 필요하냐고 물었고, 이교도의 대답을 듣고는 그만 입을 다물지 못했다. 첩자는 원주율 3.14 이후에 계속되는 육백육십육 자리의 숫자까지 계산할 수 있는 사람을 원했다. 이 조건은 엔데룬 학생들에게 큰 골칫거리가 되었다. 이 숫자를 가급적 빨리 계산하라는 명령이 담긴 칙령을 아무런 이의 없이 받아들여야 하는 소년들은 맞는 계산이 나올 때까지 종아리

---

* 원래 궁전에서 하렘과 보고가 있는 장소인데, 여기서는 공무원 양성 학교를 말한다.

를 열 대씩 맞아야 했기 때문이다. 엔데룬에서 더이상 희망이 보이지 않자, 술탄은 신학교에 의뢰했다. 하지만 울레마* 집단도 그가 원하는 숫자를 도무지 계산해내지 못했다. 결국 골목마다 텔랄**을 보내 원주율 3.14 다음에 계속 이어지는 육백육십육 개의 숫자까지 계산할 수 있는 사람에게 금화 일만 개를 상금으로 주겠다고 콘스탄티노플 전체에 알렸다. 그로부터 한 달이 지난 후, 고리대금업자의 회계 업무를 담당하는 어떤 남자의 조수가 머릿속에 육백육십육 개의 숫자를 넣고 제국의 궁전 문 앞으로 왔다. 아무리 설득해도 그는 자신이 발견한 숫자를 오로지, 오로지 술탄에게만 말하겠다고 고집을 피웠다. 그날 술탄은 첩자를 감옥에서 데려와 이 젊은이와 대면시켰다. 답을 들은 이교도는 숫자가 맞는 것을 보고는, 당장 그곳에서 젊은이에게 그 숫자를 아무에게도 말하지 않겠다는 굳은 다짐을 받고 그를 조수로 받아들였다.

첩자는 에프라임이라는 이름의 이 조수에게 자신이 아는 모든 것, 변장, 성대모사, 엿듣기, 동료들과의 연락 방법, 독살, 그리고 상상조차 할 수 없는 수많은 기술을 가르쳐주었다. 첩자가 죽은 후, 스승이 가르쳐준 대로 술탄의 허가를 받아 왕실 정보기관을 세운 것도 에프라임이었다. 정보기관의 본부가 주전소 밑에 있다는 것은 오로지 술탄, 에프라임 그리고 부하들만이 알고 있었다. 에프라임의 부하는 날이 튀어나오는 나이프가 들어 있는 필통, 독

---

* 이슬람 종교학자.
** 포고 사항을 알리고 다니던 관원.

약과 해독제가 들어 있는 반지, 방에서 진행되는 비밀 대화를 듣기 위한 파이프를 만드는 금은 세공업자와 시계공, 가짜 칙령, 의정서, 증명서, 적임증서, 고딕체, 이탤릭체, 아랍어 대문자 활자체, 고대 아랍어 활자체로 문장과 사인 들을 모방할 수 있는 서예가와 같은 직업 전문가와 첩자 들로 구성되어 있었다. 주전소 밑에 있는 정보기관 본부의 여러 방에서는 조수 후보자들에게 프랑스어, 이란어, 스웨덴어, 오스트리아어, 러시아어, 덴마크어, 아랍어와 변장 방법, 엿듣기, 연락 방법, 그리고 살인 같은 데 쓰이는 이상한 기구들을 사용하는 방법들을 가르쳤다. 시간이 어느 정도 흐른 후 이 첩자들은 세계 각지로 파견되었다. 그들이 성 구조, 병사 숫자, 전술, 포섭한 사람들의 이름, 전함들의 뱃길, 대포 주조 방식 같은 기밀들을 가지고 귀환하자 정보기관의 가치가 드러났다. 에프라임이 이 정보들을 암호로 기입한 공책의 수는 갈수록 늘어났다. 이 공책에 있는 암호로 된 글들은 특수한 장치로만 읽을 수 있었다. 어떤 금은 세공사가 만든 이 장치는, 윗부분을 투명한 종이로 뚜껑처럼 덮은 상자와 비슷했다. 안에는 아주 작은 육백육십육 개의 거울과 각 거울의 축 주위에 같은 개수의 금속 다이얼이 있었다. 이 다이얼에 붙어 있는 지시침을 돌려 0에서 9 가운데 어떤 숫자에 맞추면 다이얼과 연결된 거울도 숫자에 따라 축 주위를 돌았다. 촛불을 켜서 상자 안의 정해진 위치에 놓으면, 뚜껑에 있는 투명한 종이가 밝아진다. 각 페이지에 육백육십육 개의 글자가 있는 공책을 상자 밑바닥에 놓으면 이 글자들이 이번에는 투명한 종이 위의 다양한 곳에서 나타났다. 프랑스 알파벳에 따라 암호화된 이 글 속의 각 글자에 대응하는 각각의 거울이 있기 때문에, 거울은 종이 위의 맞는 곳에 글자를 비추게 되어 있었다. 하지만 이렇게 되기 위해서는 모든 거울의 정확한 각도를 찾아야만 한다. 이는 육백육십육 개의 숫자를 기억하고 있어야 한다는 의미이다. 이 숫자들 중 세 개의 첫 숫자인 3, 1, 그리고 4는 대부분의 사람이 알고 있지만, 육백육십육 개의 숫자를 모르고는 암호로 된 텍스트 가운데 그 어느 것도 읽을 수 없었다.

술탄이 죽자 기관의 존재를 에프라임과 부하들 외에는 아무도 몰랐고, 어차피 이러한 것을 알 필요도 없었다. 에프라임은 새 술탄의 대전으로 나가 기관에 대해 언급해야겠다고 생각했다. 그는 술탄에게 운영 경비를 요구하지 않았다. 가장 커다란 재산인 정보 자체를 자신이 소유하고 있었기 때문이다. 실상 항구를 오가는 물건들의 가격이 언제 오르고 내리는지 첩자들을 통해 알고 있었기에 재정적 곤란은 없었다. 하지만 에프라임에게도 걱정거리는 있었다. 이제 죽을 나이가 가까워졌던 것이다. 첩자들이 세계 각지에서 가지고 온 극도로 중요한 정보들을 암호화하여 적은 공책들이 선반에서 넘쳐났다. 하지만 읽는 장치에 있는 육백육십육 개의 숫자를 자신밖에 모르고 있었기 때문에, 그가 죽은 후에는 이 정보들이 쓸모가 없어질 수도 있었다. 따라서 자신이 죽은 후 기관의 수장이 될 사람을 임명해야 했다. 그는 한때 스승이 했던 시험을 이번에는 자신의 조수들과 장인들에게 치르게 하기로 결정했다. 기관의 일원들은 원주율 3.14 다음에 오는 육백육십육 개의 숫자까지 계산해야 했다. 장차 전통이 될 이 시험을 통과하는 첩자는 꼭 나올 것이고, 기관에는 항상 '수장'이 있을 것이다. 하지만 시계처럼 정확하게 일하는 기관이 기밀이라는 원칙 때문에, 예상치 않은 일련의 상황에 빠지는 것도 피할 수 없는 일이었다.

에프라임 사후에 기관의 우두머리가 된 수장도 자신의 스승처럼 온 열정을 다해 일했다. 그러나 술탄이 폐위되자 문제가 발생했다. 수장이 기관의 존재를 알리고 충성을 다짐하기 위해 궁전으로 갔을 때, 궁전 문 앞에 있던 보초들이 그를 막았다. 술탄에게 아주 중대한 문제를 아뢰러 왔다고 말하자, 보초들은 궁전의 발타즈*를 불렀다. 이 사람은 자신이 새 술탄과 만나도록 주선해주겠다고 말했다. 하지만 그 대가로 많은 돈을 요구했다. 그래서 그에게 원하는 만큼의 뇌물을 주었지만, 그는 약속을 지키지 않았다. 그는 문 앞에서 기다리는 수장에게 당장 꺼지라면서 검을 빼들었다. 정보기관은 이대로 물러서지 않았다. 매우 위험한 일이었지만 전달하고자 하는 정보를 종이에 써서 유능한 첩자를 통해 술탄의 침실에 갖다놓았다. 그러나 그 어떤 결과도 얻지 못했다. 술탄은 이러한 기관이 있다는 것 자체를 믿지 않았다. 기밀을 지키려던 정보기관은 그 기밀의 희생자가 된 것이다.

에프라임 다음으로 임명된 수장은 청렴결백한 인물로, 절대 자신의 이익을 위해 기관을 이용하지 않았다. 첩자들은 부지런히 세계 각지에서 중요한 정보들을 계속 가지고 왔고, 그는 이러한 정

---

* 처음에는 원정 때 덤불이나 숲을 정리하거나 길을 만들고, 막사를 치고 거두며 짐을 관리하는 일을 하다가, 나중에 환관 우두머리에 예속되어 궁전을 수호하는 임무를 담당하던 사람.

보들을 스승의 암호를 이용해 공책에 기록했다. 전략적으로 중대한 정보들은 첩자를 통해 술탄의 침실에 놓았지만 아무런 효력이 없었다. 제국의 군대는 정보 부족으로 원정에 나가 패배하기 시작했고, 황실은 쾌락과 안락함 속에 파묻혔다. 수장은 고심에 고심을 거듭했다. 그리하여 서예가들에게 쓰게 한 가짜 칙령과 명령 하달서로 군대와 제국을 지휘하기로 결정했다. 결과는 즉시 나타났다. 서예가들이 위조한 술탄의 칙령들이 변장한 첩자들을 통해 군대를 이끌고 원정을 나간 장군들에게 전달되자마자, 콘스탄티노플로 전리품들이 쏟아져 들어오기 시작했다. 많은 예니체리 부대, 포병 대대, 대군단들이 가짜 칙령과 올바른 정보들로 승전에 승전을 거듭했다. 그러나 이러한 상황도 그리 오래가지 않았다. 늙은 수장은 기관의 새로운 우두머리를 다시 시험으로 뽑기로 했다.

정보기관의 새로운 우두머리는 여성의 얼굴을 연상시키고, 턱에 턱수염 대신 몇 가닥의 털이 난, 그리고 관자놀이와 손의 피부 밑으로 푸른색 혈관이 보이는, 거의 유리처럼 투명한 피부를 가진 에브레헤라는 첩자였다. 수장이 죽은 후 그는 술탄을 찾아가 충성을 맹세할 필요성을 느끼지 않았다. 술탄을 만나는 게 가능하다 하더라도, 충성을 맹세할 마음 자체가 없었다. 그는 전대의 수장들과는 사뭇 다른 사람이었다. 기관은 거의 그의 실험대가 되어갔다. 그는 읽기 장치를 육백육십육 개의 숫자에 맞춰 이전 수장들이 기입한 공책들을 집어 삼키듯이 읽은 후, 자신의 호기심을 위해 첩자들을 이용하기 시작했다. 단지 결과가 어떤지 보려고 가짜 문서들로 일련의 게임들을 시도했다. 서예가들에게 만들게 했던 문서들과 변장의 명수인 첩자들의 도움으로 행해진 이 게임들은, 다른 사람의 목숨이 왔다 갔다 하는 일이었지만, 자신이 장악하고 있는 힘을 알게 해주었다. 이후 그는 사람들을 마치 장기판의 졸처럼 보기 시작했다. 학문에 대한 열정에 극도로 취해 있었기 때문에, 온갖 음모를 꾸며 죄 없는 사람들을 감옥에 집어넣고 부하들을 보내 그 사람들이 그 상황에서 어떤 반응을 보이는지 알아보았다. 그에게 인생은 많은 것을 배울 수 있는 아주 재미있는 게임이었으며, 모두가 경험하기를 두려워하는 그 세상은 진정 재미있는 장난감이었다. 당시 그는 웃는 것을 얼마나 좋아했던지, 가짜 문서로 광인을 장군으로 만들어 전략적으로 아주 중요한 국경 요새로 발령을 냈다. 그러고는 부하들로부터 그 요새가 어떻게 함락되었는지 보고를 받으면서 그 갈라진 목소리로 폭소를 터트리곤 했다. 이러한 상태는 칠 년 동안 지속되었다. 그 이후 수장 에브레헤는 사형 집행인 경매에서 산 이상한 거울에 평소보다 더 큰 관심을 보이기 시작했다. 이제 그는 쾌활함도 잊어버렸고, 완고한 얼굴을 한 사람이 되어버렸다.

사람들의 설명에 따르면 거울의 모양은 이러했다. 뚜껑 대신 거울 조각으로 닫혀 있는 커다란 냄비를 연상시키는 이 거울에는 네 개의 다리가 달려 있어 벽에 걸지 않고 바닥이나 탁자에 올려놓도록 되어 있었다. 거울 다리는 한 뼘 정도였고, 거울 너비는 대략 네 뼘 정도에다 높이는 세 뼘 정도였다. 꽤 무거운 이 이상한 거울 속에 무엇이 있는지는 아무도 알지 못했다. 하지만 사람들은, 이 거울이 미래를 보여준다고들 말했다. 사실 에브레헤는 이 거울을 몇 년 전에 샀다. 그런데 어느 날 거울에서 무엇을 보았는지, 그후로 거울 앞에서 떠날 줄을 몰랐다. 당시 그는 신학 서적에 관심을 갖기 시작했고 부하들을 통해 많은 책을 수집한 상태였다. 그는 전혀 웃지 않았고, 철통같은 보안 경비에도 불구하고 자신이 위험에 처해 있다고 생각하는 것 같았다. 이후 그는 연금술과 다른 자연과학에 관심을 갖기 시작했다. 아리스토텔레스의 『자연학』을 손에서 내려놓지 않았던 그는 이 학자의 작품에서 특히 '시간'을 설명하는 부분을 몇 번이고 읽어 외워버렸다. 어느 날 부하들이 그에게 북쪽에 있는 흥미로운 종파에 대해 이야기하자, 당장 그에 대한 더 많은 정보를 모아 오라고 명했다. 얼마 지나지 않아 이 종파의 성서 복사본이 그의 손에 들어왔다. 이 성서가 에브레헤의 손에 들어온 날 기관은 전환점을 맞았다. 에브레헤는 과거와 달리 진지하게 교역이나 돈과 관련된 정보들에 관심을 가졌다. 그날 이후로 돈으로 가득한 자루들이 기관으로 들어오기 시작했다. 흥미로운 것은 에브레헤가 자루를 열고 그 안에 있는 죄로 가득한 많은 돈들을 일일이, 동전 하나하나까지 관찰한다는 점이었다. 얼마 지나지 않아 거지들의 왕초가 사형당하게 되었다는 것을 알았을 때, 가짜 칙령으로 그를 구해 기관에 예속시켰다. 그러고는 콘스탄티노플 거지들에게 들어오는 돈도 기관으로 오는 돈의 목록에 추가했다.

매매, 조공, 습격, 기부, 적선으로 기관에 들어온 돈을 에브레헤는 정확히 오 년 동안 가장 작은 동전도 빠뜨리지 않고 일일이 밤새 관찰했다. 그러나 찾고 있는 돈은 끝내 발견하지 못했다. 그가 이 일에 뛰어들게 된 것은 첩자들 중 한 명이 준 정보 때문이었다. 그의 눈은 희망으로 반짝거렸고, 극도로 위험한 작전을 실행하기 위해 계속해서 일했다. 그는 자신이 찾고 있는 것을 구하기 위해, 가장 신임하던 부하인 쥘피야르를 북쪽에 있는 어떤 유럽 요새로 잠입시키는 데 성공했다. 하지만 그를 성에서 구출해내는 것 자체가 커다란 문제였다. 그래서 서예가들을 시켜 가짜 칙령을 만든 뒤 에디르네의 본부에서 그 요새를 포위하도록 예니체리 네 개 중대를 보내도록 했다. 쥘피야르는 터널을 통해 요새에서 구출되었지만, 다리에 부상을 입어 요새에서 훔친 것을 땅굴 파는 사람의 조수에게 건네주었던 것이다. 하지만 조수가 그가 맡긴 물건을 가지고 그 혼란 속에서 도망쳤다는 결론을 내리고는, 바보 같은 짓을 저지르게 되었다. 그 바보 같은 짓이란 생사를 불문하고 그를 잡으라는 명령을 내렸던 것이고, 이로써 그를 손아귀에서 영영 놓치게 되었다.

에브레헤의 희망은 이름이 뷘야민이라는 것을 알게 된 젊은이를 찾는 것이었다. 그래서 가짜 칙령을 보내 이 젊은이의 집을 수색하라고 명령을 내렸더니, 예니체리들이 집을 무너뜨리고 뷘야민의 아버지 우준 이흐산 에펜디의 눈을 뽑고 코와 귀를 자르는 등 일을 엉망진창으로 만들어버렸다. 수장의 두 번째 희망은, 자신이 찾고 있는 물건을 지닌 젊은이가 그 물건의 가치를 가늠하지 못하는 것이었다. 그래서 그가 그 물건을 쉽사리 처분하기를 바랐던 것이다. 에브레헤가 콘스탄티노플을 자주 수색한 이유가 바로 이것이었다. 그는 여느 때보다 더 못마땅한 표정이었다. 하지만 흔즈르예디가 피운 말썽 때문에 거지들의 조합으로 갔다가 음식물이 기도에 걸려 질식할 위험에 처하고, 얼굴이 알아볼 수 없을 정도로 엉망이 된 젊은 거지에 의해 구조되었을 때, 그는 육 년 전의 유쾌한 기분으로 되돌아왔다. 쥘피야르조차 이 변화에 놀라고 말았다. 그가 이제는 조합의 동냥은 더이상 필요 없다고 말했을 때 부하들은 더더욱 놀랐다. 수장의 이 변화는 어쩌면 약간은 그의 이성에서, 약간은 자신을 무시하는 그 추하고 무례한 젊은이가 그의 더러운 가슴에 형성한 병적인 감정에서 유래한 것일 수도 있었다. 그 감정을 설명하기는 어렵다. 사랑과 증오 사이의 어떤 것, 아니면 이 둘 다일 수도 있었다. 어쩌면 가장 맞는 것은 인간이 그날까지 느꼈던 모든 감정의 혼합일 것이다. 쥘피야르가 이후에 그에게 말한 것들이, 그의 목숨을 구해준 이 젊은이를 관찰할 때 느꼈던 것들이 얼마나 옳은지를 보여주었다. 문제는 이성이 아니라 감정과 관련된 것이었다. 자정에 올 젊은이를 연금술 방에서 기다리며, 에브레헤는 자신이 느꼈던 것이 여성들에게만 있는 감정이라는 걸 알아챘다. 자신의 목숨을 구해준 이 젊은이에게 고마움을 느껴야겠지만, 같은 이유로 그를 증오했다. 건방진 태도로 자신을 무시했기 때문에 그를 증오해야 마땅했지만, 그를 사랑하고 있었다. 가급적 빨리 '일을 끝내고' 싶었던 쥘피야르는 주인을 이해할 수 없었다. 그러나 세상과 게임을 할 정도로 자신이 강하다고 생각하는 에브레헤의 목적은 자신을 매우 불편하게 만드는 이 감정들의 원인을 없애는 것이었다. 어찌 되었든지 아직 '시간은 있었다'. 이러한 이유로 그날까지 세상과 게임을 했던 방식으로, 이 무례한 젊은이와 게임을 할 계획을 세우고 있었던 것이다. 자신이 가진 힘을 젊은이에게 보여주고 동시에 그 힘을 감추면서, 그가 보여주고자 했던 것의 그림자를 확대해야만 했다. 젊은이가 그의 대단한 힘을 보고 감탄하면, 에브레헤가 그를 사랑하는 이유인 그 건방진 태도는 없어질 것이고, 수장의 가슴에 싹트고 있는 감정도 함께 사라질 것이었다.

II

아버지 우준 이흐산 에펜디를 담은 통이 갈라타 부두에서 배에 실리고, 그 배가 다음 날 아침 제벨리타르크를 향해 돛을 올릴 거라는 사실을 모르는 뷘야민은 정확히 자정에 에브레헤의 안전으로 들어갔다. 흔즈르예디는 주인의 손등에 입을 맞춘 후 나갔다. 그들이 있는 연금술 방에 퍼져 있는 수은 김과 유황 연기가 젊은이를 상당히 불편하게 만들었다. 그 방에는 세 명이 일을 하고 있었다. 한 명은 조시모스 화로들 중 하나 앞에서 증류기에 황산을 넣고 있었다. 다른 한 명은 지하에 있는 거름 웅덩이에 방치해놓았던 적색 황화수은이 충분히 발효되었는지 살펴보고 있었다. 명령하는 듯한 태도로 봐서 이들보다 고참인 것 같은 세 번째 남자는 다른 두 사람이 하는 일이 잘 되어가고 있는지를 관찰하고, 필요한 때에 그들에게 명령을 내리며 지휘를 하고 있었다. 벽에 있는 선반에는 산화연, 명반(明礬), 일산화연(一酸化鉛), 알카넷, 황산동(黃酸銅), 백묵, 황화수은 등 많은 물질들로 가득 찬 병들이 줄지어 있었다. 수은, 염산, 질산, 염화수소산은 유리병에 보관되어 있었다. 화로 위에 있는 증류기들은 얻고자 하는 물질의 생성을 용이하게 하기 위해 자궁 모양으로 제조되어 있었다. 자신이 본 것에 영향을 받은 듯이 보이는 뷘야민에게 에브레헤가 말했다.

"이 이상한 장소가 무엇을 하는 곳인지 궁금할 것이다. 어쩌면 이곳에서 황금을 만들려 한다고 생각하겠지. 그렇지 않나?"

"그렇게 보이지는 않습니다. 당신에게는 금을 얻거나 약탈하는 일이 그리 어렵지 않을 텐데, 그것을 위해 이러한 일을 한다고는 생각하지 않습니다."

"넌 많은 것을 아는 것처럼 말하는구나. 하지만 전혀 눈에 띄지 않는 사람이구나. 네 입에서 나온 말들은 날 놀라게 한다. 마치 그 말들을 누군가 네 귀에 속삭여주는 것 같기도 하고. 어쩌면 누군가에게서 영감을 받는 거겠지."

이유는 모르겠지만 뷘야민의 머릿속에 아버지 우준 이흐산 에펜디가 떠올랐다. 가급적 빨리 이 연금술 지옥에서 나가 부두에 있는 아버지를 구하고 싶었다. 하지만 마음속에서 일고 있는 어떤 충동이 에브레헤의 목적을 알아내라고 시키고 있었다.

"그렇다면, 여기에서 무엇을 얻어내려고 하시는 겁니까?"

에브레헤는 기분이 유쾌해졌다. 이 질문을 듣고는 눈이 반짝였다.

"자연에 일곱 가지 물질이 있다는 것은 물론 알고 있겠지. 금, 은, 유황, 주석, 구리, 납, 수은으로 구성된 이 일곱 가지 물질 이

외에 여덟 번째 물질이 있다는 것은 아주 소수의 사람들만 알고 있지. 우리는 그 여덟 번째 물질을 얻어내려고 한다."

"혹 연금술사들이 찾고 있는 '현자의 돌'은 아닌가요?"

"그렇기도 하고 그렇지 않기도 하다. 하지만 많은 학자들에 따르면, 현자의 돌이 어쩌면 우리가 찾고 있는 것일 수도 있겠지."

"그렇다면 당신들이 찾고 있는 그 여덟 번째 물질은 무엇입니까?"

이 질문에 에브레헤는 잠시 주춤했다. 어떤 비밀을 말해줄 것인지 말 것인지를 주저하는 것 같았다. 잠시 후 미소를 지으며 속삭이듯 말했다.

"창조되지 않았던 것. 우리는 창조되지 않았던 것을 찾고 있다."

이 대답이 뷘야민을 어리둥절하게 만들자, 자신이 한 말이 미친 영향을 보게 된 에브레헤는 만족스러운 표정을 지었다. 그는 젊은 이의 머리를 혼란하게 해서 자신의 어두운 그림자를 그의 뇌리에 박아놓겠다는 생각을 분명히 했다. 그는 말을 이어갔다.

"이 표현이 널 놀라게 하지 않았으면 한다. 왜냐하면 난 너무나 단순한 것에 대해 언급하고 있으니까. '창조되지 않았던 것'을 이해하기 위해서는 먼저 '창조되었던 것'이라는 말의 의미를 알아야 한다. 직조공에게 있어 '창조되었던 것'은 옷감이고, '창조되지 않았던 것'은 실이다. 왜냐하면 그가 창조하는 것은 실이 아니라 옷감이기 때문이지. 하지만 실을 만드는 사람에게는 다르게 보이지. 왜냐하면 그는 양모를 자아 실을 꼴 때, 양모를 '창조되지 않았던 것'으로, 실을 '창조되었던 것'으로 보기 때문이다. 하지만 직조공은 실을 보고는 '창조되지 않았던 것'이라고 하지. 한편 네가 입고 있는 옷의 천은, 그것을 재단하는 재단사에게 있어 '창조되지 않았던 것'이지. 연금술사의 상황도 이와 비슷하다. 천이 실에서 만들어지듯 황산은 유황에서 나오고, 실이 양모에서 만들어지듯 유황도 랍석(石)*에서 만들어지니까. 우리는 직조공의 천이 실에서 창조되었다는 것을 알고 있다. 그렇다면 너는 신이 세상을 무엇에서 창조했다고 생각하느냐?"

"물론 존재하지 않는 것에서 창조했지요."

"그렇다면 네가 입고 있는 옷이 양모에서 나온 것처럼, 우리가 사는 세상도 '존재하지 않는 것'에서 나온 것이다. 바로 이것을 우리는 '창조되지 않았던 것'이라고 한다."

"그럼 당신은 그것을 존재하도록 하려는 건가요?"

"아니다. 그렇게 말할 수는 없지. 어렵지만 네 옷을 실의 상태로, 실을 양모로 변하게 만들 수 있다. 이 작업을 '소멸시키는 것'이라고 한다. 우리는 단지 신의 창조 단계를 거슬러 올라가 창조되지 않았던 것에, 공(空)에 이르려고 하는 것이다."

"그것을 새로이, 이번에는 당신이 원하는 형태로 창조하기 위해서입니까?"

"아니. 우리에게는 그 자체가 필요하다. 혹 '공을 숭배하는 사람들'에 대해 들어본 적이 있느냐?"

---

* 라틴어로 '라피스', 즉 청금석에서 유래한 단어. 랍석은 작가가 지어낸 상상의 돌이다.

"공을 숭배하는 사람들이라고요?"

"그들은 유럽의 한 종파이다. 창조되지 않았던 것, 그러니까 공의 힘을 본 사람들이다. 그들은 그들과 전혀 관련이 없는 폰 게리케라는 이름의 어떤 사람이 그들 종파의 비밀을 알아냈기 때문에 분노하고 있다. 내가 방금 말한 그 학자는 마그데부르크에서 실험을 했지. 금속으로 된 두 반구를 합친 다음 그 안에 있는 공기를 펌프로 비워 공을 만들어냈다. 이렇게 해서 달라붙은 각 반구에 있는 고리들을 여섯 마리의 말에 묶은 후 채찍질을 했다. 이 열두 마리 말은 공 때문에 서로 달라붙은 두 반구를 떼어낼 수 없었다. 이는 공의 힘을 증명하는 것이다."

"정말 믿기 어렵군요."

"하지만 사실이다. 이렇게 만들어진 진공은 우리 일에는 쓸모가 없다. 왜냐하면 우리는, 더 정확히 말하면 나는, 세상 자체에서 만들어진 진정한 공에 이르고 싶으니까."

"당신이 그 목표에 이르렀다고 해보죠. 그러면 그것으로 무엇을 하실 겁니까?"

"지금 우리는 전혀 다른 문제로 들어가고 있다. 손으로 돌을 집어 던지면 얼마나 빠르게 날아갈까?"

"비유해서 설명한다면, 제비만큼 빨리 간다고 할 수 있습니다."

"그렇다면 왜 더 빨리, 예를 들면 무한 속도로 가지 않지?"

"왜냐하면 그것은 공기 안에서 속도를 내고, 공기는 그것에 저항하기 때문이지요. 이 저항이 없다면, 어쩌면 무한 속도로 갈 수도 있겠지요."

"지금 공기가 없는 곳에 돌을 던졌다고 상상해보자. 이 상황에 대해 어떤 말을 할 수 있겠느냐??"

"혹시 무한 속도를 찾고 있는 것입니까?"

"그 질문에 대답하기는 아직 이르다. 아리스토텔레스는 『자연학』이라는 책에서 진공은 없다고 했다. 만약 있다면, 진공 상태에서 속도를 내는 어떤 물체는 무한 속도에 다다를 수 있지만, 이는 불가능하다고 말했다. 그러나 내 생각에 진공은 있다. 난 확신해. 그래서 무한 속도도 가능하다. 너는 창조되지 않았던 것의 힘을 볼 수 있느냐? 진공의 힘을 열두 마리 말의 힘과 비교하는 것은 그것을 경시하는 것이다. 그것은 우리가 생각하는 것보다 더 강하다. 이런 이유로 그것을 숭배하는 사람들이 갈수록 늘어나고 있다. 어쩌면 모든 사람들이 곧 공이 세상의 물질과 재료라는 사실을 알게 될 것이다."

"당신은 공이 마치 저 증류기로 증류할 수 있거나 처리할 수 있는 어떤 물질인 것처럼 말하고 있군요."

"맞아. 나는 그렇다고 확신한다."

에브레헤는 자신이 그에게 남긴 인상에 만족했다. 믿기지 않는 말을 듣고 머릿속이 혼란스러워진 젊은이, 그리고 방을 뒤덮은 수은 김으로 인해 어리벙벙해진 뷘야민을 보고 에브레헤는 미소를 지었다. 그의 미소에는 오만함이 묻어났다. 여러 상황으로 인해 뷘야민이 함정에 빠졌다는 걸 눈치 채게 해서는 안 됐지만, 여전히 그의 마음속에는 불확실한 근심이 자리 잡고 있었다. 자신의 목숨을 구해준 이 젊은이에게 필요 이상으로 중요성을 부여한다고 느꼈지만, 그 이유를 자신에게 충분히 설명할 수 없었다. 마음속의 어떤 소리는 그에게 손아귀에 쥐었다고 생각한 젊은이가 어떤 알 수 없는 것에 의해 보호받고 있다고 말했지만, 에브레헤가 가진 거대한 힘이 이 말에 귀 기울이는 것을 방해했다. 만약 수장이 자신이 느꼈던 답답함을 조금이라도 더 깊이 파헤쳤더라면, 권력은 나약함으로, 무기력함은 생명이 넘치는 연상으로 가득 차 있다는 걸 인식할 터이고, 자신과 비교했을 때 뵌야민의 우월한 점을 조금이나마 이해할 수 있었을 것이다.

마치 미리 계획된 게임처럼, 해가 뜨기까지 아직 네 시간이 남은 시점에서 에브레헤는 도무지 이해하기 어려운 행동을 했다. 그는 벽시계를 보더니 말했다.

"기도 시간이 왔군. 자네가 상관없다면 난 기도를 올려야겠네."

수장이 기도용 깔개를 바닥에 펴고 기도 올릴 준비를 하는 동안 뵌야민은 여전히 무엇이 문제인지 제대로 파악하지 못하고 있었다. 왜냐하면 방의 탁한 공기가 그의 머릿속을 어지럽혔기 때문이다. 게다가 화롯불이 활활 타는 소리, 증류기에서 나는 보글거리는 소리, 에브레헤가 속삭이는 기도 소리가 꿈과 현실을 혼동하게 만들어 머릿속이 계속 혼란스러웠다. 뵌야민은 조금이나마 정신을 다잡기 위해 방 안을 거닐기 시작했다. 이때 무엇인가가 눈에 들어왔다. 금실로 된 다마스쿠스 산 천으로 덮인, 외양으로 봐서는 화로를 연상시키는 발이 네 개 달린 물건이었다. 그러나 그것을 화로라고 할 수는 없었다. 왜냐하면 위에 덮여 있는 천의 가격이 최소한 오십 플로린 정도는 되어 보였기 때문이다. 오른쪽에는 암호로 된 텍스트를 읽는 데 필요한 그 이상한 기구가, 왼쪽에는 항해 나침반이 있었다. 젊은이는 먼저 나침반을, 그다음엔 계속해서 기도를 올리고 있는 에브레헤를 쳐다보았다. 혼란스러웠다. 벽시계를 봐야겠다고 생각했을 때에는 머릿속이 그야말로 온통 꼬일 대로 꼬인 상태였다. 수장이 기도를 마칠 때까지 뷘야민은 깊이 생각했지만, 도무지 아무것도 알 수가 없었다. 결국 수장에게 이렇게 말했다.

"기도를 틀린 시간에, 틀린 방향을 보고 올리셨군요. 만약 이 나침반과 시계가 틀리지 않다면요. 당신은 크블레* 대신 북쪽을 향해 엎드려 기도를 올리셨거든요."

에브레헤는 이 말을 기다리기라도 한 듯 전혀 놀라지 않았다. 동시에 젊은이에게 해명하기를 꺼려하며 말했다.

"지금은 그것에 대해 언급할 때가 아니다. 네가 보고 있는 모든 것을 궁금해하는 것은 당연하다. 하지만 질문에 대한 답을 얻기 위해서는 먼저 네가 그에 합당한 사람인지 아닌지를 보여주어야 한다. 내 마음속 어떤 소리가 너를 시험하라고 말하는구나. 어쩌면 같은 목소리가 네게 모든 질문에 대한 답을 속삭일 수도 있지. 어쩌면 이런 방법을 쓰지 않고도 모든 대답을 알 수 있을 정도로 네가 강한 사람일 수도 있겠지. 넌 정말 강한 사람이냐? 아마도 너와 나 모두 이를 알고 싶어하는 것 같구나. 원한다면 알아볼 수

---

* 무슬림의 메카를 향한 기도 방향.

도 있다. 저 작업대 위에 있는 철퇴가 보이느냐? 그 어떤 장수도 그것을 들어 올리지 못했다. 네가 한번 시도해보겠느냐?"

그들은 튼튼하고 단단한 나무로 된 작업대 앞으로 갔다. 타격의 흔적과 불에 탄 흔적이 있는 것으로 봐서 오랫동안 험한 일에 사용된 것이 분명한 작업대에 이상한 철퇴가 놓여 있었다. 그것은 길이가 팔뚝만 하고 손가락 두 개 정도 두께로 된 쇠막대기와 이 쇠막대기 끝에 붙은 철책으로 감싸인 철 바퀴로 구성되어 있었다. 철 바퀴의 무게는 이십 오카*가 넘어 보였고, 쇠막대기 위에서 쉽게 회전시킬 수 있는 이 바퀴 위에는 튼튼한 줄이 감긴 틀이 있었다. 에브레헤는 갈라진 음성으로 소리쳤다.

"자! 이 철퇴를 한번 들어보게!"

그 일은 불가능해 보였지만 뷘야민은 그가 시키는 대로 했다. 하지만 아무리 힘을 써도 철퇴를 움직일 수 없었다. 이에 에브레헤는 부하들을 불렀다. 세 명이 와서 겨우 철퇴를 들어 올리고는, 명령에 따라 나란히 있는 두 개의 압착기 사이에 쇠막대기를 끼웠다. 그런 다음 천장에서 아래로 늘어져 있는 쇠사슬을 잡고는 젖먹던 힘까지 써서 밑으로 잡아당기기 시작했다. 쇠사슬은 천장에 있는 두 개의 도르래에 끼워져 최소한 백오십 오카는 되어 보이는 납덩어리에 연결되었다. 부하들이 이 납덩어리를 들어 올리자 에브레헤는 철퇴를 에워싼 틀에 감겨 있는 줄 끝을 쇠사슬 한 개에 연결했다. 부하들이 쇠사슬을 놓자마자 납덩어리는 떨어졌고, 압

---

* 무게 단위. 1오카는 1283그램.

착기에 끼인 쇠막대기에 연결된 바퀴는 마치 팽이처럼 빙빙 돌기 시작했다. 에브레헤는 철퇴의 쇠 손잡이를 잡은 후 압착기들을 느슨하게 풀었다. 그러고는 압착기 끝에 있는 그 무거운 바퀴가 빙빙 돌고 있는 상태에서, 뷘야민이 들지 못했던 그 이상한 기구를 앙상한 팔로 천천히 공중으로 들어 올렸다. 그러나 젊은이는 놀라지 않고 에브레헤에게 이렇게 말했다.

"눈속임을 하려는 것이라면 그리 나쁜 방법은 아니네요. 그건 팽이 원리에 의해 움직이는 기구군요. 원심력은 바퀴의 무게를 없앱니다. 그 상태로는 어린아이도 들 수 있지요."

젊은이의 건방진 말에 순간 에브레헤의 눈이 사악하게 반짝였다. 하지만 이 혐오의 표정은 나타난 즉시 사라졌다. 에브레헤는 손에 있던 철퇴를 부하들에게 넘겨주고 예전처럼 다시 미소를 지었다.

"나는 내가 알지 못하는 누군가가 미지의 목적 때문에 너를 내게 보냈다고 생각할 수밖에 없구나. 마치 네가 말하고 행동한 모든 것을 그 사람이 네게 가르친 것 같구나. 너의 그 눈에 띄지 않는 개성과 네가 하는 말들 사이에는 그 어떤 연관성도 없는 것 같구나. 건방지기도 하고 겸손하기도 하니 말이야. 무력하기도 하고, 아직 내가 무엇이라고 꼭 집어낼 수 없는 우월성을 가지고 있기도 하고."

이에 뷘야민이 물었다.

"왜 그렇게 힘을 갖길 원하십니까?"

"물론, 모든 사람이 그러하듯, 나의 존재를 지속시키기 위해서

지."

"당신이 하는 일은 일종의 시체 보존업이군요. 힘은 단지 죽은 사람만을 보호합니다."

"그 말들은 절대로 너의 생각이 아냐."

"어쩌면 제가 소유한 그 어떤 것도 저의 것이 아닐 수 있습니다. 저의 지적인 능력도 여기에 포함되고요. 하지만 당신은 자연의 힘을 소유하고 싶어하는군요."

"그렇다, 네 말이 맞다. 세상은 나의 연장(延長)이다. 넌 단지 너의 몸만을 통제할 수 있다. 하지만 나는 아주 먼 곳에 있는 어떤 사람, 그 어떤 왕도 내 신체의 일부처럼 쉽게 이용할 수 있다. 네가 원하면 널 속일 수 있고, 너와 게임을 할 수도 있다. 하지만 네가 어디에도 얽매이지 않는 것도 내 마음에 든다. 네가 쥘피야르처럼 내가 말하는 모든 것을 믿었다면, 이렇게까지 즐겁지는 않았을 것이다. 네 말이 맞다. 난 자연의 모든 힘의 주인이 되고 싶다. 이미 일부는 가졌다고 할 수 있지. 내가 이를 어떻게 성공시켰는지 물어보려무나. 자연에 영향을 미치는 가장 큰 힘은 무엇이라고 생각하느냐?"

"잘 모르겠습니다. 하지만 당신은 그것이 지능이라고 말하겠지요, 아마도."

"너의 입에서 나온 말이지만, 너의 말은 아니구나. 하지만 그건 중요하지 않아. 네 대답이 맞다. 그렇다, 지능이다. 우리가 불이라고 부르는 힘이 장작에서 그 자양분을 얻듯, 이성도 지식에서 그 자양분을 얻는다. 그리고 나는 네가 상상하는 것 이상의 지식을 소유하고 있다. 너에 관한 것도 아주 많이 알고 있지."

에브레헤는 사악하게 미소 지었다. 이 말은 뷘야민을 두렵게 했다. 갑자기 그의 온 영혼을 둘러싼 이 근심을 수장은 절대 이해할 수 없을 것이다. 부하들이 들어오자, 뷘야민은 자신을 옴짝달싹 못하게 만들고는 몸을 수색하여 그 불길한 돈을 앗아갈 것이라고 생각했다. 그러나 수장은 부하들에게 첫 번째 공책을 가져오라고 명령했다.

공책을 받아든 에브레헤는 아무 페이지나 펼쳤다. 왼쪽 면에 유럽인처럼 옷을 입은 어떤 남자의 그림이 있었다. 오른쪽 면은 일련의 이해할 수 없는 글들로 꽉 차 있었다. 수장이 말했다.

"이러한 공책이 수백 권 더 있다. 만약 이 지식들을 네가 소유한다면 세계를 통치할 수 있을 것이다. 이게 무엇인지 보자꾸나. 이건 스페인에 사는 내 부하들의 명단이다. 그들의 외모, 그들이 사는 곳, 잘한 일, 못한 일, 그리고 다양한 기록들. 원한다면 뭐가 쓰여 있는지 한번 보여주마."

위가 투명한 종이로 덮인 어떤 상자 위에 공책을 놓은 수장이 촛불을 상자의 구멍 안에 넣자마자 투명한 종이가 환해졌다. 종이 위에 쓰여 있는 글자들은 복잡했다. 그는 뷘야민에게 이 글자들을 주의 깊게 보라고 말한 다음, 상자 가장자리에 있는 육백육십육 개의 다이얼을 일일이 조절하기 시작했다. 다이얼들이 돌아갈수록, 종이 위에 반영되는 글자들이 신비스런 형태로 그것들이 있던 자리에서 움직였다.

"공책의 각 페이지에는 육백육십육 개의 글자가 있다. 다이얼들은 같은 개수의 거울을 움직이게 만들어 글자들이 종이 위의 정확한 위치에 비치도록 하는 역할을 한다. 하지만 이걸 제대로 하려면 각 다이얼들을 어떤 숫자에 맞춰야 하는지 알아야 한다. 그 숫자들은 비밀이 아니다. 자신의 지능을 믿는 모든 사람들은 이 육백육십육 개의 숫자를 찾을 수 있다. 물론 원주율 3.14 다음에 오는 육백육십육 개의 숫자까지 계산할 수 있다면 말이다. 만약 그것이 가능한 사람이면, 그는 이 모든 지식들을 알 수 있고 이곳의 수장이 될 것이다. 하지만 이게 어떤 사람들에게는 아주 어려운 일이지. 쥘피야르는 여전히 그 숫자를 계산하고 있다네. 그는 아직 갈 길이 멀어. 왜냐하면 아직 첫 여섯 개의 숫자도 찾지 못했으니까 말이야."

에브레헤가 모든 다이얼을 일정한 숫자에 맞추자 투명한 종이 위에 유럽어로 쓰인 어떤 텍스트가 나타났다. 수장은 공책을 상자에서 꺼내 페이지를 넘긴 후 다시 상자 안으로 넣었다. 이 공책에는 정말로 스페인에 있는 첩자들의 이름, 거처, 그들에 대한 기록들이 적혀 있었다. 에브레헤는 자신이 알고 있는 정보들도 덧붙여 뷘야민에게 모든 공책을 읽어주었다. 이렇게 해서 젊은이는 지금 자신이 있는 이 장소가 어떤 목적으로 사용되고 있는지를 알게 되었다. 수장이 말했다.

"이렇게 비밀스런 지식들을 왜 너에게 설명해주는지 물론 궁금하겠지. 첫 번째 이유는, 네가 내 목숨을 구해주었기 때문이다. 이보다 더 중요한 두 번째 이유가 있다. 하지만 그걸 네게 말해주지는 않을 것이다. 이 모든 것을 다 안 후에 이곳에서 쉽사리 나갈 수 있을 거라고는 생각하지 마라. 내가 여기서 너를 쉽게 내보내 줄 거라고는 생각하지 않겠지. 이곳에서라면 너는 틀림없이 지루함을 느끼지 않을 것이다. 왜냐하면 이곳에는 바깥 세계보다 더 큰 세계가 있으니까. 너는 네가 원하는 곳에 마음대로 드나들 수 있을 것이다. 하지만 네가 만지지 말아야 하는 것들도 알고 있겠지. 명심해야 할 것이 있다. 나는 여기에서 일어나는 모든 일을 알고 있다. 네가 빈 방에 들어가 문을 닫았을 때도, 필시 어떤 눈이 널 주시하고 있을 것이다. 어쩌면 내가 사용하는 단어들 때문에 기분 나쁠 수도 있겠지만, 그저 나의 습관이라고 여겨주었으면 한다. 내가 내 손님을, 특히 내 생명을 구해준 사람을 더 정중히 대하고 싶어한다는 것만은 알아주었으면 한다."

수장은 이 말을 한 후 읽기 상자의 다이얼들을 돌려 조정한 것들을 흐트러뜨렸다. 글자들이 서로 뒤섞여 이제 공책에 있는 글들을 읽을 수 없게 되었다. 에브레헤는 장치 속에 있는 촛불을 입으로 불어 끈 후 젊은이에게 말했다.

"이제 널 혼자 있게 해주겠다. 어쩌면 네가 보고 배운 것들에 대해 생각하고 싶을지도 모르니까. 생각할 시간이 많다는 건 알고 있겠지?"

에브레헤가 나간 후 뷘야민은 연금술 방에 홀로 남겨졌다. 자신이 여기에 왜 있는지, 왜 이 장소로 왔는지 확실한 대답을 찾을 수 없었다. 미지의 어떤 충동이 자신을 조정하고 있는 것 같다는 생각에 휩싸였다. 그 순간 자신이 꿈에서 자주 보았던 예니체리들 중 한 명이며, 어두운 안개 속에서 그들처럼 꿈속을 돌아다니고 있다는 생각이 들었다. 하지만 이것은 불확실한 꿈이었다. 자신이 영웅처럼 느껴졌지만, 사실 자신은 에브레헤가 말한 것처럼 너무나 하찮은 사람이었고, 건방지게 던진 대답들은 누군가 자신의 귀에 속삭여준 것만 같았다. 자신에게 길을 제시해주는 이 속삭임의 정체를 알 수 있을 것만 같았다. 그건 아버지의 목소리와 비슷했고, 사방에 영향을 미치는 듯했다. 뷘야민은 가련한 아버지가 처음부터 큰 게임을 시작했다는 것을, 마치 뱃속에서 말을 하는 사람처럼, 물소리에서 천둥소리까지, 고통스런 비명에서 희열의 신음소리까지, 상인들의 고함 소리에서 전쟁의 고함 소리까지 모든 소리들을 모사하고, 이야기꾼처럼 목소리를 변조해가며 모든 사람들을 말하게 했다고 자신도 모르게 생각했다. 이 병적인 생각 때문에 무척 피로해진 그는 방석을 깐 긴 의자에 앉아 자신이 처한 상황을 헤아리려고 했다. 그는 자신이 지쳤다고 느꼈다. 하지만 그건 이상한 피로감이었다. 마치 몸의 주인이 자신이 아닌 것 같았다. 거부할 수 없는 어떤 것이 그에게 피로감을 느끼라고 명령한 것 같았다.

갑자기 그는 방 안에 자기 혼자 있는 게 아니라는 느낌을 받았다. 긴 의자에서 일어나 방을 둘러보기 시작했다. 아무도 보이지 않았다. 눈에 눈물이 맺혔다.

"아버지! 아버지! 당신이세요?"

하지만 대답하는 사람은 없었다. 뷘야민은 흐느끼며 말했다.

"아버지, 절 여기에서 구해주세요! 전 영웅이 아니에요, 될 수도 없고요!"

젊은이는 목 놓아 울기 시작했다. 긴 의자에 엎드려 얼마나 울었던지 나중에는 완전히 탈진해버렸다. 잠이 오려고 하자 꿈을 꾸지 않게 해달라고 기도했다. 그럼에도 잠이 들자 자신과 닮은 시시하고 불확실한 꿈을 꾸었다.

III

한때 아나톨리아 중심지에, 모든 대상길이 서로 만나는 교차로에 기르드바드라는 마을이 있었다. 곡과 마곡*의 세계에서 구입한 다양한 양념, 인도 옷감, 시리아 배, 가격을 측정할 수 없는 모슬산 망사 천들을 가득 실은 낙타 주인들은 멀리서 이 마을의 불빛을 보면 마치 산적을 본 것처럼 떨었지만, 한편으론 고통으로 가슴 아파했다. 왜냐하면 돈을 벌 수 있다는 매력과 파산할 위험을 동시에 가슴으로 몇 번이나 느낀 적이 있는 상인들의 눈에 기르드바드는 지극히 매력적이면서 상상할 수 없을 만큼 위험하게 보였기 때문이다. 찌는 듯한 더위 때문에 밤에만 길을 가던 대상들은 기르드바드로 갈 것인지 말 것인지에 대한 논쟁을 벌였고, 그 논쟁은 항상 쉰한 명의 노름꾼이 사는 기르드바드로 가자는 것으로 결론이 났다. 마을 입구에서 낙타들의 종소리가 들리면, 더 많은 행운이 따르라는 뜻에서 하루 전에 기름에 절인 수은이 들어간 주

---

* 사탄에 미혹되어 하늘나라에 대항한 두 나라. 「요한 계시록」 20장 8절에 나온다.

사위들을 꺼내 광을 냈다. 아홉 달 걸린 여행이 끝난 후 세계 인구를 반나절 동안 먹일 재산을 모은 상인들이 쉰한 명의 노름꾼의 집으로 흩어지면, 각 집에서는 주사위 노름이 시작되었다. 중국 황제의 나라에서, 인도에서, 그리고 바다 괴물의 나라에서 번 그 많은 돈을 무수한 게임 끝에 잃기 시작했을 즈음에야 비로소 손님들은 제정신을 차렸다. 아침 무렵 모든 상인은, 정확히 쉰한 명의 노름꾼이 사는 기르드바드에 비하면 대상길을 가로막는 산적들의 잠복 따위는 아무것도 아니라는 것을 한 번 더 깨닫게 된다. 하지만 이미 엎질러진 물이었다. 여든 마리의 낙타에 실은 짐, 재산, 돈, 장식품들을 잃었을 때는 이미 해가 중천에 뜬 뒤였다. 재산을 잃은 상인들은 머리카락을 쥐어뜯으며 노름꾼들의 소굴에서 나가자마자, 자신들의 잘못을 자책하며 머리를 돌에, 돌을 머리에 부딪쳤다. 그 돌은 기르드바드의 오직 하나뿐인 광장에 있었다. 지나가다 마을에 들른 순진한 사람은 그것을 어떤 기념비, 비석 혹은 제단이라고 생각할 수도 있다. 그러나 그것은 부유한 상인들 중 자살을 결행하지 못하는 사람들이 '후회의 돌'이라고 표현하는 대리석 덩어리였다. 그 위에는 룸 언어로 글이 쓰여 있었다. 사람들은 그 글이 보물의 장소를 알려준다고들 했다. 전설에 의하면, 그 대리석에 머리를 많이 부딪치면 제정신이 돌아오고, 그렇게 되면 그 대리석 위에 있는 글들을 읽을 수 있게 되어 노름에서 잃은 재산의 삼십 배에 해당하는 보물이 숨겨진 장소를 찾을 수 있다고 한다.

어느 날 우연히 마을로 흘러 들어온 흰 수염의 노인은 자기도 모르게 악마의 꾐에 빠져 주사위 노름에 초대하는 노름꾼에게 넘어가게 되었다. 그가 던진 주사위가 2와 3이 나오는 바람에 그는 내기로 걸었던 철 지팡이와 철 신발을 잃었다. 그는 유일한 재산을 잃었기 때문이 아니라, 악마의 꾐에 빠져 노름꾼에게 속았다는 것 때문에 너무나 마음이 아파, 마을 바로 옆에 있는 동굴로 들어가 은둔하게 되었다. 거기에서 기아와 갈증으로 죽기 전에 이 죄의 마을에 저주를 퍼부었는데, 그로 인해 일이 벌어졌다. 저주의 결과로 자연의 법칙이 변해버렸다. 쉰한 명의 노름꾼이 손바닥에 침을 뱉고 아무리 주사위를 던져도 항상 2와 3 눈만 나오기 시작한 것이다. 노름판에 건 두 무더기의 돈을 다 걷어갔던 더블 6 눈이나 더블 4 눈은 이제 더이상 나오지 않았다. 게다가 건 돈의 절반을 가져가는 더블 2 눈도, 더블 1 눈도, 6과 1 눈도 도무지 나오지 않았다. 노름판에서는 오로지 판돈의 배를 내야 하는 2와 3 눈만이 나오게 되었다. 속임수를 쓰지 않아도, 이즈미르*를 하거나 주사위에 수은이 들어가 있어도 결과가 변하지 않자 노름꾼들은 어찌해야 할지 몰랐다. 행운을 다시 불러들이기 위해 상상할 수도 없는 방법들을 시도했다. 어떤 이들은 보이지 않는 유성이 하늘에서 순회하며 행운의 행성들이 빛을 잃게 했다고 생각했고, 어떤 이들은 평발인 사람들에게 죄를 뒤집어씌웠다. 결국 노름꾼들은 의원을 불러 모든 마을 사람들의 발을 검사하게 하여 평발인 두 명을 색출한 다음 돌을 던져서 마을에서 쫓아냈다. 이것으로 충분

---

* 속어로 황소. 이즈미르는 속임수를 쓴 주사위 노름을 일컫는 용어이다.

하지 않자 거리와 지붕에서 돌아다니는 모든 검은 고양이들을 죽였다. 주사위 노름을 하러 온 상인들이 재산을 두세 배로 불린 후 신바람이 나서 마을을 떠나기 시작하자, 기르드바드에서는 열세 명이 한 자리에 모이는 것을 금지했고, 주사위에 더 많은 분량의 수은을 떨어뜨렸다. 이 무용지물의 조치들로도 효과를 보지 못하자 꺼진 행운의 별에 다시 불을 붙이기 위해 폭죽을 터뜨리기 시작했다. 이 폭죽을 믿는 노름꾼들은 손바닥에 침을 뱉고 주사위를 던지기 전에 항상 폭죽의 심지에 불을 붙였다. 그러나 심지가 타는 시간을 조절할 수 없었기 때문에 폭죽이 터지는 순간을 예측할 수 없었고, 주사위들은 여전히 2와 3이 나왔다. 결국 노름꾼들이 배고픔과 불운 때문에 죽자, 살아남은 사람들은 마을에 마법사, 마술사를 초청했다. 어떤 중국 마법사의 권유에 따라 저주를 없애고 다시 행운을 가져다달라는 의미로 각 가장자리가 남자 두 명의 키를 합친 것만 한 거대한 한 쌍의 대리석 주사위를 절벽 밑으로 굴렸다. 하지만 이 주사위조차 2와 3 눈이 나왔다. 기르드바드의 행운은 이제 끝이 났던 것이다. 하지만 일을 배워 팔목에 금팔찌를 차라는 의미로 어린 시절에 기르드바드 마을에 견습공으로 보내졌던 가잔페르는 그렇게 생각하지 않았다. 그래서 그는 마을에 저주를 퍼부은 노인에게서 뺏은 철 신발을 신고, 철 지팡이를 짚고 길을 나섰다. 신발과 지팡이는 그를 사방으로 데리고 다니더니, 어느 산간 마을로 인도했다. 이곳의 주술사는 마을에 있는 어떤 분묘를 지키는 일과 운을 터주는 일을 하고 있었다. 노름꾼은 그에게 고민을 말했다. 한때 6의 눈만 던졌던 자신의 손이 이제는

2와 3 눈밖에 던지지 못하니, 이 처지에서 자신을 구해달라고 부탁했다. 노름꾼이 목 놓아 울며 그의 운명에 고통스러워하는 것을 본 주술사는 가슴이 찢어지게 아팠다. 그리하여 주머니에서 한 쌍의 검은색 주사위를 꺼내 그에게 건네주었다. 가잔페르는 온 세계를 돌아다니며 세상에서 가장 운 없는 사람을 찾아야 하며, 자신이 받은 주사위를 이 가련한 사람에게 주어 정확히 예순여섯 번 던지게 한 다음 그 숫자들을 모두 정확히 종이에 써야 했다. 에브제드*에 있는 이 숫자들에 해당하는 상대 글자들을 찾아 읽으면, 다한 운이 어떻게 풀릴지 알게 될 것이었다.

이렇게 해서 다시 길을 떠난 가잔페르는 주술사의 충고에 따라 울면서, 비명 소리가 들리는 곳을 철 지팡이를 짚고 철 신발을 신고 돌아다니다가 신음의 계곡이라는 곳에 도착했다. 그곳에서는 샘에서 물을 긷는 여자들부터 산에서 양 떼를 모는 양치기까지 모두 울고 있었고, 그 통곡 소리는 하늘까지 울려 퍼지고 있었다. 그들에게 왜 그렇게 울고 있는지 묻자 그가 기대하는 대답이 돌아왔다. 모두들 운이 없기로 온 세상에 알려진 쉬아입이라는 수도승의 운명에 가슴 아파하며, 그를 위해 통곡을 하고 있었던 것이다. 가잔페르는 곡소리를 따라가 어떤 마을에 이르렀다. 어떤 집 창문 너머로, 앉아서 무릎을 치며 머리카락을 쥐어뜯는 한 남자가 보였다. 그가 바로 이 세상에서 가장 불운한 남자인 쉬아입

---

* 아랍 문자를 그것들의 숫자 가치에 따라 배열한 공식. 예를 들면 첫 번째 알파벳은 1이며, 두 번째 알파벳은 2, 세 번째 알파벳은 3, 이런 식이다.

이었다.

가잔페르는 자신을 신이 보낸 이방인이라고 소개한 뒤, 쉬아입의 손등에 입을 맞추었다. 그런 다음 그에게 자신의 고민을 털어놓았다. 그런데 그의 말이 끝나자마자 불운한 남자의 얼굴이 환하게 밝아졌다. 그의 불운을 제거하는 유일한 해결책이, 먼 곳에서 온 사람이 준 주사위를 예순여섯 번 던지는 것이었기 때문이다. 흥겹게 떠들며, 캐스터네츠, 북 같은 다양한 악기 반주에 맞춰 드디어 검은색 주사위가 던져졌고, 가잔페르는 나온 숫자들을 주의 깊게 종이에 적었다. 에브제드 계산에 의거해 글자들을 찾았을 때, 가잔페르는 자신의 운이 어떻게 바뀔지 보았다. 이제는 주사위를 2와 3의 눈이 나오게 던지지 않을 것이다. 그렇지만 자신의 운을 바꾸기 위해서는 그가 노름에서 번 돈의 백분의 일을 지출해야 했다.

이렇게 된 이상 가잔페르는 이제 더 크게 놀 필요가 있었다. 이를 위해 콘스탄티노플에 정착하는 게 좋겠다고 생각했다. 운이 확트인 그는 타흐텔칼레 상인들에게서 도박으로 우려낸 돈으로 금화 백 개만큼의 재산을 불렸다. 그렇지만 그의 진짜 자산은 이 액수의 백 배인 만 플로린에 이르렀다. 그럼에도 그가 쓸 돈의 액수는 제한되어 있었기에 페네르에 있는 한 소굴에 세 들기까지 정확히 사 년 동안 주사위를 굴려야만 했다. 드디어 소굴을 매입하고 호위병들을 고용하고 나서야 돈이 들어오기 시작했다. 가잔페르는 포도주 저장고에 있는 포도주 통들을 꺼내고, 재산의 구십구 퍼센트를 이곳에 쌓아놓았다. 그리고 백분의 일인 오천 플로린 중 일부를 뇌물용으로 따로 떼어놓은 뒤 계속 도박장을 운영했다. 이제 콘스탄티노플의 모든 노름꾼들이 그의 고객이었다. 소굴에서 주로 행해지는 놀이는 물론 주사위 노름이었다. 행운의 여신이 짓는 미소를 독차지한 가잔페르는 이 안정된 환경에서 자신과 같은 전문 노름꾼들을 양성하기 시작했다.

이후 많은 세월이 흘렀고, 번 돈 가운데 절대 쓰면 안 되는 구십구 퍼센트의 금액이 소굴의 포도주 저장고에 더이상 들어가지 않게 되자, 인부들을 사서 벽을 파게 했다. 이제 자본의 일 퍼센트가 오만 플로린이 되었고, 이 금액도 갈수록 늘어났다. 그런데도 그는 인색한 사람이라고 알려지게 되었다. 그 많은 재산을 관대하게 쓰지 않았기 때문에 시장에 돈이 고갈되기 시작했고, 상인들은 점차 불만을 품게 되었다. 가잔페르의 돈이 유통되지 않아 실제로 가장 불편한 사람은 수장이었다. 그래서 먼저 그의 소굴에 예니체리를 보내 습격할까 생각하기도 했다. 하지만 거지 조합에서 어떤 젊은이에 의해 목숨을 건진 날 아침에 전해 들은 어떤 소식을 생각하고는 이 계획을 포기했다. 게다가 다음 날 저녁 그 젊은이의 건방진 태도를 보고는 그를 미혹시키기로 작정하고 나름대로 단순한 계획 하나를 세웠다. 젊은이가 기관에 있는 방에서 자고 있는 동안 그는 이 계획의 세세한 부분까지 진행시켰다.

정오 무렵 뷘야민은 깊은 잠에서 깨어났다. 눈을 떴는데도 쵤피야르는 계속 그를 흔들어대더니, 정신을 차리라며 따귀도 때렸다. 쵤피야르는 그의 주인이 손님을 즐겁게 해주어야 한다고 생각하고 있으니, 아침을 먹은 후 곧장 채비를 하라고 말했다. 부하 한 명이 세수를 하라며 대야와 주전자를 가지고 왔고, 이어 쟁반에 아침 식사를 담아 왔다. 뷘야민이 별로 입맛이 없어 내키지 않아 하며 음식을 먹고 있는데, 에브레헤가 들어와 손님이 준비가 되었는지를 살폈다. 그는 그날 밤 신나게 즐길 예정이라고 뷘야민에게 말했다. 게다가 뷘야민을 위해 환락에 적당한 옷도 사 오라고 부하에게 지시한 상태였다.

에브레헤는 누더기 같은 옷을 벗은 뷘야민에게 비단 셔츠와 삼십 플로린짜리 페르시아 산 헐렁한 바지, 그리고 은실로 수놓은 카프탄을 손수 입혀준 뒤 그를 다른 방으로 데리고 갔다. 젊은이는 그 방에 있는 보물들을 보고 크게 놀랐다. 바닥에서 천장까지 돈으로 가득 차 있었던 것이다. 베네치아 금화, 플로린, 오스만 제국의 금화, 헝가리 금화, 독일 금화, 네덜란드 금화, 세비야 동전, 옛날 동전, 오스트리아 금화 등 온갖 금화와 동전들이 그의 발밑에 있었다. 에브레헤는 커다란 쌈지에 금화를 채우며 말했다.

"이것들은 내게 별로 가치가 없어. 너도 원하는 만큼 가져라. 어차피 얼마 지나지 않아 이것들이 가치 없게 느껴지겠지만."

그는 주머니를 가득 채운 뒤 손으로 그 무게를 가늠해보았다. 휴대하기에는 너무 무겁다는 것을 알고는 절반을 비웠다. 허리띠를 약간 느슨하게 하여 쌈지를 넣은 후, 뷘야민에게 출구를 가리켰다. 쵤피야르와 그 부하들도 그들과 동행했다.

말들은 이미 밖에 준비되어 있었다. 하늘에는 비구름이 끼어 있었고, 날은 금세 어두워지기 시작했다. 말에 박차를 가하며 디완

길을 지나 타욱 파자르*에 도착했다. 에브레헤는 노예 시장의 건물 앞에서 말을 멈췄다. 마당은 사람들로 넘쳐났다. 안에서는 경매가 진행되고 있었다. 손님들은 그날의 마지막 노예인 거세한 흑인의 가격을 계속 높이고 있었다. 사람들이 얼마나 많았던지 쥘피야르는 주인이 가는 길을 트기 위해 채찍을 사용해야만 했다. 밀치고 당기며 겨우 마당을 지나 나무 계단을 통해 이층으로 올라갔다. 이층에는 노예 장사꾼들이 사무실로 사용하는 동시에 노예들을 보호하는 방들이 있었다. 에브헤레는 그곳에서 커다란 존경과 극진한 대우를 받았다. 상인들과 그 수하들은 수장의 옷자락에 입을 맞추고는 정성을 다해 대접했다. 그들은 잠시 가벼운 대화를 나누고 곧 본론으로 들어갔다.

노예 상인이 그날 아침 에브레헤에게 소식을 전해주었던 것처럼, 그의 수중에는 사슴 같은 눈매에 앵두 같은 입술을 한 열한 명의 러시아 처녀들이 있었다. 노예 상인은 그들을 타타르인들에게서 만이천오백 플로린에 샀다며 맹세에 맹세를 거듭하면서 그녀들의 미모와 우아함에 대해 입이 마르도록 자랑했다. 그는 그 노예 처녀들이 모두 열일곱 살 안팎이라고 했다. 비명과 통곡 소리, 흐느낌 소리와 울음소리가 들려오는 어떤 방의 열쇠 구멍에 눈을 댄 노예 상인은 마치 천국의 요정들을 보고 있기라도 한 듯 오만가지 표정을 지었다. 그러고는 마치 자신이 사랑과 욕정에 불타오르고 있다는 온갖 표정을 지으며 손님들을 미혹시켰다. 에브레헤

---

* '양계 시장'이라는 뜻의 구역 이름.

는 안에 있는 노예 처녀들을 보고 싶어했지만, 노예 상인은 손에 열쇠를 쥐고 있으면서도 문을 열지 않고 머뭇거리며 그녀들에 대한 자랑만 계속 늘어놓았다. 드디어 그가 열쇠를 자물쇠에 넣고 찰칵찰칵 돌렸다.

그곳에는 정말로 둘째가라면 서러워할 미인 노예들이 있었다. 손님들에게 매력적으로 보이게 하려고 손은 붉은 물감으로 물들였고, 그녀들이 머물고 있는 초라한 장소와는 전혀 어울리지 않는 비단옷을 입고 있었다. 에브레헤가 뷘야민에게 마음에 드는 여자를 고르라고 말하자 젊은이는 어찌할 바를 몰랐다. 에브레헤는 무엇을 해야 할지 아주 잘 알고 있었기에 뷘야민이 망설이는 것에는 신경도 쓰지 않고, 자신이 고른 처녀의 옷을 벗기라고 노예 상인에게 명령했다. 에브레헤는 그녀의 몸에 상처가 있는지, 치아는 건강한지 검사하면서 나이를 가늠해보았다. 뷘야민이 여전히 주춤하고 있는 것을 본 에브레헤는 별로 시간이 없으니 그에게 오늘 밤 동침할 여자를 당장 고르라고 재촉했다. 에브레헤는 몸집이 크고 뺨이 붉은 어떤 처녀로 결정을 내린 다음, 뷘야민이 서글프게 울고 있는 어떤 처녀를 주시하는 것을 보고 말했다.

"저 처녀가 마음에 들었나보군. 내가 너라면 더 활달한 애를 고를 텐데. 하지만 네 취향도 존중해주마."

노예 상인에게 줄 금화를 세던 수장의 얼굴에 비웃는 듯한 표정이 다시 떠올랐다. 그는 사무실에 있는 장인들과 조수들에게 사례금을 나눠준 뒤 그날 밤 노예 처녀들을 어디로 보내야 되는지 설명하고 나서 쥘피야르에게 말했다.

"우리는 가잔페르의 소굴로 간다."

그들은 말에 올라 할리치 만 쪽으로 향했다. 날은 어두워지고 있었다. 왈리데 사원 뒤에 도착하자 집으로 돌아가는 사람들이 휴대하고 있던 등불을 밝힌 채 걸어가고 있었다. 그곳을 지나 에민 외뉘 사원에 도착하자마자 분노에 찬 군중들과 마주쳤다. 예니체리들, 해군들 그리고 재판관들로 보이는 한 떼의 남자들이 누군가의 멱살과 바지를 꽉 잡고 욕을 해대며 질질 끌고 가고 있었다. 그 가련한 사람은 옷매무새로 보건대 갈라타에 사는 유럽인이었다. 목을 치는 돌이 있는 곳으로 끌고 가는 것으로 보아 큰 죄를 지은 게 확실했다. 돌 옆에서 그 남자를 일으켜 세워 밀고 당기기 시작하자 그가 절름발이라는 게 드러났다. 사람들은 그 가련한 사람에게 마지막 기회라면서 개종을 요구했다. 하지만 부정적인 대답을 들었는지 머리를 돌에 갖다 대었고, 마침내 어떤 예니체리가 언월도로 그의 머리를 날려버렸다.

에브레헤가 무기를 닦는 예니체리에게 그 남자의 죄가 무엇인지 물었다. 그는 한때 베네치아 대사의 서기관이었는데, 나중에 직업을 바꿔 외과의사 일을 했으며, 그의 집에서 시체를 자르고 있을 때 잡혔다는 대답이 돌아왔다.

에브레헤는 뷘야민을 돌아다보며 말했다.

"봤느냐? 학문에 대한 열정이 사람을 어떤 결말로 이끌고 가는지. 사람들은 보고, 듣고, 알고, 배우고 싶어한 저 가련한 외과의사에게 표하지 않던 존경을, 오로지 어둠, 추위, 정적만을 감지하고 무상(無常)만을 아는 시체에게 표하고 있다. 그를 살해한 저

212

사람들은 집으로 돌아가 어쩌면 아이들에게 교훈으로 삼으라며 쿠베릭의 비통한 최후를 말해줄 것이며, 학문의 위험성을 일일이 열거할 것이다."

에브레헤가 이 말을 하는 동안 사형을 집행한 예니체리들은 죽은 자의 물건들을 경매에 붙이고 있었다. 어쩌면 그들은 갑자기 몰려온 그 격심한 분노와 피로를 풀기 위해, 경매로 번 돈으로 술집에서 한잔 기울이고 싶었는지도 모른다. 외과용 메스, 방망이, 펜치, 뼈를 자르는 데 쓰는 이상한 톱들이 한두 푼에 팔려 나간 후 남은 커다란 책을 에브헤레가 다섯 플로린에 샀다. 말 위에서 책을 뒤적이던 에브레헤는 그 책이 해부도라는 것을 알게 되었다. 근육, 뼈, 결합 조직, 혈관, 신경, 내장 기관들에 콘스탄티노플의 유명한 건달들, 술집 주인들, 소년들, 그리고 젊은이들의 이름이 붙어 있었다. 수장은 책을 퀼피야르에게 건넨 후, 사형 집행을 지켜보았던 이교도인에게 이 플로린을 주면서 사형수를 매장해달라고 말했다.

할리치 만까지 가서 페네르에 도착했을 때는 이미 보름달이 뜬 뒤였다. 가잔페르의 소굴은 성벽 바로 옆에 지어진 이층짜리 목조 건물이었다. 말에서 내려 세 번은 길게, 세 번은 짧게 도합 여섯 번 문을 두드렸다. 문에 나 있는 망보는 구멍이 열리더니 한 쌍의 푸른색 눈이 그들을 주시했다. 잠시 후 밖으로 뛰쳐나온 마부들이 말의 고삐를 잡고 마구간으로 데려갔다. 어떤 하인이 아첨을 하며 그들을 안으로 안내했다.

주머니가 두둑한 사람을 위해 마련된 위층과는 반대로, 아래층에는 온갖 어중이떠중이들이 모여 주사위 노름을 하고 있었다. 나쁜 짓은 다 하고 다니는 가잔페르의 경호원들이 이곳 노름판에서 뼁땅을 뜯고 있었다. 수많은 금화, 금, 동전의 주인이 바뀌는 이 소굴에서 그 많은 위험 부담과 잃고 얻는 재산에도 불구하고 흥분이나 기쁨, 절망은 없었다. 그 어떤 노름꾼의 얼굴에서도 누가 따고 누가 잃었는지를 읽어낼 수 없었다. 왜냐하면 거의 모든 사람들이 주사위를 던지는 진정한 고수의 경지에 이르렀고, 가슴과 머리에 있는 마지막 감정의 부스러기까지 지워버렸기 때문이다. 그렇지 않은 사람들은 소굴에서 질그릇에 부어 공짜로 주는 아편이 들어간 포도주 때문에, 잃고 따는 것 사이의 차이를 인지할 능력을 오래전에 잃어버린 상태였다. 대부분의 사람들은 행운을, 어떤 사람들은 자신의 주사위 속에 있는 수은을 믿고 있었다. 더블 1 눈이 나와서 하루 동안 번 돈의 대부분을 잃은 어떤 상인은 왼손에 들고 있는 토끼 발을 철석같이 믿었고, 거두어들인 징수금을 5와 3 눈이 나와 잃은 어떤 악한은 겨드랑이 밑에 끼고 있던 소의 머리를 믿었다. 2와 3 눈이 나와 약탈한 물건들을 잃어버린 예니체리들은 자신들이 지닌 부적들과 유리 의안 때문에 곧 2와 5 눈이 나와 이길 거라고 생각했고, 재수 없게 연속으로 2 눈이 나와 동냥과 작별한 거지들은 익히 알고 있는 기도를 읊었다. 4와 1 눈이 나와 뇌물의 흔적이 사라진 관리들의 상황은 또 달랐다. 이 사람들 가운데 누구는 행운의 묘약으로 입을 헹군 후 주사위에 침을 뱉었고, 손목을 흔들면서 더블 6 눈을 던질 거라고 믿었다. 어떤 사람들은 손가락이 여섯인 사람이 행운을 가져다줄 거라고 믿으며 자기 옆으로 데리고 와 대신 주사위를 던지게 했다. 땅 밑 깊숙한 곳에서 찾은 항아리에 가득 든 금을 몇 년 동안 이 소굴에서 계속 잃어온 도굴꾼은 주사위를 던지기 전에, 이 죄악의 소굴에 오는 대가로 사십일 플로린을 받은 숨통이 큰 노인의 입에 주사위를 대고 불게 했다. 사형 기술에 의거하여 깨끗하게 죽여달라며 미래의 피살자들이 준 사례금을 5와 1 눈이 나올 주사위에 건 사형 집행인들은 다른 숫자가 나온 것을 보고는 화가 나 얼굴이 붉으락푸르락해졌다.

에브레헤는 뷘야민, 쥘피야르, 부하들을 뒤로하고 위층으로 올라갔다. 이곳은 선택된 사람들만 접대하는 곳이었다. 이들에게 대접하는 포도주도 물론 최고급이었다. 값비싼 페르시아 산 카펫이 깔린 방으로 들어가자 네 명의 부자와 가잔페르, 그리고 그의 직속 부하인 울라흐가 있었다. 이곳에는 뺑땅을 뜯는 사람이 없었다. 가잔페르가 직속 부하를 통해 그 노름에 직접 참여하고 있었기 때문이다. 노름에 낀 네 명 가운데 한 명인 아랍 상인은 이미 많은 재산을 잃은 상태였다. 아르메니아인 중개인의 상황도 그리 좋다고는 할 수 없었다. 많은 판돈을 걸지 않은 이란인과 또다른 아랍 상인의 상황은 비교적 좋았다. 하지만 분명한 사실이 있다면, 그건 노름에서 이기는 쪽이 주로 가잔페르를 대행하는 울라흐라는 것이었다.

그곳에 있는 모든 사람에게 직간접적으로 알려져 있는 에브레헤는 그들이 건네는 인사를 모두 받은 다음 주사위 노름판에 앉았다. 그러고는 독일 화폐로 가득 찬 쌈지를 소굴의 중개인에게 양도했다. 한 주머니를 에큐*로, 세 주머니 반을 금으로 바꾸고 나자 사람들은 판돈을 걸고 주사위를 던졌다. 길고 팽팽한 신경전이 벌어질 한판이 이렇게 해서 시작되었다. 분위기는 점점 고조되었고, 그때까지 소극적으로 노름을 하던 이란 상인과 아랍 상인이 판돈을 올리자 긴장감은 최고조에 다다랐다. 아르메니아인 중개인이 마지막 돈까지 잃고 아래층으로 내려갔고, 그로부터 위에서 큰 판이 돌아가고 있다는 얘기를 들은 아래층에 있던 사람들이 위층으로 올라왔다. 문 앞을 막고 있는 경호원들 사이를 비집고 들어간 몇몇 사람들은 이 긴장감 도는 노름을 더 가까이에서 볼 기회를 얻었다. 에브레헤는 문 앞에 빽빽이 모인 사람들, 경호원들이 막지 못한 군중들을 본 후 호두나무 탁자 위에 마지막 주사위를 굴렸다. 2와 3 눈이 나왔다. 그는 자리에서 일어나 소리를 질렀다.

"속임수를 쓰고 있군!"

이에 가잔페르가 대답했다.

"속임수 따위는 없소. 단지 당신에게 운이 따르지 않았을 뿐이오."

"그건 곧 알게 될 거요."

에브레헤는 이렇게 말하며 호두나무 탁자의 다른 쪽으로 가려고 했다. 가잔페르의 경호원들이 그를 저지하자 쥘피야르와 부하들이 언월도를 빼들었다. 문에 모여 있던 사람들이 웅성거리며 속삭이기 시작했다. 에브레헤가 말했다.

---

* 당시 프랑스의 화폐 단위.

216

"여러분들! 이들은 속임수를 써서 당신들의 돈을 빼앗았소. 허락해준다면 여러분들에게 증명해 보이겠소!"

"그의 말이 맞아, 우리도 보고 싶소. 자, 말해보시오!"

노름꾼들 모두가 단검과 언월도, 권총을 빼들고 이렇게 소리치자 가잔페르는 노름에서 사용하는 주사위들을 앞으로 던졌다.

"자, 저 주사위들을 검사하시오! 하지만 이후 다시는 당신들을 여기로 받아들이지 않겠소, 절대! 내 평생 이런 모욕은 처음이오!"

노름꾼들은 등불 밑에서 주사위들을 검사해보고 수은이 들어가 있지 않다는 것을 알게 되었다. 하지만 에브레헤는 쉽게 속아 넘어갈 사람이 아니었다. 주사위 위에 있는 눈들을 칼로 판 후 이렇게 말했다.

"보시오! 주사위들의 다섯 면에 있는 눈들은 납으로 채워져 있소. 하지만 '6'의 맞은편에 있는 '1'이 있는 면에는 납 대신 철이 들어가 있소."

이에 가잔페르가 고함을 쳤다.

"그것이 철이라는 걸 어떻게 아시오? 주사위의 그 면이 무겁기 때문에 주사위를 던지면 '6'이 나올 거라는 거요? 그렇다면 원하는 만큼 한번 던져보시오. 한번 봅시다. 당신이 기대하는 숫자가 나올지."

주사위를 몇 번이나 던졌지만, '6'이 나올 가능성은 다른 숫자들이 나올 가능성과 같았다. 가잔페르는 욕설을 내뱉으며 자신에게 가해진 모욕에 크게 불쾌해하더니, 자신의 목적은 오로지 노름을 하고 싶어하는 사람들에게 진심으로 봉사하는 것이라고 말했다. 하지만 이 배은망덕과 무례함 앞에서 자신의 가치를 알리기 위해 일주일간 도박장을 열지 않겠다고 선언했다. 그의 이러한 위협에 두려워진 몇몇 노름꾼들이 가잔페르의 마음을 사려고 그를 위로하려 하자, 에브레헤의 분노는 극에 달했다.

"바보들 같으니라고! 잘들 속아 넘어가는구나! 그가 어떻게 속임수를 썼는지 보여주겠다!"

그러고는 탁자를 덮은 천을 순간적으로 들어 올리자 호두나무 탁자가 양철로 덮여 있는 것이 보였다. 에브레헤의 손짓에 따라 행동을 개시한 쥘피야르가 언월도로 못을 빼 양철을 들어 올렸다. 그때까지 모든 사람들이 딱딱한 나무로 만들어져 있다고 생각했던 탁자의 안은 비어 있었고, 양철로 숨긴 그 부분에 일정한 간격으로 열일곱 개의 보빈*이 장착되어 있는 게 눈앞에 드러났다. 가잔페르는 놀란 척하면서 이 탁자를 지난주에 카팔르 차르시** 중앙 건물에서 열린 경매에서 샀다고 맹세했다. 과거에는 부자 상인이었지만 지금은 허름한 차림에 돈 한 푼 없고 욕이 입에 붙은 어떤 노름꾼이 분노하며 말했다.

"거짓말! 나는 내 모든 자본, 건물, 목욕탕, 노예, 상점, 낙타들까지 바로 이 탁자에서 정확히 육 년 전에 잃었어! 바로 이 탁자에서 말이야!"

노인은 이 말을 하면서 주먹으로 탁자를 쾅 내리쳤다. 에브레헤

---

* '실패'와 유사한 뜻을 가진 방적 용어인데, 여기에서는 자석으로 되어 주사위를 마음먹은 대로 굴릴 수 있게 만든 장치를 가리킨다.
** '그랜드 바자르'라고 널리 알려진 이스탄불에 있는 큰 시장.

는 노름꾼을 돌아보며 말했다.

"그러니까 자석을 사용한 것이군. 어떻게 했는지 지금 볼 수 있을 거요."

보빈에 연결된 줄을 따라가니 가잔페르를 대행한 울라흐가 있는 곳에 도착했다. 줄은 탁자의 이편에 있는 나무로 된 어떤 열쇠와 연결되어 있었다. 필요할 때에 열쇠를 돌리면 건물의 일층으로 연결된 다른 줄과 합쳐졌다. 수장은 열쇠를 돌린 후, 노름꾼 한 명에게 칼을 빼 보빈을 건드리라고 했다. 그 사람이 수장이 시키는 대로 하자마자 칼이 보빈에 달라붙어버렸다. 얼마나 세게 달라붙었는지 간신히 칼을 떼어낼 수 있었다. 노름꾼들은 모두 깜짝 놀랐다.

"이 돼지 같은 놈! 자석을 사용했군 그래. 주사위를 던질 때마다 '6'이 나오는 데는 다 이유가 있었어."

가잔페르는 노름꾼들을 진정시키려 하였으나 허사였다. 놀람에서 갑자기 분노로 변한 감정을 주체하지 못한 사람들이 그날뿐만 아니라 이전에 잃은 돈까지 내놓으라고 항의하기 시작하자 상황은 걷잡을 수 없이 악화되었다. 경호원들이 노름꾼들을 감당할 수 없을 정도로 문제가 커지자 에브레헤는 뷘야민에게 말했다.

"잠시 후 총질을 해대기 시작할 거야. 여기를 떠나기 전에 저 줄이 어디로 이어지는지 알아야겠다."

줄은 탁자 다리에서 카펫으로 내려가 아래층까지 이어졌다. 이들은 칼을 휘두르는 유혈 싸움이 시작되었을 때 방에서 나와, 계단을 올라오는 수많은 노름꾼들을 간신히 헤치고 아래층으로 내려갔다. 줄은 지하로 연결되고 있었다. 바닥이 노란색으로 빛나고 있었는데, 이 빛은 물론 가잔페르 재산의 구십구 퍼센트를 이루는 황금에서 나오는 것이었다. 안쪽에는 나무로 된 연못이 있었다. 에브레헤는 벽에 걸린 등불을 내려 연못 가까이 비춰보았다. 물 안에 이상한 한 떼의 물고기와 몇 마리의 커다란 게가 있었다. 게들에게 계속 시달림을 받은 이 물고기들은, 어부들이 잘 알고 있듯, 만졌을 때 사람을 죽일 수도 있는 독성을 가지고 있었다. 보빈에 연결된 줄은 이 연못으로 이어져 있었고, 다시 바닥에 있는 구리 대야까지 연결이 되었다. 에브레헤는 쥘피야르를 보며 말했다.

"여기 와서 물에 손을 넣어보아라. 어찌 될지 한번 보자꾸나."

쥘피야르는 물에 손을 넣자마자 고통으로 옴짝달싹하지 못했다. 온몸을 덜덜 떨었고, 동공이 확대되었다. 그가 바닥에서 뒹구는데도 에브레헤는 배를 움켜쥐고 웃었다. 쥘피야르는 그렇게 격심한 충격에도 불구하고 주인에게 잘 보이기 위해 웃으려고까지 했다. 그러나 그의 억지웃음은 유쾌함이 아니라 커다란 고통의 표현이었을 것이다. 그들의 유쾌함은 오래가지 않았다. 그들은 연기 냄새를 맡자마자 여기서 나가야 한다는 것을 알아챘다. 자신들이 속았다고 생각한 노름꾼들이 소굴에 불을 질렀던 것이다. 이는 그들에게 해가 되지 않을 것이다. 왜냐하면 목조 건물은 타도 금은 남아 있을 터이니, 다음 날 아침 소굴로 와서 재를 체로 거르면, 가잔페르의 금을 찾을 수 있을 것이기 때문이었다.

자정이 조금 지나 그들은 페네르로 왔다. 수장이 어떤 저택 앞에서 말을 멈추었을 때는 보름달이 진 뒤였다. 그들이 말에서 내리기도 전에 저택의 문이 열렸고, 주인이 오기를 기다리던 하인들이 밖으로 뛰어나왔다. 이곳은 에브레헤의 집 가운데 하나로 노예 시장에서 산 두 명의 시녀가 안에서 그들을 기다리고 있었다.

넓은 홀로 들어가자 하인들이 나와 주인의 옷자락에 입을 맞추었다. 만찬은 이층에 마련되어 있었다. 커다란 세 개의 접시에 마흔 가지 안주가 담겨 있었다. 네이를 부는 사람, 나팔을 부는 사람, 우드를 치는 사람, 류트*를 치는 사람, 넥카레**를 부는 사람과 함께 완벽하게 준비를 갖추고 기다리는 사즈*** 악단을 보건대, 오늘 밤 한바탕 잔치가 벌어질 모양이었다. 당시의 관행에 따라 시녀들을 보지 못하도록 모두 장님으로 이루어진 악사들이 류트를 치고 쌍으로 된 북을 두드리기 시작했을 때, 그들은 자리에 앉았다. 크리스털 잔에 라크가 부어졌고, 에브레헤가 간택한 시녀가 노예 상인의 집에서 짧은 음악 교육을 받았을 뿐인데도 아름답고 조화로운 목소리로 당시 유행하던 노래를 부르기 시작했다. 그날 밤 뷘야민과 동침할 시녀는 노래를 부를 상태가 아니었다. 이 처녀는 노예 상인에게 잡힌 이래로 억울함을 참지 못하고 계속 울고 있었던 것이다. 운명적 동지에게서 영향을 받은 다른 시녀도 얼마나 애달프게 슬픈 노래를 부르던지, 억지로 라크를 마신 뷘야민도 눈물을 글썽거렸다.

---

* 14~17세기에 사용되었던 기타 같은 현악기.
** 하나 크고 하나는 작은 것이 나란히 붙은 트럼펫과 비슷하게 생긴 악기.
*** 만돌린과 유사한 터키의 민속 악기.

젊은이의 눈에 눈물이 맺힌 것을 본 에브레헤는 그 순간 손에 들고 있던 크리스털 잔을 시녀들이 몸을 감추고 있는 커튼 뒤로 내던지며 소리를 질렀다.

"그만!"

이 분노 가득한 고함에 놀란 악사들이 서로 음을 맞추지 못하자 음악은 천천히 연주되다가 멈추었다. 수장이 다시 버럭 소리를 질렀다.

"신나는 음악을 연주하라!"

악사들이 아편 중독자조차 깨울 정도로 신나는 쾨첵체*를 연주하기 시작하자, 에브레헤는 벌떡 일어나 춤을 추기 시작했다. 수장이 얼마나 노련하고 유혹적인 몸짓으로 춤을 추었던지 그때까지 웃음기가 없던 퀼피야르까지 술을 한입에 털어 넣고 "헤이!" 하며 소리치기 시작했다. 에브레헤가 허리를 뒤로 휘어, 식탁에 있는 모든 사람들 앞에서 일일이 몸을 구부리자, 사람들은 관행에 따라 금화와 금덩어리에 침을 묻혀 그의 이마에 붙였다. 뵌야민 차례가 왔을 때, 평소 마시지 않던 라크의 영향으로 젊은이는 무척이나 불안해했다. 왜냐하면 과거에 퀼피야르가 그에게 주었던 그 검은 동전이, 아버지의 아틀라스 책장 사이에서 미끄러져 품에 숨겨놓은 금화들 사이에 섞였기 때문이다. 뵌야민은 에브레헤의 이마에 붙일 금화를 찾기 위해 품 속에 손을 넣었다가 우연히 이 동전을 잡게 되었다. 이 미끄럽고 차가운 동전을 수장의 이마로

---

* 남자가 춤출 때 연주되는 음악.

가져갈 때에야 상황을 비로소 파악했다. 하지만 이미 화살은 시위를 떠난 후였다. 만약 그 돈을 이마에 붙이지 않는다면 의심을 살 것이다. 다행히 에브레헤가 몸을 일으킬 때 동전이 바닥에 떨어졌고, 그 순간 다르부카* 치는 사람이 긴 전음(顫音)을 쳤기 때문에 수장은 뷘야민 앞에서 다시 몸을 숙이지 않았다. 전음을 더 세게 쳐 음악이 멈추자 춤도 멈췄다. 지금 뷘야민은 아무도 눈치 채지 못하는 사이에 그 동전을 도로 집어야 했다. 만약 성공한다면, 화장실에 간다고 말하고 나가 그것을 권총용 가죽 케이스에 넣을 생각이었다. 하지만 생각했던 것을 이행하려는 찰나 에브레헤가 그의 팔을 잡고는 좌중에게 소리쳤다.

"당신들은 이제 가시오. 이 젊은이와 나는 따로 할 일이 있으니."

뷘야민은 소름이 끼쳤다. 그가 자신의 팔을 잡은 순간, 그가 자신의 죄를 목격했다는 생각이 들었기 때문이다. 그러나 수장은 식탁에서 그가 일어나는 것을 도와주기 위해 팔을 잡았던 것이었다. 사실 그의 도움이 필요하기도 했다. 라크를 많이 마셔 머리가 무척이나 어지러웠던 것이다.

쥘피야르와 그 부하들이 나가자, 에브레헤는 뷘야민의 팔을 잡아끌고 어떤 방으로 데리고 갔다. 뷘야민은 여전히 연회가 있었던 방에 남겨둔 그 동전을 생각하고 있었다. 수장이 그에게 말했다.

"네 여자가 안에서 기다리고 있다. 목욕을 하고 향수도 뿌렸지. 아름답고 깨끗한 옷도 입혔다. 하지만 여전히 울고 있다. 자, 네

---

* 토기 물주전자 모양의 리듬을 맞추는 악기로 바닥 부분에 가죽이 대어 있다.

능력을 보자. 네가 그녀를 위로할 것이라 믿는다."

에브레헤는 문을 열고 젊은이에게 안으로 들어가라고 명령했다. 뷘야민이 방으로 들어가자 문의 자물쇠가 잠기는 소리가 들렸다. 어두컴컴한 방을 오로지 촛불만이 밝히고 있었다. 가장 어두운 구석에서 그 가련한 처녀가 서글피 울고 있었다. 젊은이는 촛불을 끄고 그 처녀 곁으로 갔다.

"걱정하지 마. 네게 해가 되는 일은 하지 않을 테니. 내 얼굴을 보지 말라고 촛불도 껐다. 내가 너무 추하게 생겨 참을 수 없을 테니까."

처녀는 울음을 그쳤다. 격자창에서 스며 들어오는 빛 아래서 보니 그녀의 눈은 젖어 있었다. 뷘야민은 그녀를 만지고 싶었지만 즉시 마음을 돌렸다. 한동안 둘 다 아무 말도 하지 않고 기다렸다. 이때 옆방에서 소리가 들려왔다. 에브레헤 밑에 깔린 시녀가 내는 희열의 신음 소리였다.

뷘야민은 긴 의자에 쓰러져 손으로 얼굴을 가렸다. 눈이 눈물로 가득 찼기 때문이다. 아버지를 구하려다 일을 망쳐버리고, 자신을 찾는 바로 그 사람들 사이에 있게 되다니. 쵤피야르가 자신을 알아보지 못한 것처럼 행동했지만, 젊은이는 그제부터 이 모든 것이 그들이 노련하게 계획한 게임이라는 생각을 하고 있었다. 크나큰 모험의 와중에 던져져 에브레헤의 목숨을 구하고, 그에게 무례하게 행동하며 자신의 역량을 넘어선 대답을 했음에도 자신이 영웅처럼 느껴지지는 않았다. 수장이 말했던 것처럼 그는 평범하고 눈에 띄지 않는 사람이었다. 그의 유일한 특징이 있다면, 그건 견딜 수 없이 추한 외모였다.

눈에 눈물이 그렁그렁하고 목이 멘 뷘야민이 노예 처녀 옆에서 자제력을 잃지 않으려고 안간힘을 쓰고 있는데, 어깨에 손이 와 닿는 것이 느껴졌다. 처녀가 옆에서 몸을 숙이고 그의 손을 잡았다. 세상에서 가장 아름답고 가장 달콤한 목소리로 그에게 말했다.

"아그라야, 내 이름은 아그라야야."

아그라야의 손을 느끼자마자 뷘야민은 자제심을 잃고 흐느끼기 시작했다. 그는 몸을 숙여 그녀의 무릎에 머리를 기대고는 몇 시간이나 울었다. 흐느낌이 멈추고 한숨 소리가 들리기 시작하자, 아그라야는 그를 침대로 데려가 눕히고는 이불을 덮어주었다. 뷘야민은 얼마 지나지 않아 깊은 잠에 빠져들었다.

아침이 되었을 때 아그라야는 가고 없었다. 방으로 들어온 쥘피야르가 거친 손으로 쿡쿡 치르고 뺨을 때리며 뷘야민을 깨웠다. 그는 당장 정신을 차리고 아침을 먹으라며 뷘야민을 윽박지르더니, 수장이 기관에서 그를 기다리고 있다고 말했다. 검소한 아침상이 어젯밤 연회가 벌어졌던 방에 준비되어 있었다. 쥘피야르보다 먼저 방에 들어오는 데 성공한 뷘야민은 여전히 바닥에 놓여 있는 그 불길한 동전 위에 아무도 눈치 채지 않게 앉은 후, 적당한 순간을 살피다가 자신의 정체를 드러내줄 그 위험한 물건을 호주머니에 집어넣었다. 이렇게 해서 마음이 편해지자 이제 마음놓고 아그라야를 생각할 수 있었다. 그러나 동시에 에브레헤가 설명한 것들이 도무지 머릿속에서 떠나지 않았다. 완전히 정신이 맑아진 뷘야민은 췰피야르가 이곳에 온 목적을 깨닫고는 두려움을 느꼈다. 자신을 기관으로 데려갈 임무를 띤 이 사람은, 믿기지 않는 게임을 진짜로 믿도록 그를 속이려는 작업의 증거였기 때문이다. 게다가 그는 젊은이를 쿡쿡 찔러 음식이 목에 걸리게 했고, 기관에 늦겠다며 아침 식사를 빨리 마치라고 계속 채근하고 있었다. 그가 자신을 갖고 놀 새로운 계획을 준비해놓았으며, 이것을 진짜처럼 보이게 할 장식과 세부 사항들도 모두 갖춰두었을 게 분명했다.

먹는 둥 마는 둥 아침 식사를 끝낸 후 저택에서 나가 마부들이 준비해놓은 말을 탔을 때, 머리카락과 콧수염, 턱수염 그리고 눈썹도 없는 초라한 행색의 거지가 그들 곁으로 다가왔다. 그는 그날까지 정확히 여섯 번 번개를 맞은 데르트리였다. 날씨는 흐렸고, 곧 비가 올 것 같았다. 췰피야르는 화를 내며 채찍을 꺼내들고는 동냥을 바라는 거지에게 버럭 소리를 질렀다.

"이 재수 없는 놈아! 우리 머리에 번개를 내리치려고 하느냐? 여기서 썩 꺼지지 못해!"

그러고는 끝에 철이 달린 채찍으로 그 가련한 거지의 얼굴을 갈겼다. 이것으로 만족하지 못했는지 채찍으로 그를 마구 때리기 시작했다. 이 부당한 행동에 화가 난 뷘야민은 췰피야르에게 그만하라고 말했다. 하지만 그 매정한 인물은 젊은이의 경고에 심한 욕설로 대꾸했고, 이로 인해 일이 벌어지고 말았다. 뷘야민이 췰피야르의 채찍을 잡아 끌어당기는 바람에, 무방비 상태에 있던 췰피야르가 말에서 떨어진 것이다. 췰피야르는 불같이 화를 냈다.

췰피야르는 몸을 일으켜 젊은이를 공격했지만, 도리어 얼굴에

채찍을 맞았다. 팔로 얼굴을 가리며 뷘야민에게 덤벼들자 이번에
는 채찍이 배를 때렸고, 그다음에는 등을 갈겼다. 쥘피야르는 땅
에 쓰러지고 말았다. 뷘야민은 채찍을 던지고는 말의 배에 박차를
가해 전속력으로 달리기 시작했다. 데르트리는 자신을 보호해준
그 젊은이의 뒤를 따라 왈리데 사원까지 먼 길을 갔다. 숨이 차 더
이상 따라갈 수 없었던 데르트리는 그 자리에 멈춰 서서 미지의
곳으로 말을 몰고 가는 뷘야민의 뒷모습을 감사하는 마음으로 바
라보았다.

왈리데 한 근처에 있는 찻집에서 말을 멈춘 뷘야민은 말을 묶은
후 등받이 없는 의자에 앉아 커피 한잔을 시켰다. 그리고 한동안
곰곰이 생각했지만 결정을 내리기가 쉽지 않았다. 그 순간, 그는
원하기만 하면 가고 싶은 곳으로 갈 수 있었다. 한편, 너무나 속임
수처럼 보이지만 비밀들로 가득 찬 세계도 있었다. 그 세계에서
자신이 안전하다고 느낄 수는 없었지만, 에브레헤에게 속한 그 세
계는 호기심을 채찍질했고, 상상력의 날개를 펼쳐 보이면서 그에
게 가짜 자유를 느끼게 해주었다. 어떤 결론에 도달하기 위해서는
아버지의 아틀라스를 펼칠 수밖에 없었다. 그리고 '목숨을 내놓
고, 비밀에 이르기 위해 길을 나섰다'라는 문장을 읽었다. 그리고
마치 바다의 심연으로 잠수할 것처럼 심호흡을 했다. 그는 결정을
내렸다. 자유의 느낌, 자유가 승리했고, 뷘야민은 비밀을 풀기 위
해 맹세를 했다. 말에 올라타 기관을 향해 달려갔다.

주전소 옆 찻집에서 기관으로 통하는 통로를 지날 때 뷘야민은
땀으로 범벅이 되어 있었다. 그의 이 단호하고 다급한 모습이 살

인자 같은 얼굴의 찻집 주인을 위협했다고도 할 수 있었다. 부하들은 그의 곁에 쵤피야르가 없자 놀랐다. 에브레헤는 곧 연금술 방에서 나와 그를 맞이했다.

"쵤피야르 없이 혼자 왔군 그래. 날 정말 놀라게 하는걸. 이렇게 간다면 널 절대 이해할 수 없을 거야. 네 의지로 온 것으로 보아 여기에 널 끌어당기는 무엇인가가 있나보구나. 그러니까 네가 궁금해하고 발견하고 싶은 것들 말이야."

한동안 말을 달려 숨이 찬 뷘야민이 소리를 질렀다.

"말하시오! 무엇을 찾고 있는 거요? 내게 장난을 치고 있는 게 분명해요. 어떤 목적을 위해 일하고 있는 겁니까? 나에 대해 무엇을 알고 있습니까?"

"일단 진정해. 그런 다음 하나씩 질문을 하게."

"첫 번째 질문은 이것이오. 그 공 이야기는 뭡니까? 내게 왜 그 이상한 것들을 설명해주었소? 이렇게 해서 당신이 얻는 게 뭐요?"

"두 번째 질문을 추측할 수 있겠군. 내가 왜 무한 속도를 좇고 있는지 물어보겠지."

"나랑 장난치려 하지 마시오. 대답을 해주고, 사실을 말해주시오."

젊은이가 머릿속에 있는 모호함 때문에 생긴 호기심으로 몸부림치고, 그 상태가 진전되면서 온갖 영감으로 확장되는 것을 본 에브레헤의 얼굴에 만족스러운 표정이 나타났다. 하지만 수장은 사람들이 모호함이라는 것에 쉽게 속아 넘어간다는 것을 알고 있었고, 동시에 뷘야민도 이를 알고 있다는 것을 파악하고 있었기 때문에, 자신의 말을 뷘야민이 쉽게 믿지는 않을 거라고 확신했다. 수장이 원하는 것도 어쩌면 이것일 것이다. 그는 사실을 말하면서도 자신의 말이 거짓말이라고 믿게끔 만들고 싶었다. 에브레헤는 얼굴에 그 불길한 미소를 머금고 뷘야민의 팔짱을 꼈다.

"네게 모든 것을 설명해주겠다. 자, 나와 함께 가자."

그들은 연금술 방으로 들어가, 알록달록한 천으로 덮여 있는 그 이상한 물체 앞으로 다가갔다. 수장이 덮개를 걷자 다리 넷 달린 냄비 같은 물건이 드러났다. 표면에는 뚜껑 대신에 거울이 있었다. 그리고 거울 위에는 몇 줄의 글이 적혀 있었다. 자세히 들여다보니, 글씨들은 거울 표면에 붙은 수많은 모래 알갱이들로 이루어져 있었다. 하지만 글씨들을 만지는 건 불가능했다. 거울이 손가락 절반 정도의 빈 공간을 두고 유리판으로 덮여 있었기 때문이다. 이 이상한 물체가 바로 에브레헤의 인생을 바꾼 '예언의 거울'이었던 것이다.

뷘야민은 모래 알갱이들로 된 이 글씨들을 읽으려고 안간힘을 썼지만 쉽지 않았다. 고대 아라비아 문자처럼 보이는 이 글자들은, 각이 져 있고 수직으로 쓰여 있었다. 드디어 글자들을 해독하는 데 성공한 뷘야민은 놀라움을 감출 수 없었다. 예언의 거울 위에 적힌 글은 이런 내용이었던 것이다.

> 최후의 심판의 날이 도래하기 일 년 전
> 일곱 번째 보름달이 뜰 때
> 구세주는 서쪽 문을 통해 들어올 것이다

뷘야민이 놀라는 모습을 즐거워하며 바라보던 에브레헤는 설명을 하기 시작했다.

"사랑하는 친구여, 이제 너는 나와 거대한 비밀을, 어쩌면 전무후무한 가장 커다란 비밀을 나누게 될 것이다 . 쥘피야르조차 이 내용은 모르고 있다. 내가 너라면 그에게 설명하려고 시도하지 않을 것이다. 왜냐하면 널 믿지 않을 테니까. 게다가 네가 말한 것들을 알아보려고 하지도 않을 것이다. 네가 아주 궁금해하고 있다는 걸 알고 있다. 그러니 네게 이 거울 이야기를 해주마. 십오 년 전, 사형 집행인 경매에서 이 거울을 샀다. 거울은 그때도 지금처럼 유리판으로 보호되어 있었다. 거울과 이 유리판 사이에 있는 모래 알갱이들이 내 주의를 끌었지. 하지만 그 당시에는 지금 네가 보고 있는 글이 형성되지 않았었다. 사형 집행인이 이 거울의 유래를 설명했을 때 나는 그의 말을 믿을 수 없었다. 내가 샀던 이 물건이 예언의 거울이며, 이십오 년 전 어떤 수도승이 술탄에게 선물한 것이라고 말했기 때문이다. 그의 설명에 따르면, 수도승은 이걸 선물한 대가로 사례금을 받고 나서 술탄에게 이 거울이 미래를 보여준다고 말했다고 한다. 하지만 거울은 최후의 심판의 날이 오기 칠 년 전이 되어야 미래를 보여줄 것이며, 이를 통해 인류는 종말을 미리 알 수 있을 것이라고 설명했다더군. 또 사형 집행인의 설명에 의하면, 술탄은 한참 동안 거울을 가지고 있었지만, 도무지 미래를 보여주지 않자 그 물건에 싫증을 냈다는군. 마지막으로 사형 집행인은 내게, 거울이 오래전에 크레타 전쟁에서 공적을 세운 어떤 장군에게 선물되었는데, 이 장군이 사형을 당하게 되어 자신이 그의 사형을 집행했다고 말해주었네. 관례에 따라 사형 집행인이 그 사람의 재산과 물건을 소유하게 되었고, 그 물건들 가운데 있던 '예언의 거울'도 그의 손에 들어왔다고 하더군.

나는 이 말들을 처음에는 사형 집행인이 꾸며낸 이야기라고 생각했네. 그리고 그 거울을 사서 기관에 있는 내 방 한구석에 놓았지. 그 사이 많은 세월이 흐르고, 나는 그 거울도 그 거울의 이야기도 잊었어. 그런데 지금으로부터 정확히 육 년 전 내가 보았던 어떤 범상치 않은 것, 그것이 거울의 존재를 내게 상기시켰다.

그 일이 일어났던 날 아침, 어떤 멜로디가 날 깨웠다. 아주 이상하고 슬픈 음악이었다. 방 안 어디에선가 들려오고 있었지. 나는 너무 무서워 권총을 꺼내 들었다. 주위를 둘러봤을 때, 그 소리가 오랜 세월 동안 잊었던 그 예언의 거울에서 들려온다는 걸 알게 되었지. 그 거울을 만지자마자 음악 소리가 멈췄다. 나는 오싹 소름이 끼쳤다. 뒤이어, 거울 위에 있는 모래 알갱이들이 눈앞에서 움직이기 시작했을 때는 내가 미친 거라고 생각했었다. 모래들은 처음에는 수직으로, 그다음에는 수평으로 움직이더니 지금 네가 보고 있는 것 같은 글씨들이 형성되었다. 나는 여전히 기억하고 있다. 이런 글이었다.

최후의 심판의 날이 도래하기 칠 년 전
큰 도시의 북쪽에서
붉은 구름이 보일 것이다

나는 어찌할 바를 몰랐다. 거울을 반대로 돌려 흔들었다. 하지만 모래 알갱이들이 거울 표면에 붙은 것처럼 움직이지 않는 것을 보고는 더욱더 놀랐다. 처음에는 그것이 속임수가 아닌가 생각했다. 하지만 그럴 가능성은 없었다. 게다가 거울 위에 있는 유리를 떼어냈다는 것을 보여주는 그 어떤 표시도 없었다. 나는 즉시 쥘 피야르를 불러 콘스탄티노플 북쪽에서 상서로운 징조들이 있었는지 조사해오라고 했다. 하지만 알아볼 필요도 없었다. 부하들이 그에게 갈라타 뒤의 톱하네 쪽에서 붉은 구름이 잔뜩 나타났다는 소식을 이미 전해주었기 때문이다. 그 보고에 따르면, 시민들은 이를 흑사병의 징조로 여겼고 사흘 안에 재앙이 나타날 거라고 믿었다. 하지만 일주일이 지나도 예상하던 병은 발생하지 않았고, 그들은 안도했다. 하지만 나는 전혀 편하지 않았다.

나는 매일 아침 일어나자마자 뛰어가 거울을 살펴보았다. 그 글은 일 년 동안 바뀌지 않았다. 그러던 어느 날 아침 나는 다시 그 불길한 멜로디 소리에 깨어났다. 소리는 지난번처럼 거울을 만지자마자 멈췄지. 그리고 모래 알갱이들은 예전처럼 거울 표면에서 움직이기 시작했다. 이번에는 이런 글이 쓰여졌다.

최후의 심판의 날이 도래하기 육 년 전
오스트리아 어느 주의 왕위 계승자가
독살될 것이다

이 글을 읽은 후 즉시 비엔나의 우리 첩자들과 연락을 취했다. 이십 일 후 도착한 소식에 의하면, 여섯 살 먹은 왕위 계승자가 정말로 독살되었다는 것이다. 장례식에 참석한 첩자들은 온 도시가 크나큰 비탄에 잠겨 있다고 보고해왔다. 이 사건 이후 나는 거울이 정말로 미래를 보여줄지도 모른다고 생각하게 되었다. 다음 해에 내가 본 것들로 인해 나의 믿음은 더욱 굳어졌다. 그다음 해에 거울에 '최후의 심판의 날이 도래하기 오 년 전 아나톨리아에서 반란이 일어날 것'이라고 쓰여 있었는데, 그것 역시 적중했기 때문이다. 그 이후의 예언들도 맞아떨어졌다. 오스트리아인들은 폴란드인들과의 전쟁에서 패했고, 대화재가 타브리즈를 싹 쓸어버렸다.

예언들이 모두 맞아떨어졌다는 건 그 예언들이 맞다는 것을 증명하는 것이다. 그렇다, 너도 이해한 것처럼 최후의 심판의 날이 조금밖에 남지 않았다. 지금 거울에는 최후의 심판의 날이 도래하기 일 년 전, 일곱 번째 보름달이 뜰 때 구세주가 올 거라고 쓰여 있다. 구세주는 올 것이고, 다베틸아즈*가 지하에서 나올 것이고, 죄인들은 벌을 받을 것이고, 곡식들이 메마를 것이고, 불 구름이 하늘을 덮을 것이고, 바닷물이 빠져나갈 것이고, 헤엄치고 걷고 나는 모든 것이 죽을 것이다. 이 세상에는 아무것도 남아 있지 않을 것이다.

사랑하는 젊은이여! 그러니 지금 살고 있는 이 나날들의 가치를

---

* 최후의 심판의 날 지하에서 나올 동물.

알아라. 지금 이야기한 것은 너와 나만이 알고 있다. 어쩌면 너는 아직도 내가 게임을 하고 있다고 생각할 수도 있겠지. 그래서 믿지 않을 수도 있고. 어차피 네가 믿지 않을 거라는 걸 알고 있기에 네게 이러한 것을 설명해준 것이다. 만약 네가, 내가 말한 모든 것을 있는 그대로 믿는 쥘피야르 같은 사람이었다면, 이러한 것들을 절대 말하지 않았을 것이다."

뷘야민이 말했다.

"당신이 말한 것을 믿기는 정말로 어렵습니다. 하지만 그래도, 맞거나 맞지 않거나, 당신이 설명하는 것들을 끝까지 들을 생각입니다. 예언의 거울이 공, 그리고 무한 속도와 어떤 관련이 있습니까?"

에브레헤는 이 질문을 기다리고 있었다는 듯 주저하지 않고 대답했다.

"그걸 알고 싶으면 날 따라오너라. 네게 보여줄 게 있다."

그들은 도서관으로 갔다. 수장은 잠겨 있는 서랍을 열고 큰 종이를 꺼내 젊은이에게 주었다. 종이에는 거대한 팽이 도면이 있었다. 높이가 세 길이나 되는 이 팽이는 화약 폭발로 작동하는 톱니바퀴 장치로 돌리는 것이었다. 뷘야민은 팽이 안에 그려진 사람 모양을 보고 놀랐다.

"돌 준비가 되어 있고 안에 사람이 있는 팽이. 아주 괴상한 도면이군요! 이건 어디에 쓰이나요?"

에브레헤가 설명하기 시작했다.

"이상하게 보이는 이 도면은 최후의 심판의 날이 올 거라는 것을 알고 있으며, 너무 많은 죄를 범해 구제될 희망이 별로 없는 어떤 사람의 유일한 탈출구다. 내 말이 아주 모호하다는 건 알고 있다. 하지만 지금까지 이러한 것들에 대해 누구에게도 설명한 적이 없기 때문에 적당한 표현을 찾기가 힘들다. 그럼, 최후의 심판부터 시작해보자. 예언의 거울에 있는 것들을 읽은 후 난 이 주제에 관한 거의 모든 책을 구했다. 타베라니, 에브셰이흐, 하프지 이브니 하제르, 이브니 메르두외흐, 그리고 다른 사람들의 책을 읽었다. 그리고 해가 서쪽에서 뜨고, 전쟁과 질병이 발생한 후 땅이 모든 보물과 무게를 토해내고, 산과 구덩이들이 사라져 세상이 평평해지고, 구세주가 와서 나 같은 사람과 전쟁을 할 것이며, 거대한 불길이 다른 죄인들처럼 나를 대혼란으로, 최후의 심판의 집회장으로 끌고 갈 거라는 것을 알게 되었다. 이렇게 해서 내가 이 세상에서 살날이 몇 년 남지 않았고, 이 기간이 지나면 내가 저지른 죄에 대한 벌로 영원한 고통을 겪게 될 거라는 걸 믿게 된 후, 어쩌면 미친 짓처럼 보이겠지만, 나는 어떤 탈출구를 모색하게 되었다.

예언의 거울이 다른 사람 수중에, 예를 들면 술탄에게 있었더라면, 그는 필시 회개했을 것이다. 하지만 나는 하지 않았다. 왜냐하면 최후의 심판의 날에 구제되는 것이 가능했기 때문이다. 거의 모든 연금술사들이 찾고 있는 영생에 이르는 것 또한 이 모든 상황에도 불구하고 가능했다. 네가 보고 있는 팽이는 나를 거대한 종말로부터 구제할 기구이다. 네게 그것이 어떻게 실현될지 설명해주마. 그러면 내가 공을 왜 손에 넣으려고 하는지 알게 될 것이다.

팽이는 반운동에 다다를 수 있는 도구이다. 그리고 반작용을 실현시키기 위해서는 공이 필요하지. 머리가 아주 혼란스럽지, 그렇지 않느냐? 내 설명을 들어보거라. 우리는 움직임의 반대말이 멈춤이라고 믿고 있다. 하지만 운동의 반대말은 반운동이라는 것을 나는 알고 있다. 예를 들어주마. 어떤 남자가 아야소피아에서 세시에 길을 나서 세시 십오분이 넘어 베야즈트에 도착했을 때, 어떤 소매치기가 그의 돈주머니를 훔친다. 그가 세시 반에 악사라이에 도착했을 때 두통이 시작되었고, 네시에 톱카프에 도착한다.

하지만 네가 네시에 '시간이 거꾸로 흐른다고' 가정한다면, 반운동을 상상할 수 있지. 그 남자의 시계 시침이 이번에는 네시에서 세시를 향해 움직인다면, 남자도 이전에 디뎠던 걸음을 거꾸로 걸어 톱카프에서 아야소피아를 향해, 같은 조건하에서, 하지만 이번에는 뒤로 가기 시작한다. 시계가 세시 반을 가리킬 때 그는 악사라이에 도착하고, 두통이 사라지게 된다. 세시 십오분이 지나 베야즈트에 왔을 때, 소매치기는 돈주머니를 그의 허리춤에 넣는다. 그리고 드디어 세시에 그는 아야소피아에 도착한다. 간단히 말하면 첫 번째 운동에서 무슨 일이 있든, 시간이 뒤로 흐르는 두 번째 운동에서도, 이번에는 거꾸로, 같은 일들이 일어난다. 바로 이 두 번째 운동을 나는 반운동이라고 한다. 이 반운동에 이르는 것은 어렵지만 불가능하지는 않다. 다른 예를 한 가지 더 들어보마."

에브레헤는 말을 멈추고 손에 연필을 들고서 종이에 세 개의 시계 그림을 그려 뷘야민에게 건넸다.

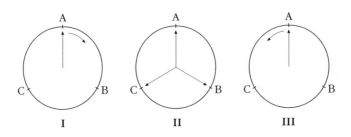

I　　　　　　　　II　　　　　　　　III

"이 그림들을 보면 내 말을 더 잘 이해할 수 있을 것이다. 첫 번째 시계는 시침의 움직임을 보여준다. 시침이 A 지점에서 움직이기 시작하여 이십 분 후에는 B 지점에, 그리고 여기서 다시 움직여 이십 분 후에는 C 지점에 도달하게 된다. 그러니까 시작 지점인 A에 도착하기 위해서는 정확히 육십 분이 지나야 한다.

이제 시침 속도가 빨라졌다고 가정해보자. 이번에는 회전을 육십 분 대신, 예를 들어 육 분 만에 마쳤다고 하자. 만약에 속도가 더 빨라진다면, 예를 들면 장총에서 발사되는 총알 속도만큼 빨라진다면 우리는 시침이 동시에 A와 B와 C에 있을 거라고 생각하지. 어떤 병사들은 그들이 방아쇠를 당기자마자 자신들이 겨냥하고 있던 적들이 죽었다고 생각한다. 하지만 방아쇠를 당기는 것과 총알이 몸에 박히는 것은 동시에 일어나지 않는다. 왜냐하면 총알은 무한 속도로 가지 않으니까.

하지만 우리는 일단 시계의 시침이 무한 속도에 도달했다고 생각해보자. 아리스토텔레스가 말한 것처럼 이 속도로 가는 물체는 너무나 빠르기 때문에 잴 수 없는 시간인 제로 시간이 걸린다. 그렇다면 A에서 B까지, B에서 C까지 갔다가 다시 A로 돌아가는 데

제로 시간이 걸린다고 할 수 있을 것이다. 여기에서 아주 놀라운 결과가 나온다. 시침이 만약 무한 속도에 도달하면 A와 B와 C에 동시에 있을 수 있는 것이다.

조금 전에 들었던 예로 되돌아가면, 아야소피아에서 길을 떠난 남자가 만약 무한 속도로 출발했다면, 아야소피아와 톱카프에 동시에 있게 되지. 그래도 우리는 시계를 놓고 계속 생각해보자. 만약 운동을, 빨간 어떤 것이 초록이거나 아야소피아에 있던 사람이 이제는 톱카프에 있는 것처럼 '그 어떤 상황에서 발생한 변화'로 설명한다면, 우리는 더 끔찍한 결과에 이를 수 있다. 시침이 무한 속도의 원인이 되는 시계의 '상황에 어떤 변화가 있는지 없는지'를 보자꾸나. 그것이 운동을 하는 것일까, 아니면 하지 않는 것일까? 시침은 조금 전에 A에 있었는데, 다시 A에 있다. 조금 전에 B에 있었는데, 또 B에 있다. C의 경우도 마찬가지다. 그렇다면 상황에는 그 어떤 변화도 없다. 그렇다면 상황에 아무 변화가 없는 어떤 것이 운동을 했다고 말할 수 있을까? 아니! 그렇다면, 시침이 무한 속도에 도달하면, 그 시계는 멈췄다고 할 수 있다. 만약 그것에 운동이 없다면, 시간도 없다. 왜냐하면 운동 없이는 시간도 있을 수 없으니까.

이제 세 번째 시계를 보자. 시침의 속도를 더 빠르게 해 무한 너머에 이르렀다고 생각해보자. 무한 속도는 시침을 동시에 다른 세 곳에 도달하게 할 수 있고, 시간을 멈추게 할 수 있다. 더 빠른 속도는 정지를 넘어선 그 어떤 것, 반운동을 실현한다. 이 경우 시계의 시침은 반대쪽으로 돌기 시작하고, 내가 도달하길 원하는 반운동이 존재하게 된다. 이렇게 해서 시간은 거꾸로 흐르기 시작한다.

　그렇다, 사랑하는 젊은이여, 이렇게 해서 무한 너머의 속도로 도는 팽이 안에 있는 사람은 시간의 반대로 여행할 수 있고, 한동안 그와 같은 죄인을 기다리는 종말로부터 구제될 수 있다는 것을 이제는 알아들었겠지? 네가 설계도로 보고 있는 이 팽이는 진공에서 운동할 것이기 때문에 내가 원하는 속도에 이를 수 있고 반운동을 실현시킬 수 있다. 그 덕분에 그 안에 있는 사람은 과거로 여행할 수 있다. 과거의 그 아름다운 날로, 곧 닥칠 최후의 심판의 날보다 훨씬 이전으로."

　뷘야민은 에브레헤가 설명한 것들을 이해할 수 없었다. 그러니까 제국의 정보기관 사람들은 수장을 제외한 그 누구도 무엇을 하는지 모른 채, 시간 여행을 실현시키기 위해 일하고 있었다. 반운동에 대한 설명들은 논리적이었지만, 젊은이는 에브레헤가 어떤 연금술 규칙에 맞추어, 이해할 수 없는 것을 더욱더 이해할 수 없는 것을 가지고 설명하면서 자신과 게임을 한다고 생각했다. 마찰을 없애고 무한 속도에 이르기 위해 공을 찾고 있다고 말하는 에브레헤는 무한 속도를 반운동의 선결 조건이라고 밝혔다. 반운동은, 그의 설명에 의하면, 더욱더 이해할 수 없는 것, 그러니까 과거로 돌아가는 것을 가능하게 한다. 이 모든 이야기로 인해 뷘야민의 머릿속이 온통 뒤죽박죽되었을 때도 에브레헤는 여전히 공이 물질적인 어떤 것이라고 말하고 있었고, 세상에서 오로지 '동전 한 개' 크기만 한 이 희귀한 물질만이 '효소로' 사용되어 증가

될 수 있으며, 팽이가 무한 너머의 속도에 다다르는 데 사용될 수 있다고 말했다. 왜냐하면 거울이 물체들을 증가시키는 것처럼 거울에 반짝임을 부여하는 일곱 가지 기본 물질들 중 하나인 수은으로 말미암아 어떤 연금술 절차를 통해 진공의 부피도 증가시킬 수 있기 때문이라는 것이다.

뷘야민이 아주 혼란스러워하자 에브레헤는 만족감을 얼굴에 그대로 드러냈다. 에브레헤는 하던 말을 멈추고 물었다.

"이제 넌 모든 것을 알고 있다. 내게 다른 물어볼 말이 있느냐?"

생각이 거의 멈춰버린 뷘야민은 자신이 압착기에 끼여 있는 것처럼 느껴졌다. 멈춰버린 이성은 이제 그에게 어떤 해결책도 제시해주지 않았기에 절망만이 커져갔다. 이와 함께 그의 가슴은 어젯밤 이래로 느꼈던 이상한 감정으로 싸여 있었다. 아그라야가 뇌리에서 떠나지 않았던 것이다.

"네, 있습니다. 어제 샀던 두 명의 노예 처녀 중 한 명, 그러니까 아그라야는 어디에 있습니까?"

에브레헤의 얼굴이 노여움으로 순간 일그러졌다.

사자(死者)와 영웅

I

에브레헤는 마그립에서 나타날 것이라고 쿠르투비[*]의 책에 쓰여 있는 예언자이자 모든 학자들이 그 모습을 알고 있는 구세주, 그러니까 최후의 심판의 날에 대한 칠십 가지 정도의 예언들 중 하나인 닷잘[**]의 깃발 아래 모인 불신자들과 현혹된 사람들과 싸워 이길 그 구세주, '예언의 거울'이 보여준 것에 따르면 심판의 날에서 일 년 전, 일곱 번째 보름달이 뜰 때 서쪽 문을 통해 도시에 들어올 그 구세주를 기다리고 있었다. 그가 무시당하는 것을

---

[*] 존재하지 않는 상상의 역사가.
[**] 이슬람의 종말론에 나오는 거짓 예언자 가운데 하나. 최후의 심판 전에는 삼만여 명의 거짓 예언자가 등장하면서 환란기를 맞이하는데, 그중 최후에 오는 거짓 예언자가 바로 닷잘이다.

즐기는 동시에 고통으로 몸부림치던 이 시기에, 콘스탄티노플은 아주 놀라운 소식으로 들끓고 있었다. 해적들이 해군들에게, 눈이 뽑히고 코와 귀가 잘려 나간 어떤 사람이 보고 듣지 못하는 상태에서 네 개의 돛대가 있는 배의 키를 잡고는 그들을 암초로 가득한 가장 위험한 해로를, 산호 뱀이 돌아다니는 가장 얕은 물을 무사히 통과하게 해주었다고 속삭였다. 해군들은 부두 일꾼들과 짐꾼들에게 그 사람이 장님에다 귀머거리임에도 불구하고 하늘에서 도는 모든 별과 행성들의 위치를 알고 있으며, 나침반이 없는 배를 지도도 보지 않고 보물과 피에 목마른 야만인들로 가득 찬 섬으로 몰고갈 수 있다고 대단한 비밀이라도 털어놓듯 이야기해주었다. 부두 일꾼들과 짐꾼들은 이 전설을 듣자마자 술집으로 뛰어가 기억을 자세히 더듬어 장님에다 귀머거리인 그 남자의 이야기를 다시 해적들에게 들려주어 그들을 놀라게 했다. 장님인데도 하루의 시간대에 따른 목성, 토성, 수성, 게자리, 쌍둥이자리, 전갈자리 그리고 다른 천체들의 위치를 알고, 귀머거리인데도 반란을 일으킬 선원들의 속삭임을, 배의 용골에서 못이 움직이는 소리를, 적이 가진 무기의 공이치기가 달그락거리는 소리를 듣는 이 남자는 갈라타 술집에서 가장 큰 화젯거리가 되었다. 특히 알제리 해적들이 함대의 북 치는 사람들에게, 북 치는 사람들은 곤돌라의 잠수부들에게, 잠수부들은 나침반 수리공들에게 이 장님에다 귀머거리 개척자가 새로운 대륙을 발견해가면서 세상의 저편 끝에서 콘스탄티노플로 오고 있다고 말을 전하자, 도시에서는 있는 힘껏 그를 맞이할 준비를 했다. 폭죽 제조인들은 폭죽을 만들었고,

사람들은 향기로운 과일과 보즈자아다* 포도주를 저장고에서 꺼냈고, 개척자의 지식에 기대어 의견을 묻기 위해 의심 가는 나침반과 믿지 못할 보물 지도들을 선반에서 꺼냈다. 안전한 항로, 미지의 땅, 의심을 품게 하는 모험과 관련된 질문들을 전날 밤 촛불 아래서 종이에 적었다. 아침이 되었을 때 사람들은 호기심에 가득 차 갈라타 부두로 나와 개척자를 기다렸다. 정오가 되어도 그들이 기다리던 배가 오지 않자 가장 인내심 없는 사람들은 돌아가버렸다. 날이 어두워져도 개척자가 탄 배의 흔적도 보이지 않자 조금 더 참을성 있는 사람들은 저녁예배 시간에 갈 수밖에 없었다. 결국 가장 호기심 많은 사람들도 술집이 문을 여는 걸 보고는 친구들을 찾으러 가버리고 나자 부두는 텅 비었다. 콘스탄티노플 사람들이 사원에서 예배를 보고 있는 바로 그때, 수많은 폭풍, 수많은 반란, 셀 수 없이 많은 총알과 창의 흔적이 있는 시커먼 배가 이 텅 빈 부두로 접근했다. 어깨에 보따리를 둘러메고, 넝마 같은 옷을 입은 장님에다 귀머거리인 남자가 그 배에서 내렸다. 전설에서처럼 눈은 뽑혀 있었고, 코와 귀는 잘려 있었다. 눈, 망원경 그리고 천체 관측 기구 없이 별을 볼 수 있는 이 남자는 자신을 이끌어 줄 누군가를 필요로 하지 않았고, 마치 눈이 보이는 것처럼 갈라타 거리를 걷기 시작했다. 그러고는 엘켄지 한 바로 옆에 있는, 한때 아들 뷘야민과 살았던 텅 빈 집터에서 한동안 멈춰 서 있다가 그곳에서 가장 가까운 술집으로 곧장 들어갔다.

---

* 에게 해 북동쪽에 위치한 포도주 생산으로 유명한 터키령 섬.

술집에서는 우연히 어떤 마술사가 공연을 하고 있었다. 마술사는 눈을 가린 채 등받이 없는 의자에 앉아 있었고, 그의 조수는 술꾼들에게서 가져온 점화기, 아편 상자, 동전, 염주 같은 다양한 물건들을 손에 들고, 그것이 무엇인지 마술사에게 물었다. 마술사는 눈이 가려진 상태에서 귀신같이 답을 알아맞혔다. 술에 취해 기분이 좋아진 사람들은 모두 깜짝 놀랐다. 그런데 그들을 관찰하고 있던 개척자가 술집에 있는 모든 사람들을 향해 그것은 마술이 아니라며 분위기를 망쳤다. 거의 모든 사람들이 주머니에 넣고 다니는 염주, 점화기 같은 잡동사니의 수는 기껏해야 열다섯 가지를 넘지 못하고, 주의를 한다면 조수가 같은 질문을 열 가지 혹은 열다섯 가지의 서로 다른 형태로 던진다는 걸 알 수 있기 때문이라고 말했다. 개척자의 주장에 따르면, 조수는 점화기를 말할 때는 "이것이 무엇입니까?"라고 묻지만, 염주를 물어볼 때는 "그렇다면 이것은 무엇입니까?"라고 하며, 만약 손에 들고 있는 물건이 아편 상자라면 "그렇다면 이것도 한번 맞혀보시지요" 하고 묻는다는 것이다. 이 설명에 술집에 있던 사람들은 이 속임수가 아니라, 자신의 이름이 우준 이호산 에펜디라고 밝힌 장님에다 귀머거리인 남자가 어떻게 이런 것을 눈치 챌 수 있었는지에 대해 더 놀랐다. 게다가 그는 사실 자신은 보거나 듣지 못하며, 문제는 아주 다른 데 있다고 거듭 말했다. 술꾼들은 궁금해서 미칠 지경이었다. 그들은 우준 이호산 에펜디에게 집요하게 설명을 요구하다 그가 설명한 내용을 듣고는 그만 어리둥절해지고 말았다. 이 장님에다 귀머거리인 남자는 보거나 듣지 못하는 상태이지만 일어나는 모든 일을 알 수 있다고 말했다. 왜냐하면 모든 것, 그러니까 이 마술사의 조수가, 술집에서 마시는 포도주가, 이 포도주를 마시고 취한 사람들이, 갈라타 전체가, 더 나아가 세계가 단지 이성의 산물이기 때문이라는 것이다. 그에 따르면, 이 술집과 이 술집에서 터져 나오는 폭소는 그의 이성에 있는 생각으로 이루어진 것이다. 만약 우준 이흐산 에펜디가, 예를 들어 손님들에게 포도주를 나르는 술집 주인을 생각에서 지워버린다면, 신의 가호가 있기를, 그 술집 주인은 없어져버릴 거라는 것이다. 술집, 마술사, 갈라타 그리고 콘스탄티노플은 존재했다. 왜냐하면 우준 이흐산 에펜디가 그것들을 생각하기 때문이다. 이것은 렌데캬르의 가장 커다란 오류를 증명한다. 생각한다는 것은 우준 이흐산 에펜디가 아니라, 그의 생각으로 이루어진 이 세계의 존재에 대한 증거로 여겨져야 한다. 바로 이러한 이유로 그는 다음과 같이 말하면서 사람들의 생각을 흐리게 했다.

"생각하기 때문에 내가 존재하는 것이 아니라, 당신들이 존재하는 것이다. 당신들은 내 이성에 있는 사고들로 이루어져 있다."

술집에 있는 사람들이 그 남자의 설명을 듣고 얼마나 웃었던지, 길을 지나가다 이 웃음소리를 들은 사람들이 "안에 이야기꾼이 있나?" 하면서 문을 열고 술꾼들의 얼굴을 한번 쭉 훑어볼 정도였다. 족제비 새끼처럼 눈알을 굴리던 어떤 남자가 이런 사람들의 팔을 붙잡고, 술집에서 일어난 일을 마치 비밀이라도 들려주듯 재빨리 설명해주자마자 새로 들어온 사람들은 앉을 자리를 찾았다. 이렇게 해서 술집의 활기는 절정에 다다랐다.

"세상에나, 세상에나, 그러니까 우리는 우준 이흐산 에펜디의 이성에 있는 각각의 사고들로 이루어진 것이란 말이지. 그러니까 내게 일어난 모든 재앙은 이 사람의 책임이라는 거군. 그러니까 단지 이성의 힘으로 그가 모든 사건에 질서를 부여한단 말이지."

술꾼들이 이렇게 말하며 웃음을 터트릴 때, 장님이자 귀머거리인 사람은 고집스레 입을 다물었다. 너무 크게 웃다가 졸도할 뻔한 어떤 남자는, 웃음 때문에 눈물을 흘리다가 그만 어깨를 벽에 기댄 채 졸고 있던 뚱뚱한 예니체리의 두꺼운 목덜미를 세게 내리쳤다. 잠에서 깨어난 예니체리가 화를 내며 단검을 빼어들었을 때 그 남자가 던진 말에 사방에서 폭소가 터졌다.

"나한테 화내지 마! 널 때린 것은 내가 아니야. 나는 단지 우준 이흐산 에펜디의 이성에 있는 생각일 뿐이야. 너도 그렇고 말이야. 일어나고 있는 모든 일을 저 사람이 관장하고 있어. 그러니 저 사람이 널 친 셈이지. 잘 있게!"

그런데 술집에서 가장 나이가 많고, 술에 강하고, 그래서 가장 아는 것이 많은 술꾼이 이 주제에 맞는 이야기를 하기 시작하자 모두들 조용해졌다. 그것은 '불행한 아이'에 관한 이야기였다. 지식인 술꾼의 설명에 따르면, 역사의 어느 한때, 아주 먼 나라의 술탄을 방문한 예언자들이 그의 나라가 커다란 위험에 직면해 있다고 말했다. 그 위험이란 일 년 후에 태어날 아이에 대한 것이었는데, 그 아이가 상상하는 모든 것이 즉시 현실로 변할 거라는 얘기였다. 만약 아이가 수도에 있는 모든 집이 황금이라고 상상하면, 그 집들은 그 순간 정말 황금으로 변할 것이다. 또한 술탄이 가난

하다고 생각하면, 궁전, 저택, 값비싼 옷들과 황금이 그 순간 없어지고 술탄은 무일푼이 될 것이다. 아이를 태어나자마자 죽이는 것도 안 될 일이었다. 왜냐하면 운명은 거스를 수 없는 것이기 때문이었다. 그 아이가 아무것도 생각하지 않는다면, 생각되지 않기 때문에 세상도 자신들도 존재하지 않게 될 것이다. 이 이야기를 듣자마자 공포에 휩싸인 술탄은 명령을 내려 그 아이를 찾아냈다. 다양한 학문의 대가들인 구십구 명의 학자는 그 아이에게 오직 사실인 것만을 가르치기 시작했다. 그러면 아이는 사실인 것만 생각하게 될 것이고, 이로써 세상의 질서는 문제없이 지켜질 것이었다. 하지만 상상하는 것이 금지되었기 때문에 아이는 불행해졌다. 그 아이와 함께 나라도 불행해지는 것을 본 가장 늙은 학자는 며칠 동안 고심한 끝에, 드디어 해결책을 찾아냈다. 아이에게 상상하는 것은 금지되었지만, 사람들이 상상한다는 것을 그가 상상하는 것은 아무 해가 되지 않는다고 말하며 그것을 허가해준 것이다.

늙은 술꾼은, 인간이 꾸는 모든 꿈은, 상상하는 모든 것은 바로 이 '불행한 아이'의 작품이라는 말로 이야기를 끝마쳤고, 그곳에 있는 사람들은 자연스럽게 우준 이흐산 에펜디가 앉아 있던 곳을 쳐다보았다. 하지만 그는 이미 술집에서 나가고 없었다. 그들은 그를 놀려주기 위해 쫓아 나가 밤새 그를 찾아보았다. 그러나 그를 발견하지 못했다. 조선소 근처에 있는 난파선을 살펴볼 생각은 하지 않았기 때문이다. 우준 이흐산 에펜디는 난파선 안을 돌아다니며, 몇 주 전에 이곳을 떠난 무장한 아이들의 집단, 에프라시압과 그 부하들이 남겨놓은 보물들을 조사하고 있었다. 이 난파선을 한밤중에 급습한 수비대장과 그 부하들이 아이들과 벌인 격전의 흔적들이 여전히 남아 있었다. 흙으로 된 구슬은 짓이겨졌고, 오뚝이와 딸랑이는 깨졌다. 썩은 나무 바닥에는 여전히 핏방울들이 남아 있었다. 아이들이 도시에서 몇 달 동안 감행했던 약탈과 소매치기의 필연적인 결과로, 여기에서 진짜 무기들을 볼 수 있었다. 벼룩시장에서 산 낡은 권총을 섬세하게 수리하여 사격을 했고, 술 취한 예니체리들로부터 소매치기한 장검을 칼집에서 빼들고 대결을 했기 때문에 갈수록 수가 줄어들어 알리바즈를 포함해 열두 명만 남은 아이들이 한때 노래를 불렀던 이 장소는 이제 텅 비어 있었다.

우준 이흐산 에펜디는 이 난장판 사이에서 익숙한 흔적을 발견했다. 알리바즈의 붉은 손자국이 나무 바닥을 따라 한 창문까지 이어져 있었다. 수비대의 급습으로 부상을 당한 아이는 아마도 손에서 피를 흘리며 바닥을 기어 창문까지 갔을 것이며, 여기에서 바다로 뛰어내려 도망쳤을 것이다. 왜냐하면 그는 에프라시압이었기 때문이다. 사원에서 아침기도 시간을 알리는 소리가 울려 퍼지는 이 순간에, 그는 그곳에 거의 도착했을 것이다.

II

그렇다, 그는 에프라시압이었다. 몇 달 전에 맹세를 하며 손에 붉은 잉크를 묻혀 찍은 손자국이 있는 깃발이 여전히 호주머니 속

에 있었다. 대략 육 주 동안 그는 제국 군대를 추적하며 악마의 장
소인 북쪽을 향해 갔다. 권총이 너무 무거웠기 때문에 어느 마을
에서 눈물을 머금고 던져버렸다. 아랍 이흐산의 유품인 코란의 성
구가 새겨진 언월도는 여전히 허리에 차고 있었다. 일주일 전, 그
러니까 에프라시압은 제국 군대가 도시를 정복하고 부자들을 약
탈하기 전에 그들을 따라잡았지만, 군대로부터 자신이 기대했던
환대를 받지 못했다. 사람들의 손에 붙잡혀 어느 병사에게 넘겨진
에프라시압은 누군가 귀찮게 하지 말라며 그에게 올려붙인 따귀
의 흔적이 사라지기도 전에 도망치는 데 성공하여, 반나절 정도
걸리는 거리 뒤에서 군대를 쫓아가기로 마음먹었다.

드디어 제국 군대는 북쪽 성곽에서 검은 깃발이 휘날리는, 정복
하기 꽤 어려워 보이는 별 모양 성 앞에 당도했다. 날이 어두워지
고 있어 군대는 너도나도 포위 준비를 서둘렀다. 약탈한 전리품들
을 세고 있던 예니체리, 오스만 제국의 기독교인 선원, 비정규군
정찰대, 결사대 및 자살 부대, 기병, 예니체리 여단, 문지기, 기수,
청지기, 예니체리 하급장교, 예니체리 전령은 여기저기를 뛰어다
녔고, 자아르즈바시, 삭손주바시*, 제국 궁전 호위병 대장들과 다
른 많은 장교들은 끝없이 명령을 내렸다. 땅굴을 파서 생긴 흙들
을 지게로 나르자 십, 이십, 삼십 길 정도의 언덕이 생겼다. 천과
부드러운 섀미 가죽으로 용머리 모양의 콜롬보르네 대포들을 호

---

* 자아르즈, 삭손주는 오스만 제국 술탄이 사냥할 때 술탄을 호위하고 사냥개 훈련
임무를 수행하던 예니체리 부대이며, 자아르즈바시, 삭손주바시는 이 부대의 우두
머리이다.

호 불어 거울처럼 반짝거리게 닦았다. 날이 완전히 어두워졌을 때는 포위 준비가 거의 끝날 참이었다. 단지 칼을 가는 일만이 남아 있었다. 자정이 되었을 때, 성에서 제국 군대를 본 사람들은 한순간 지상으로 수많은 별들이 내려왔다고 착각했다. 페달로 돌리는 숫돌에서 튀기는 불똥들이 그 칠흑 같은 밤을 밝히는 유일한 빛이었기 때문이다. 이를 본 이교도들은 거대한 대포, 콜롬보르네, 장거리포에 대포알 대신 사슬, 산탄, 못, 유리 조각을 채우고 연속해서 사격을 하며 저항했다. 이십 칸타르* 화약을 이 쓸데없는 시위에 모두 소모하고 나자 날이 밝았다. 이번에는 제국 군대 참호에서 우레 같은 소리를 내며 거대한 대포가 십사 오카 무게의 대포알을 성벽을 향해 쏘았다.

성으로 처음 들어가는 사람이 되고 싶었던 알리바즈는 대포알이 부딪힌 성벽에 커다란 구멍이 생긴 것을 보고 떨기 시작했다. 그날까지 한 번도 보지 못했던 대포의 무서운 위력에 깜짝 놀라 두려움에 이빨이 딱딱 부딪쳤다. 갑자기 자신이 에프라시압이 아니라 잠을 자지 못하는 아이 알리바즈라는 것을 기억해냈다. 게다가 축제 장소의 불꽃놀이보다 몇 배나 더 시끄럽게 총알이 연달아 발사되어 공중에서 날아가는 소리가 들리자, 그는 울면서 도움을 요청했다. 성에서 던진 포탄이 바로 옆에서 터졌을 때 혼비백산한 알리바즈는 울며불며 어디로 가는지도 모르고 하수구 위를 건너 정신없이 달렸다. 눈물을 펑펑 흘리며 '그곳'을 향해 뛰어갔다. 어

---

* 무게의 단위. 1칸타르는 약 120파운드.

느덧 성벽 밑에 도착했다. 알리바즈는 그곳에서 무릎을 꿇고 앉아 한참을 울었다. 하지만 제국 군대 참호에서 발사된 녹슨 총, 구식 소총, 화승총과 기병총의 많은 총알들이 공중에서 휘파람 소리를 내며 그가 있는 벽에 부딪히자 그곳에서 도망쳐야 한다는 걸 깨달 았다. 거대한 대포가 십사 오카 무게의 포탄으로 뚫은 구멍이 바로 그의 머리 위에 있었다. 기어 올라가 구멍으로 들어간 그는 흙 자루로 이곳을 막으려고 하는 사람들과 마주쳤다. 그러나 이 사람들 대부분은 참호에서 발사된 화승총 일제 사격으로 그 자리에서 쓰러져버렸다. 알리바즈는 성 안으로 뛰어들었다. 첫눈에 그곳은 안전한 곳처럼 보였다. 그는 어디로 가는지도 모르고 뛰기 시작했다. 그러나 알리바즈는 물론 '그곳으로' 가고 있었다. 성으로 진입하려는 적의 기병들을 막기 위해 모퉁이에 팽팽하게 당겨놓은 사슬을 뛰어넘어 북쪽으로 달려갔다. 고개를 들자 검은 깃발이 보였다. 성 안에서 우왕좌왕 뛰어다니는 사람들은 전혀 그에게 신경 쓰지 않았다. 하지만 그는 지금까지 보지 못했던 이상한 옷을 입은 그 사람들이 무서웠다. 그는 '그곳으로' 들어갔다.

안은 밖과는 대조적으로 정적에 휩싸여 있었다. 신전처럼 천장이 높은 이 건물 벽에서 희미하게 성가가 메아리쳤다. 알리바즈는 소리가 들려오는 곳으로 향했다. 검은 옷을 입은 수많은 남자들이 암울한 노래를 부르고 있었다. 그들은 손이 사슬로 묶인 벌거벗은 남자를 바닥에 너부러져 있는 직경이 한 길 정도 되는 두 개의 청동 반구 쪽으로 떠밀고 있었다. 검은 옷을 입은 사람 몇몇이 두 개의 청동 반구를 어렵사리 들어 올려 합치자 구체가 되었다. 이 거대한 구체 중간에는 꼭지가, 오른쪽과 왼쪽에는 두 개의 밸브가 있었다. 그들 가운데 몇 명이 구체가 둘로 나누어지지 않도록 손으로 지탱하고 있었고, 다른 사람들은 이 밸브에 각각 펌프를 연결해 구체 안에 있는 공기를 빼기 시작했다. 꽤 많은 시간이 걸려 공기를 다 빼내자, 드디어 안이 진공 상태가 되어 두 개의 반구가 서로 붙었다.

이 모든 일이 끝나자, 검은 옷을 입은 사람들은 벌거벗은 남자를 구체의 중간에 있는 꼭지에 가죽 끈으로 묶었다. 이를 본 알리바즈는 두려움 대신 호기심이 일어 앞으로 일어날 일을 관찰하기 시작했다. 벌거벗은 남자의 배에는 기름이 발라져 있었고, 압착기에 의해 구체의 꼭지에 딱 달라 붙여졌다. 발과 손목도 가죽 끈으로 꼭 묶은 다음 검은 옷을 입은 사람들은 그 암울한 성가를 더욱 더 깊은 목소리로 부르기 시작했다. 드디어 우두머리로 보이는 어떤 이가 꼭지를 돌리자, 벌거벗은 남자가 고통스럽게 고함을 치기 시작했다. 그리고 반구들이 서로 떨어지면서 큰 소리를 내며 차가운 돌바닥에 나뒹굴었다. 검은 옷을 입은 사람이 "공의 덕(德)!"이라고 소리쳤다. 각각의 반구 안에는 피와 살점들이 가득했다. 구체 안의 진공이 남자의 배에 묶여 있던 꼭지를 통해 그의 피, 창자, 내장을 즉각 빨아들였던 것이다.

알리바즈는 그 장면을 보고 다시 울기 시작했다. 자신이 완전히 포위된 것처럼 느껴졌다. 눈에선 눈물이 흐르고 턱은 두려움으로 덜덜 떨리고 있을 때, 그의 등에 손길을 느낀 알리바즈는 심장이 멎는 것 같았다. 일어나 도망치고 싶었지만, 다리에 힘이 들어가지 않았다. 등에 닿은 손이 이번에는 그의 팔을 거머쥐고는 일으켜 세웠다. 알리바즈가 간신히 용기를 내어 고개를 들자, 검은 옷을 입은 사람 한 명이 서 있었다. 미소를 짓고 있었지만, 그 남자의 푸른색 눈에서는 악마 같은 섬광이 비쳤다.

그 남자는 알리바즈를 검은 옷을 입은 다른 사람들 곁으로 데려갔다. 그 누구도 이 상황에 놀란 것 같지 않았다. 조금 전의 소란과는 반대로 속삭이는 목소리로 말하고 있던 남자들은, 알리바즈를 사람의 마음을 우울하게 하는 어떤 좁은 방으로 데리고 갔다. 방에는 많은 약병들이 있었다. 어떤 사람이 시키면 가루로 꽉 찬 병을 열고, 그 가루를 두세 수저 떠서 물이 든 컵에 넣었다. 사실 조금 덜 넣었어도 상관없었을 것이다. 이 가루는 한 수저만으로도 거대한 소 한 마리를 죽일 수 있었기 때문에, 어린아이에게는 오분의 일을 먹이는 것으로도 충분했던 것이다. 웃음을 머금은 남자가 독이 가득 든 컵을 알리바즈에게 건네자 아주 목이 말랐던 아이는 그 호의를 거절하고 싶지 않아 물을 바닥까지 다 털어 마셨다. 그러고는 아이는 풀려났다.

아이는 이 소름 끼치는 공간에서 풀어준 것도 호의적 표현의 연장선이라고 받아들였다. 평생 일 초도 잠을 잔 적이 없는 이 아이는, 그날까지 느끼지 못했던 것들을 느끼기 시작했다. 성 안의 좁은 골목에서 들려오는 대포와 총소리, 고함 소리가 난무하는 그 난리통에 걷고 있는데도 눈이 감겼고, 자꾸 하품이 났다. 오랫동안 기다렸던 잠이 드디어 몰려왔던 것이다. 눈꺼풀이 무거워지고 스르르 감기기 시작하자 아이는 편히 누워 잘 수 있는 장소를 찾왔고, 드디어 어떤 나무의 꼭대기를 적당한 장소로 택했다. 알리바즈는 하품을 하며 위쪽 가지를 향해 올라갔다. 다행히 그곳엔 황새 둥지가 있었다. 엄마 황새는 그날 아침 우연히 날아온 총알에 맞아 죽은 상태였다. 알리바즈는 둥지 한가운데에, 새알들 위에 몸을 구부리고 누워 깊은 잠에 빠져들었다. 며칠이 지난 후 그의 온기로 알들이 부화했다. 황새 새끼들은 자고 있는 아이의 호주머니에 들어 있던 딱딱한 비스킷 조각, 아몬드, 사탕 그리고 고수풀 열매들을 먹고 자랐다. 나는 법을 배운 황새들은 남쪽으로 이동했다. 봄이 와 태어난 둥지로 되돌아온 황새들은 다시 그곳에서 자고 있는 아이를 보았다. 황새들은 아이의 끝없는 꿈을 방해하지 않고 새끼들을 낳고 길렀다. 그리고 그 이후의 세대에게도, 이 아이가 깊은 잠에서 깨지 않도록 시끄럽게 하지 말라고 단단히 주의를 주었다.

III

그해 일곱 번째 보름달이 뜨면 도시에 들어올 구원자, 구세주에 대한 묘사에 의거해 그려진 그림이 기관 안에서 손에서 손으로 돌아다닐 때, 뷘야민은 오로지 아그라야만을 생각하고 있었다. 그녀를 다시는 볼 수 없을 거라고 믿었기 때문에 아그라야와의 추억을 어떻게 해서든 머릿속에서 지우려 했다. 그래서 다른 곳에 정신을 쏟았다. 노예 처녀를 잊기 위해 기관에 있는 이상한 기구들을 관찰하는 데 전념했을 때 머릿속이 무척이나 혼란스러워졌다. 제일 먼저 독이 묻은 작은 화살을 쏘는 담뱃대, 휴대용 고문 기구, 여섯 개의 총신이 있는 권총을 유심히 관찰했다. 그는 이 모든 일을 간섭받지 않고 할 수 있었고, 기관 안에서 원하는 곳은 어디든지 편히 드나들 수 있었다. 왜냐하면 그는 감금된 것이나 다름없었고, 따라서 밖으로 절대 나갈 수 없었기 때문에 기관의 비밀을 발설할 위험도 전혀 없었던 것이다.

통신 기구들은 그를 정말 놀라게 했다. 색깔을 변화시킬 수 있는 작은 연들, 태웠을 때 형형색색의 연기가 나오는 다양한 알약들, 오로지 새장 속에 가둬둔 박쥐들만이 반응하는, 사람의 귀로는 들을 수 없는 소리를 내는 호루라기들이 기관의 통신을 위해 사용되는 주요 기구였다. 이러한 기구들 가운데 가장 뷘야민의 관심을 끈 것은 벽 저편에서 나는 소리를 들을 수 있는 기구였다. 동물의 창자로 만든 Y자 형태의 신축성 있는 관으로, 한쪽 끝을 벽에 대고 나머지 두 끝을 활 형태로 귀에 대면, 벽 저편에서 하는 대화를 쉽게 들을 수 있었다. 뷘야민은 아무도 자신을 감시하지 않는다는 확신이 들자 이 도청 기구를 셔츠 속에 넣었다.

그의 목적은 에브레헤에 관한 정보를 모으는 것이었다. 그러나 여전히 아그라야가 머릿속에서 떠나지 않았다. 그리하여 젊은이는 시를 쓰는 데 전념했다. 아루즈 운율*을 사용하여 자신의 사랑

---

* 음절의 장단에 따라 이루어진 운율 형태. 첫 번째 행에서 몇 번째 음절이 길고 몇 번째 음절이 짧다면, 다른 행에서도 이 음절의 장단이 똑같이 적용된다. 아루즈 운율은 아랍 운율로, 이슬람 전파 이후 이란과 터키 시문학에서도 사용되었다.

을 표현하는 일곱 편의 시를 썼다. 나머지 나날은 이 시들을, 사랑 이외의 모든 것들로부터 정화하여 다시 쓰면서 보냈다. 하지만 아무리 애를 써도 한 음절을 연장할 수 없었고, 페이룬에서 파이룬*으로 넘어가지 못했기에 운율을 맞출 수가 없었다. 뷘야민은 그해의 일곱 번째 보름달이 뜨기 사흘 전 이 문제를 해결하기 위해 시가 들어 있는 자루를 열었을 때, 누군가 종이들을 뒤졌다는 것을 알아챘다. 게다도 시도 고쳐져 있었다. 시행에 엘리프**가 첨가되면서 파이룬이 딱 맞아떨어졌던 것이다. 뷘야민은 이 일을 한 사람이 에브레헤라는 걸 바로 알아차렸다. 하지만 시가 쓰인 종이 위에서 벌써 말라버린 에브레헤의 질투의 눈물은 보지 못했다.

뷘야민은 자신의 사생활이 이런 식으로 침해된 것에 화가 났으며, 자신감도 잃고 말았다. 이제 자신의 모든 행동이 미리 예상되고, 그가 경험하는 모든 사건이 이전에 계획되고, 몰래 하는 모든 행동이 감시받고 있다는 생각이 들었다. 어떤 확실한 주제에 대한 호기심을 불러일으킨 후, 필요한 상황들을 미리 준비하여 자신에게 잘못된 정보를 주는 게 분명했다. 그에게 가르치고 싶은 것들을 그 자신이 찾도록 하여 완벽하게 믿도록 만들고는 이해할 수 없는 게임을 계속하고 있다는 생각이 들었다. 그가 도청 기구를 훔친 것도 아마 알고 있을 것이다. 그의 옆방인 에브레헤의 거처에서 매일 밤 들려오던 속삼임도 전부 계산에 넣었을 것이다. 그

---

* 페이룬, 파이룬은 아랍시 율격의 구성 요소인데, 여기에서는 율격의 규칙에 맞아 떨어지는 적합한 단어를 찾지 못했다는 의미이다.
** 오스만 뒤르크어의 첫 알파벳.

는 며칠 동안 고집스레 도청 기구를 벽에 대고 이 속삭임들의 비밀을 풀려고 하던 시도를 그만두었다. 하지만 그해의 일곱 번째 보름달이 뜨기 하루 전, 더이상 호기심을 억누를 수가 없었다. 뷘야민은 다시 그 기구를 귀에 꽂고 한쪽 끝을 벽에 댔다.

그는 에브레헤의 목소리를 바로 알아들었다. 수장은 마치 옛날 이야기를 하는 것 같았다. 뷘야민은 잠이 올 거라는 걸 알면서도 이 이상한 이야기에 귀를 기울였다.

"옛날 어떤 마을에 무식한 것으로 유명한 어떤 사람이 살았다. 어느 날 그에게 어떤 의문이 생겼고, 그로 인해 식음을 전폐하게 되었다. 눈을 뜨면 세상을, 눈을 감으면 어둠을 보았기 때문에 머릿속이 혼란스러워졌던 것이다. 그는 매일 밤마다 그 멍청한 머리로 고심을 거듭한 끝에 어둠도 볼 수 있는 그 무엇이라는 결론을 내렸다. 특히 사자(死者)들이 어둠, 정적 그리고 무(無)를 인식한다는 어떤 늙은 학자의 책을 우연히 읽은 후 자신의 생각이 맞다는 확신이 들었다. 책의 내용에 따르면, 사자들이 빛을 보지 못하듯 살아 있는 사람도 어둠을 보지 못할 것이다. 하지만 잠은 죽음의 형제이기 때문에, 잠을 자고 있는 사람은 어둠을, 예를 들면 눈을 감는 정도로 만족하는 사람보다는 더 잘 볼 수도 있을 것이다. 이리하여 그 무식한 사람은 세상을 보지 않을 때 보이는 것을 연구하기 시작했다. 그 결과로 눈을 감았을 때 보았던 어둠 속에 수많은 꿈이 있다는 사실을 발견하게 되었다. 하지만 그는 자신이 연구한 결과에만 만족하지 않고 더 많은 것을 알고자 했다. 그래서 땅을 파고 예전에 묻어놓은 항아리에 가득 든 동전을 꺼내 겨드랑이 사이에 끼고는 검은 지식을 연구하는 어떤 학자의 문을 두드렸다. 그러고는 그에게 눈을 감았을 때 보이는 어둠이 무엇인지 물었다. 학자가 그에게 말했다.

'무식한 것으로 소문난 너 같은 사람에게는 기대하지 않았던 영리한 질문이구나. 하여 네게 상을 주는 셈치고 질문에 답해주겠다. 내 말을 잘 들어라. 네가 입고 있는 쥐뻬*가 양모로 만들어진 것처럼, 음악도 같은 형태로 정적에서 나왔다. 네가 살고 있는 이 세계도 이와 같이 무에서 창조되었다. 그런데 무의 또다른 이름인 공의 일부가 증가되었다. 이 부분은 두 개로 나뉘었고, 하나는 빈 판(板)으로 네게 부여되었다. 네가 보았던 어둠은 바로 이 판이다. 비어 있기 때문에 거기에는 물론 빛이 없다. 그래서 넌 이 판에서 어둠을 보는 것이다. 세계가 창조된 공의 일부인 이 어둠 속에서 너는 꿈을 창조하고 있는 것이다.'

검은 지식을 연구하는 학자의 말을 귀 기울여 들은 무식한 사람은 의문이 하나 생겼다. 그래서 이렇게 물었다.

'학자이시여! 세계가 창조된 후 남은 공이 둘로 나뉘었다고 말씀하셨습니다. 그것들 중 하나는 빈 판으로 인간들에게 선사되었다고 하셨고요. 그렇다면 나머지 조각은 어떻게 되었습니까?'

이 질문을 듣고 슬픔에 잠긴 학자는 자신이 한 말에 확신이 없다는 듯 주저하는 목소리로 말했다.

'두 번째 조각은, 적에게 선사한 선물을 질투한 '아침의 아들'

---

* 헐렁하고 긴 웃옷.

에게 주어졌다. 하지만 그는 꿈을 창조하는 대신, 자신에게 주어진 공으로 돈을 만들었고, 그 돈 위에 자신의 모습을 새겼다. 그리고 이 돈을 세계에 퍼뜨린 후 창조되지 않은 공 자체인 이 돈이 세상에 있는 모든 것을, 그렇다, 모든 것을 구입하기를 기다렸다. 결국 그가 기다리던 일이 실현되기 시작했다. 돈을 본 인간들은 금과 은으로 그것과 비슷한 수많은 것을 만들었고, 이 돈 위에 술탄과 왕들의 모습과 문장을 새겼지. 하지만 이 문장과 모습이 실은 아침의 아들에게 속한 것이라는 건 알지 못했다. 이렇게 해서 그의 모습이 새겨진 돈은 세상과 그 세상 속에 있는 것들을 사들이기 시작했다. 아침의 아들이 꿀 수 있었던 유일한 꿈은, 공에서 창조된 그 자신 자체인 돈의 가격과 가치, 어떤 꿈인 세상의 가격과 가치라는 것이었다. 이렇게 해서 인간은 그날까지 즐겁게 바라보았던 세상과 그 세상 안에 있는 것들이 이 돈에 하나하나 팔릴 순간을 기다렸다.'

무식한 사람은 그것으로 만족하지 않고 다시 물었다.

'학자이시여! 당신은 이상한 말을 하시는군요. 그렇다면 당신이 언급한 그 '아침의 아들'을 어디서 찾을 수 있습니까?'

학자가 대답했다.

'그를 찾기는 아주 쉽다. 여기에서 힘이 닿는 데까지 멀리 가거라. 어둠이 내리면 북쪽을 향해 고함치듯 그의 이름을 크게 불러라. 그가 네게 꼭 대답을 할 것이다.'

무식한 사람은 자신의 궁금증을 해소한 후 학자의 손등에 입을 맞추고는 가지고 왔던 항아리 가득 든 돈을 그에게 주려고 했다.

하지만 학자는 돈을 보자 끔찍이도 역겨워하면서 말귀도 못 알아듣는 이 무식한 남자를 마구 때리며 쫓아냈다. 무식한 사람은 무슨 영문인지 몰랐다. 설상가상으로 잠잠해지려던 호기심이 다시 솟아올랐다. 이리하여 아침의 아들이 사는 곳을 향해 걸음을 재촉했다. 드디어 어둠이 깔렸을 때 그는 한적한 들판에 다다랐다. 하늘에는 별 하나 떠 있지 않았다.

무식한 사람은 북쪽을 바라보며 소리쳤다.

'아침의 아들이여! 네가 하는 일을 알고 이곳으로 왔다. 넌 누구냐?'

주위에 바람 한 점 불지 않는데도 마치 웅웅거리는 폭풍 소리가 들리는 듯했다.

북쪽에서 어떤 소리가 남자에게 말했다.

'………………………' "

뷘야민은 이야기가 아이들에게 미치는 영향처럼 하품이 나오기 시작하자 벽에서 기구를 떼었고, 에브레헤가 말한 이야기의 마지막 문장을 듣지 못했다. 사실 무식한 남자의 최후가 별로 궁금하지도 않았다. 도청 기구를 귀에서 빼고 난 그의 뇌리에 아침의 아들과 관련된 예전에 들었던 말이 떠올랐고, 눈이 갑자기 커졌다. 잠이 순식간에 달아났다. 아침의 아들이 공에서 창조한 돈에 대해 생각하기 시작했다. 부풀어 오르는 호기심을 누르기 위해 마음속에서 들려오는 소리에 귀 기울이며 연금술 방으로 가서는 병에서 철가루를 집어 종이에 뿌려놓았다. 자신이 가지고 있던 동전을 종이 밑에 놓자 철가루들이 서로 달라붙어 자력을 나타냈다. 하지만 그 철가루들이 만들어낸 선들은 익숙한 종류의 것이 아니었다. 수은의 김 때문에 정신이 몽롱해진 뷘야민의 눈에 이 선들은 문자 형태로 보였고, '저주받은 악마'라는 문장이 눈에 들어왔다.

정오 무렵 깊은 잠에서 깨어난 뷘야민은 방 밖으로 나왔다가, 에브레헤와 대부분의 부하들이 가버리고 몇 명의 보초들만 남아 있는 것을 보았다. 그해의 일곱 번째 보름달이 그날 밤 뜰 것이기 때문에, 예언의 거울 이야기가 사실이라면 구세주는 지금쯤 콘스탄티노플의 서문으로 들어오고 있을 것이다. 이 모든 것이 자신을 상대로 한 게임의 일부라고 믿은 뷘야민은 사건들을 서로 연결해보려고 사고력을 총동원했지만 도무지 이해할 수가 없었다. 뷘야민은 기관 입구 전체에 돼지기름과 비슷한 물질이 칠해진 것을 보고 기겁을 했다. 조금이나마 평온을 찾기 위해 아그라야를 생각했다.

자신이 쓴 사랑의 시를 자정까지 작은 소리로 몇 번이나 읽었다. 어두운 생각 속에서 탈출구를 찾으려 애쓰면서 눈물을 흘리고 있을 때, 해 뜨기 다섯 시간 정도 전에 일련의 소음이 들려왔다. 에브레헤와 그 부하들이 돌아왔던 것이다. 방에서 나오니, 쥘피야르와 그 부하들 가운데에 입과 코가 피범벅이 된, 밧줄로 손과 팔이 묶인 어떤 사람이 있었다. 선한 영혼과 천사들이 접근하지 못하도록 체포되자마자 머리끝에서 발끝까지 돼지기름 범벅이 된 이 사람이 바로 구세주였다. 그의 모습은 정말 구세주와 닮아 있었다. 하디스*에 쓰여 있는 것처럼 이마는 넓고 코는 작았으며, 눈은 컸고 치아는 듬성듬성 나 있고 반짝거렸으며, 넓적다리뼈는 길고 피부는 다갈색이었다. 맨 나중에 안으로 들어와 구세주로부터 멀찌감치 떨어져 있던 에브레헤는 뷘야민은 거들떠보지도 않고 구세주를 가둘 감방을 향해 걸어갔다. 이 감방이 뷘야민의 방과 한쪽 벽을 공유하고 있다는 것은 어쩌면 우연이 아닐 수도 있었다.

자신의 방으로 돌아온 뷘야민은 문을 닫고 도청 기구를 꺼냈다. 구세주를 본 자신이 이러한 반응을 보일 거라고 그들은 이미 예상하고 있을 테니 발각에 대한 두려움도 없었다. 기구를 벽에 대고 다음과 같은 대화를 들었다.

아마도 에브레헤가 쥘피야르에게 하는 말인 것 같았다.

"밖에 거의 서른 명에 가까운 거지 아이들이 있으니 몇 명을 보내서 상황을 알아보도록 해."

쥘피야르가 말했다.

"예. 저도 궁금하던 참입니다. 흔즈르예디가 뭘 할지 아무도 모르거든요. 우리가 조심해야 합니다. 왜냐하면 그제 빨간 알약을 가지러 와야 했는데, 여전히 오지 않고 있습니다."

에브레헤가 말했다.

"내가 말하는 대로 하거라. 그리고 서예가들에게 칙령 하나를 준비하게 해라. 칙령 내용은 나중에 얘기하겠다. 지금은 우리 일

---

* 예언자 무함마드의 언행록.

을 보자꾸나. 남자를 고문대에 눕혀라. 먼저 족쇄에 돼지피 바르는 걸 잊지 말고. 아니면 족쇄를 끊을 수도 있으니까. 일을 마치면 나가라. 취조는 나 혼자 할 것이다."

이 대화가 끝나자 한동안 그 방에서는 쇠사슬이 쩔그렁거리는 소리와 신음 소리만 들렸다. 감방 문이 큰 소리를 내며 닫히고 나자 에브레헤와 홀로 남게 된 죄인의 희미한 목소리가 아주 잘 들렸다.

에브레헤가 말했다.

"네가 톱카프에 나타났을 때 나는 네가 구세주라는 것을 의심했었다. 하지만 네 머리에 자루를 씌운 순간부터는 더이상 의심하지 않았다. 왜냐하면 몇 년 동안 돼지기름에 담가두었던 그 자루가 너의 모든 힘을 앗아갔기 때문이다."

남자가 말했다.

"맹세하건대 나는 구세주가 아닙니다. 당신이 말한 것이 내 힘을 앗아가지도 않았소. 왜냐하면 난 어차피 힘이 없는 사람이었기 때문이오. 제발 날 고문하지 말아주시오. 내가 아는 모든 것을 당신에게 말하겠소. 나의 임무, 수도원, 우리 요원들의 이름 모두를. 그래도 나를 위험한 존재라고 생각한다면 그때는 죽여도 좋소. 하지만 제발 고문만은 하지 말아주시오. 나는 고통을 참을 수 없소. 아, 어머니! 어디 계십니까!"

뷘야민은 울기 시작한 남자의 흐느낌 뒤로 따귀 때리는 소리를 들었다. 따귀를 때린 에브레헤는 이렇게 말했다.

"닥쳐! 날 속이려 들지 마! 네 이빨은 듬성듬성 나 있어. 혀도

무거워. 네 등에 있는 표시조차 책에 쓰여 있는 것과 같아. 게다가 몇 년 전에 내 손에 들어온 어떤 거울이 바로 오늘 네가 그 문을 통해 들어올 거라고 했어. 이 모든 것이 네가 구세주라는 것을 증명해. 그리고 너는 나를 죽이기 위해 이곳으로 왔다. 난 알아. 하지만 널 잡고, 네 힘을 앗아간 사람은 나야. 널 죽이는 것이 불가능하다는 건 알고 있다. 하지만 네 힘을 앗아버리기는 아주 쉽지. 검은 학문과 관련된 거의 모든 책에, 구세주의 힘은 고문을 가할수록 고갈될 정도로 적어진다고 쓰여 있다. 이러한 이유로 널 위해 세계에서 가장 노련하고 가장 잔인한 고문관을 불러왔다. 그에게는 수천 가지의 지독한 고문 방법을 설명한 오십 권짜리 책도 있어. 또한 방법을 찾는다면 너를 죽일 수도 있다고 말하더군."

"아, 어머니! 어머니! 날 불쌍히 여겨주십시오. 나는 구세주가 아닙니다. 내 이름은 프란츠요!"

남자는 다시 울기 시작했다. 뷘야민은 에브레헤가 말하는 고문관이 누구인지 알았다. 그 사람은 말을 더듬고, 얼어붙은 표정을 지녔다. 사람들의 말에 의하면, 그는 그저께 기관에 왔으며, 아랍어 이외에 다른 언어는 모른다. 감방에 있는 죄인의 울음소리가 두 번째 따귀를 때리는 소리와 함께 멈추자, 뷘야민은 다시 귀를 쫑긋 세웠다.

에브레헤는 감방 문을 주먹으로 치면서 밖을 향해 소리쳤다.

"쥘피야르! 하타카이를 당장 여기로 데려와!"

문이 열리고 한참이 지난 후 쥘피야르의 말이 들렸다.

"숭고한 에브레헤 님, 이 사람이 정말 고문을 할 수 있단 말입니까? 조금 전에 보니, 아직 압착기 사용법도 모르던데요. 제가 아랍어를 모르니 그를 심문할 수도 없고요. 여기 온 이래로 머리에 쓴 끝이 긴 모자를 한 번도 벗지 않았습니다. 얼굴이 하타카이의 초상화와 같지만, 그래도 이상한 점이 있습니다."

이러한 말을 들었음에도 쥘피야르 앞에서 문이 닫혔다. 목소리로 봐서 크게 흥분한 것이 분명한 에브레헤가 감방으로 들어온 하카타이에게 아랍어로 무엇인가를 말했다. 벽을 통해 서로 부딪치는 쇳소리, 달그락거리는 사슬 소리를 들을 뷘야민은 고문 준비를 하고 있다는 걸 알았다. 죄인이 겁을 먹고 당황해하는 것이 분명했다.

죄인이 말했다.

"안 돼요! 안 돼요! 하지 마세요! 나는 오스트리아 첩자입니다. 안 돼요! 그 집게를 내게 가까이 대지 마세요! 설명하겠습니다! 먼저 내 말을 들어주세요!"

에브레헤가 말했다.

"더 할 말이 남아 있느냐? 모든 것이 명백한데!"

죄인이 말했다.

"조금 전에 말했던 것처럼 나는 오스트리아 첩자입니다. 모든 것이 아주 쉬울 거라고들 나에게 말했습니다. 나를 왕처럼 환대할 거라고 말했소."

"그러한 말을 누가 네게 했느냐?"

"오스트리아 정보기관에 있는 사람들입니다."

"계속해라."

"그들에게는 가공할 만한 계획들이 있었지요. 오랜 세월, 수십 년 동안이나 연구한 계획이었어요. 베치* 성이 포위된 후 정확히 일 세기 동안 이 계획을 연구했지요."

"지금 무엇에 대해 언급하고 있는 거냐, 넌?"

"모든 것은 수십 년 전에 시작되었습니다. 우리나라에서 그 모습이 구세주와 닮은 마흔다섯 명의 여성과 남성이 선발되었지요. 그리고 이 사람들을 수도원에 감금했습니다."

"그래서?"

"이 여성들과 남성들은 그곳에서 짝짓기를 했지요."

"지금 무슨 말을 하는 거냐? 목적이 무엇이었는데?"

"이 사람들이 낳은 아이들이 사춘기에 들어섰을 때 그 모습이 구세주와 가장 닮은 아이들을 선발했지요. 이들 중 두 명이 내 어머니와 아버지였습니다. 이분들의 아이들은 수도원에서 나가는 것이 금지되었지요. 첫 세대들은 모두 수도원의 비밀과 안전 때문에 죽임을 당했습니다. 두 번째 세대들은 그 이전 세대보다 구세주를 더 많이 닮았지요. 그들도 같은 형태로 짝짓기를 했고, 나를 포함한 세 번째 세대가 태어났습니다. 구세주의 등에 있다고 말해지는 표시는 나를 포함한 다섯 명에게만 있었습니다. 다른 아이들의 최후는 모릅니다. 아버지는 한 번도 본 적이 없습니다. 하지만 어머니는 한 번, 세 살 때 본 적이 있습니다. 그날 이후 한 번도 어머니의 얼굴을 잊은 적이 없습니다. 우리 다섯은 수도원에 있는

---

* 과거 터키인이 비엔나를 지칭하던 말.

268

한 방에서 함께 머물렀습니다. 우리는 이름도 없었고, 번호로만 불렸습니다. 이러한 이유로 일곱 살이 되었을 때 나는 자신에게 프란츠라는 이름을 붙였지요. 모국어도 몰랐습니다. 어차피 수도원에서 당신들이 사용하는 언어 이외에 다른 언어로 말하는 것은 금지되어 있었습니다. 매로 우리를 교육시켰고, 당신들의 종교, 전통, 관습을 배웠습니다. 내 형제 두 명은 이러한 이유로 내성적인 사람이 되었지요. 팔로 몸을 꽉 감아 안고 하루 종일 앞뒤로 몸을 흔들었고, 가장 단순한 일도 해결하지 못하는 지경에 이르렀습니다. 이렇게 해서 세 명만이 남게 되었지요. 한 명은 폐렴으로 죽었고, 다른 한 명은 열여섯 살 때 미쳐버렸습니다. 결국 나 혼자만 남았지요."

인내심을 갖고 그 남자의 말을 듣던 에브레헤는 결국 참지 못하고 소리를 질렀다.

"거짓말! 예언의 거울은 오랜 세월 동안 내가 가지고 있었어. 그리고 그 거울에서 본 예언들은 모두 실현되었어. 그 예언들 가운데 하나가 네가 올 거라는 것을 알려주었어."

남자가 말했다.

"예언의 거울은 아주 다른 이야기입니다. 정보기관은 반세기 전에 유럽에서 가장 뛰어난 시계공을 베치 시로 불러 장치를 만들라고 했지요. 그 시계공이 당신이 예언의 거울이라고 부르는 것을 만든 겁니다. 그 거울은 몇 개의 다른 장치로 이루어져 있습니다. 그 가운데 하나가 시간 측정 장치였습니다. 거울은 어떤 수도승이 당신의 술탄에게 선물로 준 후 정확히 사십 년이 지나 이 시간 측정 장치로 작동하기 시작할 것이고, 예언의 미래에 대해 소식을 전해주도록 만들어졌습니다. 스물여섯 살이 되어 기관에서 대위로 진급하던 날 나는 그 대단한 거울을 만든 후 일 년이 지나 미쳐버린 시계공을 만나러 베치 정신병원을 찾아갔습니다. 그 시계공에게서 '계획'에 대해 듣기 전까지, 나는 육 개월 동안 밥을 주지 않고도 작동하는 시계를 만들 수 있다는 건 알고 있었습니다. 하지만 그 시계공이 밥을 주지 않아도 작동하는 장치를 뭔가 발명했다는 얘기를 처음 들었을 때는 믿지 못했습니다. 그러자 기관에서는 나에게 당신이 말한 예언의 거울 설계도를 보여주었습니다. 내 기억에 따르면, 거울은 술탄에게 선물로 준 후 사십 년이 지났을 때 첫 번째 장치가 두 번째 장치를 움직이게 하는데, 그사이 시계 안에 있는 금속 망치가 다양한 크기의 종을 치며 뮤직 박스처럼 구슬픈 멜로디를 연주합니다. 사십 년 동안 구석에 방치되어 있던 이 거울에서 들려온 일련의 이상한 소리가 일으킨 파장에 대해서는 당신의 추측에 맡기겠습니다."

"그래, 네 말이 사실이라면, 거울 표면의 모래알들은 어떻게 외부의 영향도 없이 움직이며 예언의 글을 만들 수 있었던 거지?"

"설명드리지요. 당신이 모래알이라고 한 것은 실은 하얀색을 입힌 철가루입니다. 거울 바로 밑에는 새장 모양의 서로 연결되지 않은 작은 철 막대들이 있습니다. 이 새장 시스템 안에 있는 일정한 막대를 택하여 당신이 원하는 글을 쓸 수 있지요. 이 막대들 가운데 일부를 자석에 연결하면 철가루들이 세 번째 장치에 달라붙습니다. 이렇게 해서 당신이 예언이라고 한 글이 나타난 겁니다.

이 글들은 정확히 십 년 동안 거울에 보입니다."

"네 설명으로는 글씨들이 어떻게 변하는지 해명할 수 없다. 그렇다면 예언은 어떻게 지워지는 것이냐? 난 글들이 갑자기 지워지고 또다른 예언이 나타나는 것을 내 눈으로 보았다."

"압니다. 일 년 후 새장 시스템에서 새로운 글을 형성할 막대들이 자력을 띠게 됩니다. 하지만 그때 철가루의 일부는 더이상 자력이 없음에도 과거의 막대 위에 남아 있습니다. 시계공은 이 상황도 고려했습니다. 거울을 차례로 전체적으로 훑은 자력이 덜한 두 개의 막대는 네 번째 장치로 인해 움직이게 되는데, 이 장치가 이 철가루들을 자력이 더 센 새 막대로 끌고 가지요. 이렇게 문자가 변하는 동안 장치의 망치들이 톱니바퀴를 쳐서 구슬픈 멜로디가 연주됩니다."

"그렇다면 이 거울에 나타난 예언들이 모두 실현되었다는 것은 어떻게 설명할 수 있느냐?"

"내가 말한 것들이 사실이라는 것을 믿으십시오. 그 장치를 수도승으로 변장한 첩자가 당신의 술탄에게 선물했을 때, 그는 사십 년 후에 그것이 작동할 거라는 걸 알고 있었습니다. 더욱이 언제, 무엇이, 어떻게 될 거라는 것에 대한 일정표도 준비되어 있었지요. 거울이 선물된 지 사십 년이 지난, 그러니까 오늘로부터 육 년 전 첫 번째 예언이 실현되었던 날, 우리 첩자들이 갈라타 뒤쪽에서 네 통 가득 담긴 빨간 가루를 태우게 되어 있었지요. 일정표에 이것이 행해질 해, 날, 시간까지 쓰여 있었습니다. 모든 것이 치밀하고 정확하게 준비되었고, 사십 년이 지나기를 인내심을 갖고 기다리던 우리 기관은 드디어 행동을 개시하여, 모든 예언들이 실현되도록 만들었지요. 그다음 해의 예언은 '오스트리아 후계자가 살해되는 것'이었습니다. 물론 아이는 살해되지 않았습니다. 뭔가 벌어진 것처럼 보여주기 위해 단지 장례식만 거행했을 뿐이지요. 다른 예언들도 이런 식으로 실현시킨 겁니다. 우리 첩자들은 아나톨리아에서 반란을 일으키는 데 성공했습니다. 우리가 폴란드와 치렀던 전쟁에서는 최소한의 피해만 입고 패배하여 별 쓸모없는 땅 일부를 그들에게 넘겨주었고, 타브리즈에서 방화를 했습니다. 이 모든 것은 당신이 마지막 예언을, 그러니까 구세주가 올 거라는 걸 믿도록 하기 위한 장치였습니다. 예언들이 모두 실현되었으니 당신이 이 마지막 예언도 믿을 거라고 생각한 겁니다. 계획대로라면, 당신은 구세주를 희망과 열망으로 맞이해야만 했던 것입니다. '계획'의 유일한 목적도 이것이었습니다. 당신의 술탄이 서쪽 문을 통해 도시로 들어올 구세주의 손등에 입을 맞춘 다음 왕위를 그에게 양도하고, 실은 오스트리아 첩자인 이 구세주가 당신의 나라를 통치하게 되는 것. 오스트리아 정보기관은 이렇게 설명하며 당신이 나를 왕처럼 맞이할 것이고, 난 그 어떤 고난도 당하지 않을 거라고 말했습니다. 하지만 그들이 말한 대로 되지 않았습니다. 결국 당신은 나를 체포했으니까요. 그런데 왜 내가 구세주라는 것을 믿으면서도 나를 고문하려고 합니까? 당신들은 누구입니까?"

"닥쳐! 네가 구세주라는 걸 알고 있어! 이 동화 같은 이야기를 꾸며대서 어떻게든 날 속여볼 생각인가본데, 난 너보다 더 영리

해. 넌 구세주야, 난 확신해. 아, 이제야 생기가 돈 모양이군. 다시
힘이 생기나보지. 저기, 화로 옆에 있는 사람이 보이나? 그의 이
름은 하타카이다. 이 세상에서 가장 유명한 고문관이지. 잠시 후
에 네 살갗에 닿을 쇠꼬챙이를 숯불 위에서 달구고 있지. 날 속일
수 있다고 생각했겠지. 지금 고문이 시작될 것이다. 하타카이!"

  벽을 통해 감방의 대화를 들은 뷘야민은 에브레헤가 아랍어로
하타카이에게 무엇인가 말하는 것을 들었다. 그에게 고문을 시작
하라는 말을 하는 것 같았다. 하지만 그때 예기치 않았던 일이 일
어났다. 뷘야민이 하타카이의 목소리를 알아들었던 것이다.

  하타카이가 말했다.

  "제 시계가 멈췄는데요, 수장님의 시계는 분명 잘 가고 있겠죠?
지금 정확히 몇 시입니까? 아침이 되었습니까?"

  "곧 해가 뜰 것이다. 그런데 넌 아랍어 외에는 다른 언어를 모른
다고 하지 않았느냐? 우리말을 어디서 배웠느냐? 아니! 네 얼굴
이 이상해졌구나. 혹시 나병 환자냐?"

  "저는 나병 환자가 아닙니다, 수장님. 화로의 숯불이 제 얼굴에
있는 밀랍을 녹였습니다. 저도 이 상황이 좋은 것은 아닙니다."

  "넌 하타카이가 아니구나! 하타카이는 어디 있느냐? 넌 누구냐?"

  "하타카이는 어젯밤부터 발에 돌을 달고 사라이부루누 앞바다
에서 물고기들과 함께 자고 있지요. 나로 말할 것 같으면, 한때 내
가 자신이 사랑에 빠진 미녀를 닮았다고 하여 바그다드 파샤의 아
들이 보쌈해 갔던 그 유명한 도둑이오. 먼저 저 감방 문을 잠가야
겠소. 당신 부하들이 와서 귀찮게 하면 안 되니까."

"뭘 하는 거야! 쥘피야르! 쥘피야르! 당장 오너라!"

"고함쳐봤자 소용없어. 이제 아무도 널 구해줄 수 없어, 수장. 아 참, 쓸데없는 짓 하려고 하지 마. 내 눈이 잘 보이진 않지만, 이 정도 거리에서는 표적을 빗맞히지 않으니까."

뷘야민은 하타카이라고 주장하는 사람이 한 마지막 말은 듣지 못했다. 에브레헤의 고함 소리를 듣고 달려온 쥘피야르와 부하들이 문을 당장이라도 부술 기세였기 때문이다. 그럼에도 수장의 두려움과 분노에 찬 비명 소리는 들을 수 있었다.

"네가 누군지 이제야 알겠다. 빌어먹을 놈! 더러운 거지 놈! 돼지고기를 먹는 개새끼!"

뷘야민은 무슨 일이 일어나고 있는지 보기 위해 방에서 나갔다. 밖은 그야말로 아수라장이었다. 쥘피야르와 부하들은 문을 부수기 위해 젖 먹던 힘까지 쏟고 있었다. 쥘피야르의 부하 한 명이 생각이 모자라 쇠로 된 자물쇠에 권총을 쏘는 잘못을 범하고 말았다. 그렇게 하면 문이 열릴 거라고 생각했던 것이다. 그러나 총알이 이제 자물쇠를 만능키로도 열 수 없는 지경으로 만들어버렸다. 할 수 없이 문을 부술 수 있는 나무 기둥을 찾았지만 허사였다. 결국 쥘피야르는 배에서 사용하는 대포를 가져오라는 명령을 내렸다. 문을 이 작은 대포로 부술 요량이었던 것이다. 그들이 포신을 채우느라 정신이 없을 때, 갑자기 기관 입구에서 고함 소리가 터져 나왔다. 순간 입구에 서 있던 부하들의 엄청난 욕설이 세찬 따귀 소리로 인해 그치고 고통스런 고함 소리가 터져 나왔다. 뷘야

274

민은 다른 사람들과 함께 홀로 뛰어갔다가, 찻집에서 기관 입구로 이어지는 통로의 작은 문 앞에 있는 여인을 금방 알아보았다. 커다란 젖가슴과 배, 거대한 엉덩이를 하고 있어 거인의 어머니를 연상시키는 이 여인의 이름은 빈베레케트였다. 어머니 역할을 하며 정확히 일곱 명의 거머리 같은 아이들을 구걸하게 만들고, 흔즈르예디조차 함부로 대하지 못하는 이 여인은 커다란 엉덩이 때문에 통로의 좁은 문에 끼인 상태로 연신 자신에게 달려드는 남자들의 따귀를 때려 모두 바닥에 쓰러뜨리는 중이었다. 들려오는 소리로 보아, 빈베레케트 뒤에도 사람들이 있는 게 분명했다. 이 사람들은, 사람의 피를 얼어붙게 만들 정도로 지독한 위협을 하며 적들을 쓰러뜨리는 빈베레케트를 뒤에서 밀면서 길을 트려고 했다.

기관 사람들이 언월도를 빼들자마자, 빈베레케트 뒤에 있는 사람들은 여자를 움직여 길을 트는 데 성공했다. 그 순간 기관 내부는 수많은 거지 아이들로 꽉 찼다. 직업상 말로 표현할 수 없을 정도로 거머리같이 끈덕지고, 두 손 두 발 다 들 정도로 사납고, 송진처럼 달라붙고, 날래기로는 따라올 자가 없는 이 아이들은, 침과 콧물을 줄줄 흘리면서 쥘피야르와 부하들의 머리 위로 뛰어올랐다. 통로에 어른 거지들도 나타나기 시작했다. 아이들이 선봉대였던 것이다. 기관 사람들은 장검을 내리칠 겨를도 없이, 등에 타고, 목에 감기고, 어깨로 올라가고, 팔을 잡고, 귀를 깨무는 수많은 거지 아이들 때문에 바닥으로 쓰러졌다. 게다가 아이들에게 장딴지, 팔, 코, 귀를 물려 고통으로 고함을 지르는 이 남자들을 어른 거지들이 몽둥이로 두들겨댔다. 하지만 쥘피야르 역시 만만한 사람은 아니었다. 몸을 흔들어 자기 몸에 매달린 아이들을 사방으로 떨어뜨린 다음 여섯 개의 총구가 있는 권총을 겨냥했다. 하지만 이것도 헛된 시도였다. 또다시 그의 몸에 기어 올라온 수많은 아이들이 그의 장딴지, 엉덩이, 알통, 목, 귀를 이빨로 물자 고통으로 소리치면서 바닥에 쓰러졌다. 결국 기관원들은 거지 아이들 발밑에서, 꼭 묶인 채 바닥에 널브러져 있게 되었다. 믿을 수 없는 사건이었다. 이렇게 해서 기관은 적들을 과소평가한 벌을 받게 되었다.

소란이 진정되자, 오래전에 여자로 변장했다가 바그다드 파샤의 아들에게 납치되었던 도둑의 목소리가 들려왔다. 거지들은 그들의 왕초인 흔즈르예디의 목소리를 즉각 알아듣고는 감방 문 앞에 모였다. 하타카이로 변장했던 흔즈르예디는 총알에 맞아 엉망이 된 자물쇠 때문에 안에서 문을 열 수가 없어, 거지들에게 자신을 어서 밖으로 빼내라고 명령했다. 이에 거지들은 먼저 대포를 사용해 문을 열려고 했지만, 좀처럼 대포를 발사할 수가 없었다. 그래서 할 수 없이 지렛대로 돌쩌귀를 뽑아내기로 했다. 드디어 문이 열리고 고문관으로 변장한 흔즈르예디가 수장을 밀고 당기며 밖으로 나왔다. 고문당할까봐 두려워하던 오스트리아 첩자 프란츠는 겁을 하도 먹어서 그만 그 자리에서 저세상으로 가고 말았다. 거지들은 너무나 기뻤다. 왕초가 그들에게 말했다.

"정말 고맙네. 제때에 와줬군. 하지만 내게 이 시계를 준 사람의 대갈통을 부수지 않는다면 내가 흔즈르예디가 아니지. 이 시계는 정확히 자정에 고장이 났어. 수장이 시계를 가지고 있어서 다행이었지. 그렇지 않았다면 세상이 반쪽이 나도 우리가 정한 시간을 알 수가 없었을 거다. 자, 이제 약탈의 시간이다! 여기에 있는 것은 모두 너희들 것이다! 원하는 대로 해라! 어차피 바깥에서는 너희들 소리를 들을 수 없을 테니."

거지들은 왕초의 말을 듣자마자 환호성을 지르며 사방을 공격하고, 자물쇠가 달린 온갖 문을 다 부수고 그 안에 무엇이 있든지 간에 모두 약탈하기 시작했다. 문들 중 하나가 부서졌을 때 겁에 질려 밖으로 뛰쳐나온 동물을 보고 사람들은 깜짝 놀랐다. 그것은 수염 달린 원숭이였다. 원숭이는 여기저기 뛰어다니다가 뷘야민을 보고는 곧장 그의 팔로 뛰어들었다. 이 동물은 뷘야민의 원숭이 뮈쉬테리였다. 흔즈르예디가 젊은이를 돌아다보며 말했다.

"젊은이, 봐라, 세상에 어떤 일이 있는지. 그들이 이 흔즈르예디를 얕잡아 본 것은 정말 큰 실수였어. 나는 몇 달 동안 그들을 지켜봤어. 인내하면서 기다렸지. 그리고 속였어. 네 주인에게 당했던 일을 그대로 갚아주겠어. 너도 구제되었다고 생각하지는 마. 너도 그들과 한패나 다름없었으니까. 만약 네가 그들 편이 아니었다면, 지난날 널 그렇게 많이 도와주었던 흔즈르예디의 안부 정도는 물어봤겠지. 네가 향연의 세계에 동참했다는 걸 내가 모를 거라고 생각하지 마라. 그렇다고 널 당장 죽일 생각은 없다. 하지만 네 다른 친구들은 고작 반 시간 정도밖에 살지 못할 것이다. 자, 이제 에브레헤의 마지막 말을 한번 들어보자고."

흔즈르예디는 거지들에게 밧줄로 단단히 묶어놓은 에브레헤를 자기 앞으로 데려오라고 명했다. 수장은 참으로 가련한 몰골을 하고 있었다. 거지들의 왕초가 그를 보며 말했다.

"수장, 보시게나. 이제 너의 주인은 나다. 네 목숨은 내 말 한마디에 달렸어. 아 참, 그리고 내가 너의 그 빨간 알약을 이 주일 동안 복용하지 않고 있다는 것도 아나? 이 죄 많은 종은 자살을 하고 싶었지. 그래서 너의 그 알약을 복용하는 것도 그만두었어. 그런데 무슨 조화인지, 그 약을 복용하지 않은 지 하루가 지나고 이틀이 지나도 이 가련한 영혼을 도무지 거둬가지 않더군. 어쩌면 죽었는데도 저세상으로 떠나는 게 늦어져 아직 깨닫지 못하고 있는지도 모르지. 말해봐, 혹시 오랫동안 날 속였던 건가?"

흔즈르예디는 조롱하기를 그만두고 이를 갈며 소리를 질렀다.

"날 속였어, 이 나쁜 놈 같으니라고! 오랫동안 내 인생을 엉망으로 만들고, 나를 너의 그 죄 많은 일에 이용했어. 나를 가련한 놈이라고 비웃으며, 나의 삶에 대한 욕구를 없앴어. 지금 네게 무슨 일이 일어날지 알고 있겠지? 마지막 소원이 있다면 말해봐, 그 정도는 들어줄 수 있으니."

모든 것이 끝났다는 걸 안 에브레혜는 흔즈르예디가 자신을 교살시키기 위해 매듭을 짓고 있는 밧줄을 보면서 작은 목소리로 말했다.

"있소, 뷘야민과 단 둘이 얘기를 나누고 싶소."

바로 그때 거지 한 명이 홀로 뛰어들어 넓은 허리띠, 주머니, 보따리, 소매 여기저기에서 금, 금화, 플로린을 사방으로 뿌리며 고함을 질렀다.

"어이, 여러분! 이리 오시오, 이리 오시오, 신이 축복을 주시리라 믿고 말하겠소! 여기에 돈으로 가득 찬 방이 있소. 오셔서 보따리를 채우고, 날 위해 좋은 기도를 해주는 것도 잊지 마시오. 돈을 발견한 사람이 나니까 모두 내 것인 셈이지만, 그것들 모두를 여러분에게 나의 안전을 위해 선사하겠소."

거지들은 돈으로 가득 찬 방으로 우르르 몰려갔고, 흔즈르예디는 에브레헤를 교살시키려고 준비한 밧줄을 벽에 있는 못에 건 뒤 이렇게 말했다.

"네 마지막 소원을 들어주마. 젊은이와 어떤 이야기든 마음껏 나눠라. 하지만 돌아오자마자 널 내 손으로 죽이겠다."

그러고는 돈을 약탈하는 거지들 사이로 들어갔다.

홀에서 뷘야민과 단 둘이 있게 된 에브레헤가 말했다.

"길의 끝이 보였다. 뷘야민. 나와 함께 거대한 지식의 원천도 사라질 거라고 생각하니 마음이 아프다. 내가 말한 것들은 기관이 오랜 세월 동안 수집한 지식들이다. 먼 나라에 있는 첩자들은 더이상 본부에서 소식을 받지 못할 테니 이제는 흩어져버릴 거다. 보물 창고에 있는 돈을 약탈하는 저 가련한 사람들을 봐. 그들이 만약 도서관에 있는 방대한 지식을 사용할 수 있다면, 약탈한 돈의 열 배, 아니 백 배를 소유할 수 있을 텐데 그것을 모르고들 있지. 난 그들이 기관에 있는 금과 은으로 만든 모든 것을 약탈한 후 이곳에 불을 지를 거라는 것도 알고 있다. 거대한 뇌는 이렇게 해서 사라지게 되겠지. 난 죄인으로 죽을 것이고. 만약 저세상이라는 곳이 있다면 내가 그곳에서 느낄 유일한 것이 있다. 그건 다름 아닌 수치이다. 어쩌면 난 오랫동안 최후의 심판의 날이 아니라 이 감정에서 도망치고 있었던 건지도 모른다. 자네로 말할 것 같으면 뷘야민, 네가 우준 이흐산 에펜디의 아들이라는 것을 내가 처음부터 알고 있었다는 걸 분명 알았겠지. 내가 찾는 사람이 너라는 것을, 네가 내 목숨을 구해준 날 알았다. '동전'은 네게 있었다, 품에 숨겨놓은 그 이상한 책 사이에. 놀라지 마라! 난 그것도 알고 있었다. 네가 밤에 자고 있을 때 네 방에 들어갔다가 알게 되었다. 그렇다, 네 방에도 들어갔었다. 네가 깨어날 리가 없었지. 왜냐하면 네가 마신 커피에는 깊은 잠에 빠지게 하는 약이 들어 있었으니까. 네가 자는 모습을 오랫동안 바라보며 네 원래 얼굴을 상상하곤 했다. 네 아버지를 닮았더구나.

너에 대해 내가 느꼈던 것을 설명할 수가 없구나. 어떤 느낌이, 그게 무엇인지 알 길이 없다면, 어차피 그건 느낌이 아니다. 너를 애초에 죽일 수도 있었고, 그 '동전'을 가질 수도 있었다. 하지만 난 그렇게 하고 싶지 않았다. 어차피 넌 내 손안에 있었으니까. 넌 내게 있어 그 돈만큼이나 소중했으니까. 마치 어떤 힘이 의도적으로 널 내 앞에 나타나게 한 것 같았다. 그래서 널 가까이에서 관찰하고 싶었다. 그렇게 해서 너의 무력함과 시시함이 무엇인지 알 기회를 갖게 되었지. 덕분에 힘과 권력에 대한 온갖 열정이 얼마나 큰 부덕인지도 알게 되었다. 너는 살아남기 위해 우리들만큼 노력을 하지 않더구나. 어쩌면 넌 이미 죽을 준비가 되어 있었던 건지도 모르겠다. 너의 목적은 너의 존재를 지속시키는 것이 아니라 아주 다른 것인 것 같았다. 그래, 난 이제 확신한다. 넌 절대로 영웅이 아니었다. 그 건방진 말도 누군가 네 귀에 대고 속삭였던 것이고, 그 누군가가 날 조롱하는 것 같았다. 마치 나, 그들, 그리고 모든 사람에게 일어나는 일들을 네가 보고 배우게 하기 위한 것 같았다. 무력한 너였지만, 온갖 권력을 다 가지고 있는 내 위에 있었다. 사건들에 개입하지 않고 우리 모두를 보고 관찰한 사람은 너였으니까. 우리가 널 괴롭혔을 때 넌 울었다. 무력함의 징후로 해석될 수 있는 이것은 실은 너의 삶이었다. 우리는 돌처럼 강하기는 했지만, 또 그만큼이나 생기가 없었다.

이렇게 해서 나는 힘이 곧 죽음이라는 것을 너로부터 배웠다. 난 널 관찰하고 있었다. 아! 이 세상을 너처럼 바라고, 네가 보는 것처럼 볼 수 있었다면 얼마나 좋았을까! 나는 세상을 일종의 힘의 재료로 보고 그것에서 나의 어둠을 보았다. 평생 내가 볼 수 있었던 가장 좋고 가장 멋진 것은 너였다, 뷘야민. 네게 많은 것을 말하고 싶었다. 하지만 시간이 얼마 남지 않았다. 내가 죽은 후 그 '동전'을 내 입에 넣고 턱을 묶어다오. 그것이 그 누구의 손에 들어가는 것도 원하지 않으니까. 잘 있거라! 잘 있거라, 뷘야민!"

에브레헤는 목소리를 낮추고 급히 마지막 말을 했다. 흔즈르예디가 그 많은 돈을 보고 황홀경에 빠졌는지, 건달 같은 말투로 낯뜨거운 노래를 부르며 그들에게로 오고 있었기 때문이다. 흔즈르예디는 걸어오면서 허리띠와 품에 쑤셔 넣은 플로린을 흥겨운 마음으로 사방에 흩뿌렸다. 그는 계속 노래를 부르면서 벽에 걸어놓았던 밧줄을 집어들더니 거기에 호주머니에서 꺼낸 비누를 칠했다. 이 작업을 정성스럽지만 최대한 느긋하게 하면서, 오랜 세월 동안 기다렸던 이 희열의 순간을 가능한 한 늦추고 싶어하는 듯 움직였다. 드디어 흔즈르예디는 한쪽 끝이 벽에 묶인 밧줄을 눈 깜짝할 사이에 에브레헤의 목에 감고는 당기기 시작했다. 있는 힘 껏 줄을 당기느라 목에 핏줄이 불끈 서는데도 그 건달 같은 노래를 계속 불렀다. 수장의 혀가 밖으로 튀어나왔다. 얼굴은 새파랗게 질렸고, 눈도 튀어나왔다. 흔즈르예디가 밧줄을 순간 늦추었다가 곧바로 당기자 에브레헤의 머리가 옆으로 떨어졌다. 목이 부러졌던 것이다. 만약 밧줄을 이렇게 빨리 당기지 않았더라면 그의 죽음은 더 오래 걸렸을 것이고, 거지들의 왕초는 더욱더 만족했을 것이다.

일을 마친 흔즈르예디는 가쁘게 숨을 몰아쉬었다. 시체에 침을 뱉은 후 거지들에게 소리쳤다.

"자, 모두 여기서 나가자! 돈을 자루에 모두 넣어라. 한 푼도 남겨두지 말고. 귀중품이란 귀중품은 모두 가져가라. 아니다, 아니다! 그냥 불을 질러라. 여기 사람들을 죽이든 살려두든 마음대로 해라, 어차피 산 채로 불에 타 죽을 테니. 이 벽들은 불에 강하다. 불이 밖으로 번져 우리가 해를 입는 일은 없을 테니 두려워마라. 에브레헤의 시체는 자루에 넣어라. 가지고 가 조합에 묻자. 매일 밤 이놈 무덤 앞에서 술을 마시고 돼지고기를 먹을 테다. 자, 지체하지 마라! 한 명씩 문에서 나가라. 빈베레케트는 맨 나중에 나와라. 불을 지르는 것도 네 임무다."

말을 마치고 흔즈르예디는 뷘야민의 팔을 잡고는 그를 출구 쪽으로 끌고 갔다. 통로를 지나 찻집으로 나갔을 때 험상궂은 얼굴을 한 찻집 주인은 보이지 않았다. 흔즈르예디의 오른팔인 알렘사트가 계산대를 지키고 있었고, 아이 하나가 손에 들고 있던 천으로 찻집 주인의 피를 바닥에서 닦고 있었다. 거지 두 명이 모두 나간 후 비밀 통로를 폐쇄하기 위해 밖에서 회반죽을 준비했다. 찻집에서 나갔을 때는 이미 아침예배 시간을 알리는 소리가 그친 후였다. 흔즈르예디 뒤쪽에서 거지 두 명이 에브레헤의 시체가 든 자루를 힘겹게 운반하고 있었고, 흔즈르예디는 젊은이의 셔츠를 거머쥐고 그를 조합으로 끌고 가고 있었다. 길 가던 사람들이 이상한 눈초리로 바라보는 것 같으면 미소를 지으며 이렇게 소리 질렀다.

"내 노예요! 갈 길이나 가쇼!"

조합 건물에 도착할 즈음 비가 내리기 시작했다. 돈 자루들은 아직 도착하지 않은 상태였다. 흔즈르예디는 안으로 들어가자마자 피곤을 씻어줄 커피 한잔을 내오라고 하면서, 에브레헤의 장례식을 위해 물을 끓이고 무덤을 파라고 명령했다. 음식을 요리하는 솥에 시체 씻을 물을 끓이는 동안 거지들의 왕초는 커피를 마셨다. 그사이 다른 거지들이 우르르 들어왔다. 그와 함께 돈 자루들도 끊임없이 들어왔다. 마지막으로 온 거지는 뷘베레케트가 기관에 불을 지른 후 통로 문에 끼이는 바람에 도망치지 못해 산 채로 불에 타 죽었다는 소식을 전했다. 보고가 끝나자, 그때까지 그의 눈에서 사라지지 않았던 생기가 꺼지고 말았다. 하지만 이 슬픔은 오래가지 않았다. 왜냐하면 돈 자루들이 열리고 그 액수를 세는 일이 남았기 때문이다. 이러한 이유로 거지들 몇몇은 먼저 에브레헤의 무덤을 파자고 했다. 시체 씻을 물이 이미 데워졌기 때문이다. 흔즈르예디는 시체가 든 자루의 주둥이를 푼 후 뷘야민에게 말했다.

"시체는 네가 씻어라. 네가 그의 목숨을 살리기도 했으니까. 그러니 혼자서 씻겨라."

시체는, 이스탄불 정복 전 룸 거지들이 동냥을 많이 모을 수 있게 해달라고 빌며 미지의 신에게 제물을 바쳤던 돌 위에 눕혀졌다. 두 개의 병풍을 가져와 다른 사람이 시체를 보지 못하게 하고, 배 위에 비누와 칼을 올려놓았다. 한 솥 가득 따스한 물과 수의용 천까지 준비되자 뷘야민은 시체와 홀로 남게 되었다.

젊은이는 어디서부터 시작해야 할지 몰랐다. 설상가상으로 셔츠 속에 숨어 있던 원숭이도 자꾸 움직여 그의 행동을 방해했다. 그래서 뷘야민은 에브레헤의 옷을 벗길 때 꽤나 애를 먹었다. 수장의 터번은 흔즈르예디가 목을 조를 때 바닥에 떨어지고 없었다. 머리는 깎지 않았고, 관습에 따라 상투도 틀지 않은 채였다. 핏기가 사라져, 그렇지 않아도 투명했던 피부가 거의 유리처럼 변해 있었다. 손의 얇은 피부 밑에 있는 뼈마저도 볼 수 있을 정도였다. 뷘야민은 시체가 입고 있던 옷을 벗기다가, 목뼈가 부러져 덜렁거리는 에브레헤의 머리를 보고 큰 두려움에 떨었다. 그는 난생 처음 시체를 만져보았던 것이다. 허리춤을 풀고 팬티를 벗겼을 때는 그만 얼어붙고 말았다. 인공 남근이 가죽 끈으로 허벅지에 단단히 매인 채 시체 가랑이 사이에 놓여 있었던 것이다.

뷘야민은 물을 몇 바가지 뿌린 후, 품에 있던 '동전'을 꺼내 에브레헤의 입을 벌리고 혀 위에 올려놓았다. 이 상태로 턱을 묶은 후 시체를 천으로 감고 꼭 동여맸다. 이로써 매장될 준비가 다 되었다.

저녁 무렵 비가 더 세차게 내리기 시작했고, 시체는 조합 건물 정중앙에 판 구덩이에 묻혔다. 무덤에 시체를 넣고 흙을 덮은 후, 그 위에 세심하게 돌을 깔았다. 흔즈르예디는 이 광경을 즐겁게 바라보았다. 물론 잠시 후 그 즐거움은 한층 더해질 것이었다. 무덤 바로 위에 만찬 상을 차리라고 이미 명령을 내렸기 때문이다. 조합 안에서는 양을 잡고 닭털을 뽑느라 난리법석이었고, 화로 위에서는 냄비가 끓고 있었다. 기관에 있는 셀 수 없이 많은 돈으로 산 몇 접시의 바크라와*가 쟁반에 놓였다. 밖에서 천둥 번개가 내리치는 가운데 양고기가 요리되었고, 솥에 가득 든 호샤프**가 알맞은 농도로 끓고 있었다. 몇몇 거지들이 생크림이 가득 든 양동이 네 개와 꿀 세 대접을 가지고 오자 아이들은 신명이 났다. 추도시를 짓는 시인들은 그날만큼은 슬픈 노래를 그만두고, 신나는 노래를 연주하기 시작한 악사들과 합세했다. 아파 보이라고 아편으로 마취시킨 아이들조차 눈을 크게 뜨고는 튀긴 닭, 바크라와 그리고 맛있는 음식들을 훑어보며 상 앞으로 부르기만을 기다렸다.

---

* 단 터키 음식의 일종.
** 즙이 풍부한 과일 스튜.

특히 흔즈르예디가 기관에서 찾아낸 신호용 폭죽을 조합 건물 안에서 터트려 돔을 붉은 불꽃들로 장식하자 즐거움이 극에 다다랐다. 그런데 번개에 이어 천둥소리가 들려오자 거지 한 명이 두려움에 떨며 소리쳤다.

"데르트리가 여기 있어! 우리들 사이에!"

정말로 데르트리가 돔 기둥 뒤에 몸을 숨기고는 그들을 주시하고 있었다. 하늘의 번개를 끌어당기는 이 위험한 남자를 보자마자 거지들은 비명을 지르기 시작했다.

"이 재수 없는 놈이 건물에 번개가 떨어지게 할 거야, 쫓아내!"

"저놈 허리를 부러뜨려버려. 죽여!"

"돌을 던져! 죽여!"

"조심해, 권총을 가지고 있다!"

돌과 몽둥이를 가지고 데르트리를 향해 돌진하던 군중들이 그의 무기를 보고 멈춰 섰다. 데르트리의 허리춤에 있는 두 번째 권총을 알아채고는 어찌할 바를 몰라 우왕좌왕했다. 이때 흔즈르예디가 앞으로 뛰어나와 벼락같이 소리를 질렀다.

"이 비열한 놈아! 여기가 어디라고 왔느냐? 우리 머리 위에 번개를 내리칠 작정이냐? 이곳에 발을 내딛자마자 내가 죽이겠다고 말하지 않았느냐? 여기서 나가라는 말을 할 필요조차 없다. 지금 본때를 보여주마!"

흔즈르예디는 몸을 숙이더니 에브레헤의 시체를 씻었던 돌 뒤에 몸을 숨기고 허리춤에서 권총을 빼들어 데르트리를 향해 쏘았다. 건물의 돔이 권총 소리로 메아리쳤다. 그러나 목표물을 빗맞히고 말았다. 데르트리가 손에 권총을 들고 자신이 있는 쪽으로 다가오자 흔즈르예디는 거지들에게 소리를 질렀다.

"제발! 저놈이 너희들의 왕초를 죽이려고 다가오고 있다! 날 도와줘!"

하지만 건물의 창문들이 아주 가까운 곳에 떨어진 번개로 밝아지자 거지들은 공포에 사로잡혔다. 하늘도 흔즈르예디의 권총처럼 진짜 목표물을 맞히지 못한 게 분명했다. 그래서 그들도 간신히 살아남았던 것이다. 번개가 친 다음에 하늘이 우렁차게 으르렁대자 거지들의 사기는 확 꺾여버렸다. 다음에 칠 번개는 분명 건물 꼭대기에 떨어질 것이다. 제일 나약한 겁쟁이들이 먼저 줄행랑을 쳤다. 얼마 지나지 않아 가장 용감한 자들도 그들을 따라 이 위험한 장소를 다급하게 빠져나갔다. 하지만 흔즈르예디는 돌 뒤에서 나가 문 쪽으로 뛰어갈 수가 없었다. 그래서 데르트리에게 애원하기 시작했다. 이에 대해 상대는 대답조차 하지 않았다. 그러다 권총을 내렸다. 마치 가라고 허락을 하는 듯. 흔즈르예디가 그를 설득했다고 생각하고는 경솔하게 일어서서 문을 향해 뛰기 시작하자 권총이 발사되었다.

거지들이 밖에서 지독한 비를 맞으며 "정말 조합 건물에 번개가 떨어질까?" 하고 수군대고 있을 때 건물 안에는 세 명만이 남아 있었다. 흔즈르예디가 고통으로 몸부림치는 동안 데르트리가 뷘야민에게 속삭였다.

"내게 베푼 선행을 난 잊지 않아. 이제 여기서 편히 나갈 수 있을 거야. 하지만 서둘러. 저기 작은 문이 있어. 저기로 나가면 아무도 널 보지 못할 거야. 문에 자물쇠가 있을 거야. 잡아당기면 쉽게 열려. 자! 행운을 빈다!"

정말로 자물쇠는 쉽게 열렸다. 이제 그는 자유였다. 지독한 빗속에서 디완 율루를 향해 뛰어가다가 뷘야민은 뒤를 돌아보았다. 깜깜한 밤, 심하게 쏟아지는 빗속이라 조합 건물을 잘 분간할 수 없었다. 하지만 갑자기 내리친 번개에 사방이 환해졌다. 번개는 건물에 적중했다. 곧이어 들려온 천둥소리가 거지들의 비명 소리를 덮은 순간 조합 건물은 불길에 휩싸였다.

어둠

옛날에 아나톨리아의 어떤 마을에 환상가이자 항상 생각에 몰두하여 넋을 잃고 있는 어떤 상인이 살고 있었다. 거의 매일 넋을 잃고 환상에 빠져 있어서 언제 빌린 돈을 갚고 빌려준 돈을 받아야 하는지 자주 잊어버렸고, 툭하면 수입을 잘못 계산하고, 금전출납부를 작성하면서도 크고 작은 실수를 했다. 그래서 그의 자본은 갈수록 줄어들었다. 하지만 그는 도무지 환상을 꿈꾸는 일을 포기하지 않았다. 다른 동료들처럼 일에 있어 능수능란하지도 않았고, 무에서 유를 창조하지도 않았으며, 죽기 살기로 일하지도 않았기 때문에 피곤하지도 않았다. 어느 날 밤 그는 하루의 피로를 내던지기 위해서가 아니라 단지 꿈을 꾸기 위해 침대에 누웠다. 꿈속에서 그는 어떤 집 창문 앞에 서 있는 자신을 보게 되었다. 이 창문으로 안을 들여다보자, 요람을 연상시키는 침대에서 쿨쿨 자고 있는 남자와 그의 머리맡에 앉아 손에 펜을 들고 공책에 글을 쓰고 있는 한 남자가 보였다. 큰 키에, 눈이 위로 치켜올라가고 광대뼈가 튀어나온 이 남자는 가끔 손에 들고 있던 펜을 놓고 잠자는 남자의 이불을 덮어주었고, 깰 듯해 보이면 살살 다독거려주었다. 그러다 갑자기 뒤를 돌아보았는데, 창문을 통해 안을 들여다보던 상인과 눈이 딱 마주쳤다. 그의 얼굴에 놀람인지 분노인지 알 수 없는 표정이 어렸다. 이 순간 상인은 꿈에서 깨어났다. 그날 그는 가게에 나가지 않고 몇 시간 동안 해몽 책을 뒤적거렸다. 그러나 길몽이나 흉몽으로 해석할 징조를 발견하지 못했고, 그 꿈을 계속 꾸게 되리라는 희망으로 다음 날 밤 다시 침대에 누웠다. 얼마 지나지 않아 잠에 빠져든 그는 꿈속에서 다시 그 창문 앞에 서 있는 자신을 발견했다. 키 큰 남자는 여전히 공책에 글을 쓰고 있었고, 다른 사람은 침대에 누워 잠을 자면서 꿈을 꾸고 있었다. 상인이 이 장면을 호기심 어린 눈으로 바라보고 있을 때, 키 큰 남자가 다시 뒤를 돌아보고는 자신들이 관찰당하고 있다는 걸 알게 되었다. 화가 난 그는 자리에서 일어나 창문 쪽으로 와서는 상인의 면전에서 커튼을 닫아버렸다. 여기에서 꿈이 끊어져 깨어난 상인은 곧장 해몽 책을 펼쳤다. 아무리 책을 뒤져보아도 여전히 아무것도 찾을 수 없었던 상인은 세 번째 밤에 희망을 걸었다. 밤이 오길 학수고대하던 상인은 해가 지고 몇 시간이 지나자 침대에 누워 잠에 빠져들기를 기다렸다. 얼마 지나지 않아 그는 깊은 잠에 빠져들었고, 다시 같은 창문 앞에 서 있는 자신을 발견했다. 커튼은 닫혀 있었다. 안을 보기 위해 상인은 어쩔 수 없이 커튼을 들추어봐야 했다. 하지만 그것이 함정이라는 것을 그는 알지 못했다. 왜냐하면 커튼을 살짝 열자마자 키 큰 남자와 맞닥뜨리게 되었기 때문이다. 다른 사람은 여전히 자고 있었다. 키 큰 남자는 상인에게 잠자는 사람을 깨우지 않기 위해 속삭이듯 말했다.

"이 비열한 놈아! 사흘 동안 넌 창밖에서 우릴 살펴보았어! 너 때문에 글 쓰는 걸 그만두어야 했다. 뭘 그리 궁금해하느냐? 자, 말해보거라. 호기심 때문에 이 사람 저 사람에게 피해를 주었으니, 네게 어떤 벌을 줄까?"

상인은 몸 둘 바를 몰라 하면서 말했다.

"날 용서해주시오, 키 큰 양반. 그렇소, 나는 사흘 동안 이 창문에서 당신을 주시하고 있었소. 당신이 뭘 하는지 궁금했기 때문이오. 만약 그것을 안다면 내가 본 것이 상서로운 것인지, 불길한 것인지 알 수 있을 것 같소. 그러니 내게 여기서 무슨 일을 하고 있는지 말해주시오. 그런 다음 당신이 원하는 벌을 내리시오."

키 큰 남자가 설명하기 시작했다.

"저기 침대에서 자고 있는 사람이 보이느냐? 저 사람을 내가 상상해냈다. 저 사람은 잠을 자면서 많은 꿈을 꾸지. 나는 그가 꾸는 꿈을 하나하나 공책에 옮겨 적고 있다."

상인은 너무 놀라 입을 딱 벌리고는 물었다.

"그렇다면 그는 어떤 꿈을 꾸고 있습니까?"

키 큰 남자는 일을 도중에 그만두었기 때문에 조급해하면서 마지못해 대답을 했다.

"그는 너를, 다른 사람들을, 그리고 이 세상을 보고 있다. 넌 정말 호기심이 많구나! 날 쉽사리 놓아줄 것 같지도 않고. 이렇게 호기심이 많으니, 지금 널 원숭이로 만들어줄까? 그럴까? 말해봐!"

상인은 두려워하며 소리쳤다.

"아니오! 아니오! 그러지 마세요. 맹세컨대 다시는 오지 않겠습니다!"

남자는 걱정과 분노가 섞인 목소리로 속삭였다.

"조용히 해! 소리치지 마! 저 사람을 깨우겠구나. 난 여기서 진지한 일을 하고 있단 말이다. 그래, 널 원숭이로 만들진 않겠다. 그 대신 다시는 날 귀찮게 하지 마라. 넌 앞으로 평생 잠을 자지 못하게 될 것이다. 그러니 꿈도 꾸지 못하게 될 것이고."

꿈이 끝나자마자 상인은 깨어났다. 그리고 당장 해몽 책을 펼쳤다. 하지만 그 꿈에 대한 논리적 해석을 찾을 수는 없었다. 그의 모든 희망은 밤에 잠이 들어 꾸게 될 꿈에 있었다. 그는 해가 지기를 목이 빠져라 기다렸다가 침대에 누웠다. 그런데 자정이 지나도 잠이 오지 않았다. 아침이 되었을 때 지난밤 한숨도 자지 않았는데도 몸이 가뿐했다. 불면이 다음 날도, 그다음 날도 계속되자 의원을 찾아가보기로 마음먹었다. 하지만 자신에게 처방해준 수면 시럽을 첫날 밤 한 수저, 둘째 날 밤 세 수저, 그다음 날은 한 병을 다 마셨는데도 아무런 효과가 없었다. 그후 그 시럽을 물 대신 마시고, 하루 종일 아편 껌을 씹어도 하품조차 나오지 않았다. 그래서 어떤 여행가가 마그립에서 병 속에 담아 온 체체파리를 금화 두 닢에 사서 자기 몸을 물게 했다. 또 이웃의 조언에 따라 침구를 어깨에 메고 일곱 명의 잠자는 성인의 동굴*까지 갔다. 거기에서

294

도 잠을 자지 못하자, 그 유명세가 세계 방방곡곡에 퍼져 있고, 그 이름이 여기저기 회자되는 어떤 마법사를 찾아갔다. 그는 자신의 고민을 설명하고 나서 잠을 잘 수 있는 희망의 빛이 있다는 걸 알게 되었다. 마법사는 우리가 잠시 거쳐 갈 이 세계의 어떤 곳에 십 년 동안, 어쩌면 백 년 동안 잠을 자는 사람이 있는데, 만약 그 사람을 찾아 깨우는 데에 성공하면 불면증이 그의 목덜미를 놓아줄 것이라고 말했다.

마법사의 말을 듣고 희망을 품게 된 상인은 상점을 팔아 낙타 세 마리를 산 다음 낙타 등에 뮈르뮈르 새**의 똥으로 만든 거름을 실었다. 이 거름은 튤립 구근을 엿새 만에 크게 자라게 하는 신비로운 것으로, 상인은 이 값진 물건을 팔면서 세계 방방곡곡을 돌아다니기 시작했다. 거쳐 가는 나라와 마을에서 장사를 하며 사람들에게 십 년 동안 잠을 자는 남자에 대해 물었고, 그 대답에 따라 목적지를 바꾸었다. 다마스쿠스 근처에 있는 어떤 마을에 도착했을 때, 촌부 한 사람이 그에게 한 성자가 정확히 칠 년 동안 잠을 자고 있는데 그 남자의 부인이 그를 이 마을 저 마을 데리고 다니면서 사람들에게 금화 세 닢을 받고 보여준다는 이야기를 들려주었다. 촌부의 말에 의하면 그의 부인은 잠자는 남편 덕분에 꽤 많은 재산을 모았다고 한다. 그러면서 그 기적을 마을 밖에 세워둔

---

* 코란의 열여덟 번째 장인 동굴 장에 나오는 이야기로 우상숭배자들 사이에서 사는 것에 진력이 난 일곱 명의 젊은이들이 동굴에 들어가 삼백구 년 동안 잠을 잤다는 내용이다.
** 작가가 지어낸 상상의 새.

천막에 가면 볼 수 있다고 했다.

상인이 천막에 도착했을 때, 이미 많은 사람들이 칠 년 동안 자고 있는 성자를 보기 위해 천막 입구에 줄을 서 있었다. 차례가 온 사람들은 일곱 명씩 무리를 지어 성인의 늙은 아내에게 금화 세 닢을 지불하고 천막 안으로 들어갔다. 안에서는 우람한 몸집의 흑인이 사람들이 시끄럽게 떠들지 않도록 감시하고 있었다. 흑인은 구경꾼들 중 누군가가 놀란 나머지 고함이라도 질러 성자를 깨워 자신의 밥줄을 끊는다면, 철퇴로 그의 머리를 내리칠 준비를 하고 있었다.

자기 차례가 온 상인은 안으로 들어가 오리털 침상에 누워 있는 성자를 보고, 자신이 찾던 사람이 이 사람일 수도 있다고 생각했다. 가슴이 희망으로 떨려왔다. 그후 상인은 성자를 깨우기 위한 방법을 찾기 시작했다. 저녁때까지 그 방법을 찾는 데 골몰하던 상인은 드디어 해결책을 찾았다. 그날 밤 마을 술집에서 수소문한 끝에, 그 지역에서 가장 잘 우는 닭이 어떤 마을의 닭장에 있는지 알아낸 상인은 아침 무렵 길을 나섰다. 날이 밝아올 즈음, 신경질적이며 멍한 사람들이 사는 한 마을에 도착했다. 잠을 자지 못해 멍한 상태인 몇몇 남자들이 어렵사리 잡은 어떤 닭을 죽이려고 그 루터기로 데려가는 모습이 눈에 띄었다. 그 남자들의 멍한 상태는, 그 닭이 달걀에서 깨어 나온 이후 매일 아주 이른 시간에 아주 끔찍한 소리로 울어대 수면의 평안을 깨뜨린 데에서 비롯된 것이었다. 제때에 도착한 상인이 마을 사람들의 멍한 상태를 이용하여, 그 지역에서 가장 목청 좋게 우는 닭을 금화 반 닢에 사서 마을로 돌아왔을 때는 해가 뉘엿뉘엿 넘어가고 있었다. 자정까지 기다린 후 성자가 자고 있는 천막으로 간 상인은 울지 못하도록 닭 주둥이에 묶어두었던 가죽 끈을 풀고 닭을 천막 위에 올려놓았다. 닭은 자유의 몸이 되었다는 것을 알고는, 한두 번 홰를 치더니 펄쩍 뛰어 천막의 중간 기둥 꼭대기에 앉았다.

상인은 흥분으로 쿵쿵 뛰는 심장을 진정시키며 천막을 볼 수 있는 언덕으로 올라가 바위 뒤에 몸을 숨기고는 귀를 밀랍으로 막았다. 자정이 훨씬 지나 곧 아침이 올 참이었다. 천막이 세워져 있는 계곡이 정적에 휩싸여 있던 그 순간, 갑자기 닭이 얼마나 구슬프고 끔찍한 목소리로 울어댔던지, 천막에 당장 불이 들어왔다. 성자의 부인은 잠을 자는 것으로 식솔들을 건사했던 남편이 깨어난 것을 보고는 통곡하며 비명을 질러댔다. 흑인은 밥줄로 여기던 남자를 다시 잠재우기 위해 온갖 애를 썼지만 허사였다. 성자는 당연히 잘 차린 아침상, 특히 수죽이 들어간 계란 요리를 달라고 했다. 남편의 요구에도 못 들은 척 계속 울던 성자의 아내는 천막 기둥 위에 앉아 있는 닭을 잡아, 닭 끓인 물로 지은 밥을 잠이 덜 깨 멍해 있는 남편에게 주었다.

흥이 나서 즐거운 마음으로 마을로 돌아간 상인은 시장에서 가장 폭신한 오리털 베개와 칠십 번 튼 솜이 든 부드러운 요를 샀다. 그러고는 저녁예배를 올린 후 머물고 있는 여인숙 방으로 돌아와 침대에 누워 잠이 오기를 기다렸다. 하지만 그날 밤도, 그다음 날 밤도 잠을 이루지 못했다. 마법사에게 속았다고 생각한 그는 다시 마법사를 찾아가, 그동안 일어난 일을 얘기하며 돈을 돌려달라고 했다.

하지만 마법사는 돈을 돌려주지 않았다. 그는 그 일의 전모를 알고 있다고 주장했다. 상인이 틀린 사람을 깨웠다는 것이었다. 그 성자는 수년 전에 어떤 처녀를 사랑하게 되어 그 처녀의 아버지를 찾아가 처녀를 달라고 했던 불운한 사람이었다. 처녀의 못된 아버지는 그에게 마을 동쪽에 우뚝 솟은 거대한 산을 삽과 곡괭이로 평평하게 만들어 해가 두 시간 먼저 떠오르게 하라고 했다. 이를 하지 않거나 못하면 자기 딸을 절대 줄 수 없다고 말했다. 사랑의 열정으로 불타오르던 가련한 청년은 이 장애물을 뛰어넘기 위해 밤낮으로 삽질을 하여 비열한 아버지의 바람을 들어주었고, 마침내 처녀와 결혼을 했다. 하지만 너무나 지쳐 첫날밤에 그만 곯아떨어지고 말았다. 이렇게 해서 그는 정확히 칠 년 동안 잠을 자게 되었던 것이다.

상인은 이 경험을 교훈으로 삼으라고 말하는 마법사의 눈앞에서 절망을 숨기지 못하고 물러났다. 낙타와 함께 방방곡곡을 돌아다니는 동안에도 때때로 그 마법사가 한 말이 맞는지 곰곰이 생각해보았다. 그가 거쳐간 곳들에서 칠 년, 팔 년, 아니 십오 년 동안 자고 있는 사람들을 우연히 보았기 때문이다. 하지만 그들 가운데 누구도 그가 찾는 사람은 아니었다. 많은 세월이 흐른 어느 날, 상인은 콘스탄티노플에 들르게 되었다. 낙타들을 위스퀴다르에 둔 상인은 중개인에게 수수료를 주고 싶지 않아 타흐텔칼레에서 직접 팔려고 했던 뮈르뮈르 새의 거름을 어떤 배에 실어놓았다. 그리고 베데스텐 근처에 있는 한 여인숙에 짐을 풀었다. 요 위에서 뒤척거리기만 할 뿐 도저히 잠을 잘 수 없자 상인은 마당으로 나왔다. 그러다가 마당을 죽 둘러싸고 있는 처마 밑에 놓인 요에 구부리고 누워 쿨쿨 잠을 자는 여인숙 경비원을 보게 되었다. 그는 아침까지 그 잠자는 남자를 부러워하며 바라보았다. 해가 뜬 지 오래인데도 경비원이 여전히 잠에서 깨어나지 않자, 그는 물건을 노새에 싣고 경매장으로 향했다. 뮈르뮈르 새의 거름이 실제 가치보다 세 배나 비싼 값에 팔려 주머니에 가득 든 돈이 발밑에 떨어졌는데도, 그는 여전히 그 경비원만을 생각하고 있었다. 저녁 무렵 자신의 물건을 챙기려고 여인숙으로 간 그는 여전히 자고 있는 경비원을 보자 의문이 더더욱 커졌다. 위스퀴다르로 가 새 물건들을 실은 낙타들을 몰고 출발한 지 얼마 지나지 않았을 때 이 의문에 대한 답을 찾았다는 생각이 들었다. 그러나 자신이 가져온 물건을 콘스탄티노플에서 멀리 떨어진 곳에 가 팔 때도 이 답에 대한 확신은 없었다.

그래서 일 년에 두 번 콘스탄티노플로 가, 그 경비원이 여전히 자고 있는지를 확인하는 것이 습관이 되어버렸다. 갈 때마다 경비원은 요에 몸을 구부린 채 계속해서 쿨쿨 자고 있었고, 가끔 일어나 소변을 보는 일도 없었다. 소극적인 성격의 상인은 여인숙 사람들에게 이 경비원이 깨어 있는 모습을 본 적이 있는지 물어보았지만 아무런 소득도 얻지 못했다. 그날까지 아무도 그 경비원에게 신경을 쓰지 않았고, 앞으로도 그에게 관심을 가질 사람은 없을 것 같았다. 그렇지 않아도 환상을 꿈꾸고, 부끄러움을 많이 타던 상인은 날이 갈수록 더 내성적인 사람이 되었다. 그리고 콘스탄티노플에 더 자주 들르기 시작했다. 어쨌든 그사이 재산도 많이 불었다. 하지만 그는 돈에는 관심이 없었다. 단지 경비원이 깨어나기를 학수고대할 뿐이었다.

많은 세월이 다시 흐른 후 상인은 콘스탄티노플에 한 번 더 오게 되었다. 여느 때처럼 에민외뉘에서 노새에 물건을 싣고 디완욜루로 들어갔을 때 세찬 소나기가 쏟아지기 시작했다. 주전소 앞을 지나다 건물 지하에 있는 통로에서 연기가 나는 것을 보았다. 흥미로운 것은 주위에 많은 거지들이 있다는 점이었다. 그가 여인숙에 도착했을 무렵에는 비가 더욱 세차게 내렸다. 오랫동안 주시하고 있었던 경비원은 처마 밑에 있는 요에서 여전히 자고 있었다. 얼굴에 희망의 빛이 나타난 상인은 방으로 들어가 잠시 여독을 풀려고 했다. 시간을 보내기 위해 철책이 되어 있는 창문 밖으로 번개 치는 것을 구경하며 생각했다. 하지만 오랜 세월 동안 찾던 문제의 답은 여전히 알 수 없었고, 머릿속엔 아무것도 번개처럼 번쩍하고 떠오르지 않았다. 그때 하늘에서 떨어진 번개가 거지들이 살고 있는 방치된 어떤 사원에 적중하면서 화재가 발생했다. 상인은 그 광경을 오랫동안 구경했다. 소나기의 기세가 꺾이다가 그친 것이 불이 더 크게 번지는 원인이 되었다. 그러나 머릿속에 있던 물음이 도무지 상인을 편히 놓아주지 않아 불구경도 맘 편히 할 수가 없었다. 결국 밤에 쓰는 납작한 모자를 귀까지 내려 쓰고, 긴 웃옷을 헐렁한 바지 위에 입고는 마당으로 나갔다. 그는 여인숙의 나무 계단을 맨발로 내려가면서 손 모양의 나무 막대로 등을 긁었다. 여인숙의 경비원은 여전히 같은 자리에서 자고 있었다.

상인은 맨발로 진흙이 된 마당을 걸어서 경비원 곁으로 갔다. 그 남자를 습관처럼 관찰하던 차에 마당에 제삼자가 있다는 것을 알아채고는, 그 어둡고 후비진 구석을 쳐다보았다.

어둠 속에, 젊은이라는 것을 즉시 알 수 있는 그림자가 있었다. 상인은 처마에 걸려 있는 등불을 들고 그림자를 향해 걸어갔다. 불빛이 젊은이의 흉터투성이 얼굴을 밝혔는데도 상인은 놀라거나 무서워하지 않고 말했다.

"안녕하신가! 자네도 잠이 오지 않나보군그려. 무척 피곤해 보이는데 말이야. 오랜 항해를 한 사람 같군. 내가 자네라면 편한 요를 찾아 잠을 잤을 텐데. 그런데 자네 이름은 뭔가?"

"뷘야민!"

"그렇군. 우리 고향에서는 그 이름을 '빈 예민'이라고 발음하지. '오른손의 아들'이라는 의미일세. 자네 아버지가 자넬 아주 사랑했나보군. 그렇지 않다면 자네에게 그런 이름을 지어주지 않았겠지. 무슨 고민이 있나, 자네? 모든 사람들이 저 거지들의 조합으로 불구경을 하러 갔어. 잠이 오지 않으면 자네도 가서 불구경이나 하게. 시간을 보낼 수 있을 테니."

"그럴 필요 없습니다. 어차피 거기서 오는 길이거든요. 그러는 당신은 왜 구경하러 가지 않았습니까?"

"내게는 그보다 더 흥미로운 것이 여기 있거든. 그러니 아침까지 불이고 뭐고 구경하지 않을 걸세."

"그게 무엇입니까?"

"자네는 세상풍파를 많이 겪은 사람 같군, 젊은이. 그러니 뭔가를 알 수도 있겠어. 저기 보이는 여인숙 경비원 있잖은가. 그러니까 저기 앞에, 요에서 코를 고는 남자 말이야. 바로 저 사람이 내 관심을 끌고 있네. 뭐 이상하게 생각하지 말게, 내게 변태 기질이 있는 건 아니니까. 오랜 세월 동안 이 도시를 오갔는데, 항상 자고 있는 저 남자를 보게 되었네. 밤에 소변을 보러 가는 것도 본 적이 없네. 먹지도 않고 마시지도 않아. 마치 이 세상에 잠을 자기 위해 태어난 것 같아. 그 누구도 저 남자에게 관심을 갖지 않아. 조용히 잠을 자는 것 같지만, 무슨 꿈을 꾸고 있는지 누가 알겠나? 꿈을 꾸고 있는 건 확실하거든. 왜냐하면 입술이 계속 움직인단 말이야. 원한다면 같이 가서 그 남자를 가까이서 보세."

뷘야민은 자리에서 일어나 상인과 함께 경비원 곁으로 가 남자의 입술이 정말로 움직이고 있는 것을 보았다. 수줍은 성격의 상인이었지만, 젊은이가 곁에 있다는 것에 용기를 얻었는지 남자의 가랑이 사이에 손을 넣고 더듬거린 후 놀라며 말했다.

"아! 소변이 마려워서 그런지 물건이 딱딱해졌는걸. 어쩌면 잠시 후 화장실에 가려고 일어날지도 몰라."

여인숙 경비원은 바로 이 말이 끝나자 다른 쪽으로 돌아누웠고, 코고는 소리가 한동안 끊겼다. 닭이 울기 시작하자 깨어날 것처럼 보였다. 코고는 소리 대신 신음 소리를 내기 시작했다. 혼수 상태와 선잠의 중간 상태인 것 같았다. 닭들이 차례로 다시 울기 시작했을 때, 경비원은 밤에 쓰는 모자 밑으로 손을 넣어 머리를 긁적거렸고, 요에서 한 번 더 옆으로 구른 후 규칙적으로 숨을 쉬기 시작했다. 그사이 가랑이 사이를 긁는 것도 게을리 하지 않았다. 닭들이 세 번 울었을 때는 기침을 했다. 그런데 그가 잠에서 깨어나는 과정과 정반대의 과정이 상인에게서 나타나기 시작했다. 여인숙 경비원이 여전히 눈을 감은 상태에서 새끼손가락으로 귀를 후비고 있을 때, 상인은 하품을 하기 시작했던 것이다. 얼마 지나지 않아 상인의 눈에 잠의 구름이 드리우기 시작했다. 갑자기 몰려오는 졸음에도 불구하고 잠이 달아날까 걱정이 된 상인은 젊은이에게 작별 인사도 하지 않고 그의 곁을 떠났다. 그리고 혼미한 상태로 나무 계단을 올라 방으로 들어가 아편 농축액을 흡수시킨 오리털 베개에 머리를 올려놓았다.

여인숙 경비원과 단 둘이 남게 된 뷘야민은 자신이 왜 당황하는지도 잘 모르면서, 마음속의 알 수 없는 충동으로 아버지 우준 이흐산 에펜디의 아틀라스를 기억해냈다. 품에서 책을 꺼내 페이지를 넘겼고, 이번에는 제목을 정확하게 읽었다. 그것은 '안개 낀 대륙의 아틀라스'였다. 페이지를 뒤적거리다가 몇몇 아는 이름을 보았지만 그는 놀라지 않았다. 처음부터 끝까지 절대로 읽을 수 없는 책의 마지막 장을 열고 되는대로 아무 곳이나 보았다. 다음과 같은 글이 눈에 들어왔다.

사랑하는 내 아들아,

한때 내가 살았던 집, 한밤중 집에 돌아올 때 들고 있던 그 등불, 벽에 걸려 있던 페르시아 산 카펫, 그리고 실은 실제 도시인 갈라타에서 보았던 모든 것이 오로지 내 머릿속에 있는 사고라는 생각이 내 머릿속에 박혔을 때, 나는 내 판단력이 약해졌다는 결론을 내렸다. 하지만 이제 와 생각해보니, 나는 오류를 범했던 것이다. 그것들은 정말로 나의 꿈이었다.

나는 나의 이 생각을 맨 처음 미헬 지역 막다른 골목에 있는 찻집에서 알리 사이드 첼레비에게 피력했었다. 너도 알다시피 그 좋은 의도를 가진 사람은 항상 내게 과분할 정도로 존경을 표하고, 내가 무엇을 말하든지 금방 믿었다. 그에게, 우리가 앉아서 대화를 나누던 그 찻집 주인, 그의 손님들, 그리고 우리가 사는 세계에 있는 그 모든 것이 오로지 나의 사고에 있는 것이라고 말했을 때, 그는 손가락으로 자신을 가리키며 '그렇다면 저는요?'라고 물었다. 이미 예상했던 대답을 들은 그는 어쩐지 무척 우울해하더구나. 그가 무슨 생각을 했는지 누가 알겠느냐? 이렇게 해서 알리 사이드 첼레비는 자신이 나의 머릿속에 살고 있다고 믿는 유일한 사람이 되었단다. 이것이 그를 많이 놀라게 했다고는 할 수 없다. 왜냐하면 다음 날 내게 와서는 고민을 털어놓았기 때문이다. 그는 술탄 아흐메트 사원의 뮈에진이 되고 싶어했다. 그 교육도 받았지만 그를 챙겨주거나 지지해주는 사람이 없어, 도무지 그 일을 할 수가 없었다더군. 그래서 나에게 자신을 그 사원의 뮈에진으로 꿈꾸어달라고 부탁했던 것이다. 물론 그의 이 바람을 들어줄 수도 있었다. 하지만 나는 거절했단다. 그런데도 그는 끈질기게 부탁을 했지. 다음 날 그는 겨드랑이 밑에 거위를 끼고 손에는 계란 한 바구니와 버터 한 덩어리를 들고 우리 집 대문을 두드렸다. 나는 그의 바람을 일부라도 들어줄 수밖에 없었다. 알리 사이드 첼레비는, 뮈에진은 아닐지라도, 지금 술탄 아흐메트 사원에서 경리로 일하고 있다. 하지만 내가 해준 선행을 잊었는지, 내 안부를 묻지 않은 지 오래되었다.

너, 내 사랑하는 아들아. 너도 내가 누구인지, 먹고 마시지도 않고 몇 날 며칠을 어떻게 사는지, 우리 살림을 꾸려 나가던 돈이 어디에서 온 것인지 도무지 내게 물을 용기를 내지 못하더구나. 네가 믿지 않을 거라는 걸 알면서도 나는 그 돈의 출처를 네게 말해주겠다. 내 호주머니에 금화 백 닢이 있게 하려면, 그저 내 머릿속에서 금화 백 닢을 꿈꾸는 것으로 충분했단다. 너를 놀라게 하고 싶지 않으니 이제 더이상은 말하고 싶지 않구나. 그러나 네가 보고 들은 모든 것이 이 가련한 아버지의 머릿속에 있는 상상에 의거한 것이라는 사실은 믿어라! 물론 몇 가지 예외는 있다. 네 진외종조 아랍 이흐산, 그 멋진 건달은 공과 어둠을 읽는 나 같은 겁쟁이가 한 걸음조차 내딛기를 꺼려한 현실 세계의 아틀라스를 그린 사람이다. 그는 오래전에 죽었지만, 그의 호탕한 웃음소리는 여전히 귓가에서 메아리치고, 그에 대한 상상은 여전히 내 머릿속에 살아 있다. 내가 왜 그를 꿈꾸었냐고? 어쩌면 너, 하나밖에 없는 내 아들이 그를 알았으면 했기 때문이겠지. 단지 그뿐이었다.

왜냐하면 모든 아버지는 아들에게 무엇인가를 가르치고, 그에게 옳고 진정한 것을 보여주고 싶어하기 때문이다. 하지만 나는 네게 나의 꿈 이외에 달리 줄 것이 없었다. 그래서 너에게 지금 네가 들고 있는 이상한 책을 준 것이다. 하지만 안타깝게도 '세계'를 보여주지는 못했다. 사실 네게 캬팁 첼레비가 『지한뉴마』*라고 번역하여 내게 선물해준 『아틀라스 미노르』** 같은 책을 남겨주고 싶었다. 그러나 세상을 등진 나 같은 사람의 머릿속에 공 이외에 무엇이 있겠느냐? 내가 꿈을 창조하는 원천이었던 공의 아틀라스, 즉 『아틀라스 와주이』를 이 때문에 썼다. 읽으라는 의미가 아닌 경험하라는 의미에서 말이다.

내 머릿속의 꿈인 사랑하는 아들아, 이렇게 해서 너는 가련한 아버지가 경험하지 못한 것들을 경험했고, 만지지 못한 것들을 만졌다. 너는 아버지가 자신의 아들에게 기대할 법한 그런 영웅이 아니었다. 눈에 띄지도 않는 소박한 사람이었다. 그래서 나는 가끔 네 귀에 너의 성격과 부합되지 않는 말들을 속삭일 수밖에 없었다. 왜냐하면 꿈을 꾸지 않고, 그저 공을 숭배하는 사람들 앞에서 네가 작아지지 않았으면 했기 때문이다. 결국 너는 내가 널 위해 꾸었던 모험을 경험했고, 이렇게 널 위해 쓴 아틀라스를 읽게 되었다. 이제 내게서 배울 최후의 것을 배운 셈이 되었구나.

그렇지만 나는, 내 자신과 관련된 일련의 문제들을 여전히 풀지 못하고 있단다. 렌데캬르는 생각한다는 것에서 존재한다는 결과를 도출했다. 나도 생각한다, 고로 나는 존재한다. 하지만 나는 누구인가? 갈라타에, 엘켄지 한 바로 옆에 사는 우준 이흐산 에펜디인가, 아니면 오늘부터 정확히 삼백팔 년 후, 예를 들면 이즈미르에 사는 슬프고 어리둥절한 남자인가? 우리 둘 중 누가 꿈이고 누

---

* 터키학자 캬팁 첼레비(1611~1682)가 1654년에 쓴 아시아 지리책. 이 책을 1732년에 이브라힘 뮈테페리카가 출판했다.
** '작은 아틀라스'라는 뜻.

가 실제인가? 생각한다, 고로 나는 존재한다. 나는 생각하는 사람을 생각한다. 그리고 나는 그가, 자신이 생각하고 있다는 것을 안다는 것을 상상한다. 이 사람은 생각한다는 것에서 존재한다는 결론을 도출한다. 그리고 나는 그가 도출한 것이 옳다는 것을 알고 있다. 왜냐하면 그는 나의 꿈이기 때문이다. 존재한다는 것을 이런 방식으로 정당하게 주장한 이 사람이 나를 꿈꾼다는 것을 나는 생각한다. 그렇다면, 진짜인 어떤 사람이 나를 꿈꾸고 있다면? 그는 진짜이고, 나는 꿈이 된다.

너를 위해 진짜 아버지가 되어 너의 머리를 쓰다듬고, 네게 입맞춤을 하고 싶었다. 하지만 꿈을 만지는 것이 어디 가능한 일이냐? 그러므로 나는 네게 가까운 동시에 멀리 있단다. 나에게 작별은 정말 힘든 일이다. 그러니 멀리 있더라도 항상 너를, 네 과거의 그 잘생긴 얼굴을, 그리고 아그라야와 함께 있는 너를 꿈꾸고 싶구나.

잘 있거라 아들아, 잘 있거라, 나의 사랑하는, 하나밖에 없는 나의 꿈아!

뷘야민은 미소를 지었다. 책을 덮어 다시 품에 넣었다. 극도로 피곤이 몰려왔다. 아침기도 시간을 알리는 소리가 울리자, 요에 누워 여전히 몸을 긁적이고 있는 경비원 곁으로 가 그를 흔들어 깨우려 했다. 경비원은 꿈의 영향으로 계속 입을 옴지락거렸고, 도무지 깨어날 기미가 보이지 않았다. 하지만 젊은이가 그를 힘껏 흔들자 눈을 떴다. 아침이 되었다. 마치 백 년 동안의 꿈에서 깨어난 것 같았던 경비원은 자리에서 일어나 주위를 둘러보았지만, 자신을 깨운 젊은이를 보지는 못했다. 사방이 칠흑처럼 깜깜했기 때문이다. 어차피 꾸거나 꾸지 않은 모든 꿈은 이 어둠 자체가 아니겠는가?

1992년 9월 14일
카르시야카*

---

* 터키 이즈미르에 있는 지역 이름으로 작가가 사는 곳이다.

옮긴이의 말

꿈 혹은 환상을 좇는 사람들의 이야기

> 세상을 바꾸는 사람들은 다름 아닌 꿈꾸는 자들이다.
> 다른 이들은 그럴 시간을 가지고 있지 않다.
> ─알베르 까뮈

작가 이흐산 옥타이 아나르는 터키에게 해 연안에 위치한 아름다운 도시 이즈미르의 에게 대학에서 철학을 강의하는 교수이다. 이흐산은 터키에서 철저하게 자신을 언론에 노출하지 않고 은둔 중인 현자처럼 신비하게 살아가는 것으로 유명하다. 문학 관련 프로그램이나 행사에 전혀 모습을 드러내지 않고, 작품 활동에 전념하는 그는, 학교에서 강의하는 삶을 유지하며, 현재까지 소설 『안개 낀 대륙의 아틀라스』 『기계의 서』 『에프라시압 이야기』 『아마트』 『말 없는 사람들』을 발표했다. 학교 강의와 작품으로 드러나는 삶을 제외하고 그는 철저히 묵언 수행 중인 수도승처럼 자신의 삶을 깊이 베일에 감추어두고 있다. 오로지 작품을 통해서만 인생의 비밀과 꿈의 신비를 말하고 싶다는 듯이.

터키에서 유학할 때 주변의 많은 대학생들이 이흐산의 소설을 읽는 걸 보고 호기심이 생겨 읽어보다가 어려워서 도중에 덮었던 기억이 난다. 터키 친구들이 터키의 옛 모습과 전통, 신비롭고 몽환적인 과거의 분위기, 철학적인 깊이와 사유가 잘 조화된 작품이라며 읽어보라고 권했지만, 당시 터키어 실력으로는 도무지 읽을 수 없는 깊이 있는 작품이었던 것이다. 한참 시간이 흐른 뒤 이흐산의 작품을 드디어 적확하게 이해할 수 있게 되면서 제대로 된 감상도 하게 되었다. 그리고 이렇게 한국 독자들에게 이흐산의 처녀작을 선보이게 되니 머나먼 길을 돌아 첫사랑을 다시 만나게 된 것처럼 너무 벅차고 기쁘다. 처음 접한 뒤 아주 오랜 시간이 지나서야 가치를 깨닫게 된 보물처럼, 내게 이흐산의 작품은 오랜 시간을 두고 이어진 인연만으로도 더할 나위 없이 소중한 작품이다.

이흐산의 작품을 읽은 독자는 그의 작품이 철학과 맞닿아 있다는 것을 금방 눈치 챌 수 있을 것이다. 이흐산의 작품이 보여주는 깊이와 이야기 자체가 갖는 치밀한 논리 구조를 짚어내기 위해서는, 이를 만들어낸 철학 사유에 대한 기본적인 배경 지식을 갖추고 있어야 한다. 독자는 이 소설을 읽을 때, 먼저 그의 작품들이 문학작품임과 동시에 철학자로서의 사유를 문학이라는 매개체를 통해 펼치려 한다는 점을 고려하며 감상하는 게 좋겠다. 즉 작가 이흐산은 대중이 어렵다고 생각하는 학문인 철학을 '소설'이라는 방법론으로 쉽게 전달하고자 노력한다고도 생각할 수 있다. 그러나 그의 글은 지루하거나 재미없는 사변과는 거리가 멀다. 아마도 철학 개념을 터키 고유의 옛날이야기 방식으로 풀어나가는 소설 구성과, 처음에는 전혀 상관없어 보이던 개성 넘치는 인물들이 나중에는 모두 맞물려 어울리게 되는 치밀한 전개가 독자들이 요구하는 지적 교양과 소설 읽는 욕망, 그리고 재미를 동시에 만족시켜주기 때문일 것이다.

『안개 낀 대륙의 아틀라스』는 17세기 이스탄불을 배경으로 한 가상의 역사소설이다. 과거, 현재, 미래를 자유로이 넘나들고 꿈과 현실의 경계가 허물어지는 다층적 구조를 가지고 있어 독자들은 소설의 흐름을 따라잡기 어려울 수도 있다. 읽다보면 이 이야기가 꿈인가 현실인가, 꿈을 꾼 자는 누구인가ㅡ작가인가, 우준 이흐산 에펜디인가, 상상하면 모든 것이 현실이 되어버리는 '불행한 아이'인가ㅡ, 책을 읽은 독자는 꿈속에 있는가 꿈 밖에 있는가, 소설이 현실이고 현실은 꿈이 아닐까, 여러모로 혼란스러울 것이다. 소설 속 등장인물들은 자신의 역할을 다 끝내고 무대에서 사라지는 터키의 전통 이야기꾼 형식으로 등장하며, 자신의 이야기가 끝나면 깨자마자 사라져버리는 꿈처럼 순식간에 없어진다. 등장인물의 이야기는 하나의 독립된 단편소설처럼 특색이 있고 각 장마다 터키 특유의 몽환적 성향이 강하기 때문에, 독자들은 마치 환상적이고 기묘한 옛날이야기 책을 읽는 느낌을 받을 것이다.

지금 독자의 손에 들려 있는 이 소설은 짙은 안개에 가려져 한 치 앞도 파악할 수 없는 저 머나먼 시공간에서 자신의 꿈과 욕망, 그리고 그 모든 것을 가능하게 하고 순식간에 무로 되돌려버리는 환상을 좇는 사람들의 이야기이다. 주요 등장인물은 실현 불가능한 꿈이거나 이해되지 않는 난해한 마음을 좇아 끝없이 고민하고, 방황하고, 죽음까지 불사한다. 도대체 목숨과도 바꿀 수 있는 꿈ㅡ혹은 환상ㅡ이란 무엇일까?

이 소설에서 가장 중요한 인물인 우준 이흐산 에펜디ㅡ작가 이름 역시 '이흐산'이며, 소설 끝부분에서 이 둘이 동일한 존재라는 게 암시된다ㅡ는 세상을 여행하지 않고 그저 집 안에 앉아 세계 아틀라스를 제작하려는 사람이다. 전 세계를 돌아다니며 그려야 하는 아틀라스를 어떻게 집 안에 앉아 제작할 수 있단 말인가? 그러나 그가 제작하는 아틀라스는 '꿈의 아틀라스', 즉 '안개 낀 대륙의 아틀라스'이기 때문에 꿈을 통한 세계의 창조, 혹은 세계의 지도 창조가 가능하다. 그가 꾼 꿈 모두는 어쩌면 우리 삶의 어둠의 일부일지도 모르며, 우리 역시 그가 꾼 꿈의 일부에 지나지 않을지도 모른다. 결국 인간은 서로가 서로에게 하나의 꿈이며, 서로의 꿈에 동참하며, 서로의 꿈을 이루어주며 각자의 꿈에 동참하는 존재들이지 않은가? 우준 이흐산 에펜디는 '잠은 깨달음이며, 꿈은 현실 그 자체'라고 생각한다. 그에게 있어 세상은 자신이 꾼 꿈으로 구성되며 그 꿈을 통해 존재한다. 이흐산은 "난 지금 꿈을 꾸고 있어. 의심할 바 없이 꿈을 꾸고 있어. 꿈을 꾸고 있어. 고로 나는 존재해. 하지만 존재하는 나는 누구인가?"라는 질문을 던지며 끝없이 의심하는 철학적 면모를 지닌 작가의 고민을 대변한다고 볼 수 있다.

등장인물 대부분은 학문에 대한 열정 혹은 미지에 대한 호기심을 가지고 다양한 방법으로 살다가 죽어간다. 꿈과 환상은 우리의 현실이며 우리 인생의 일부분이다. 우리는 보이지 않는 것들로 인해 보이게 존재할 수 있다. 이 소설은 인간의 존재와 꿈에 관한 철학적 이야기이다. 작가 이흐산은 소설을 통해 이러한 개념을 짓뭉개버리고, 결국은 아무것도 없었던 공(空)과 무(無)에서 독자들 자신이 자신만의 아틀라스를 창조해가듯 자신만의 인생을 살아주기를 바라는 게 아닐까. 우리의 세상은 이러한 꿈과 환상을 좇는 사람들 때문에 발전한다.

독자 여러분과 내가 읽은 것은 남의 꿈 이야기―그러니까 우준 이흐산 에펜디의 꿈 이야기이자 동시에 그의 아들 뷘야민이 세상을 보고 모험한 현실의 이야기―이다. 책을 덮고 이 꿈에서 깨어났지만 여전히 주위가 어두운 것은 무슨 영문일까? 이제 밤의 꿈에서 깨어났으니 환한 낮을 향해 인생을 살아나가라는 의미일까. 독자여, 당신이 지금 어떤 꿈으로 존재하고 있는지 궁금하다. 지금 독자는 환한 낮, 아니면 캄캄한 밤, 그 어느 때, 그 어떤 세상에 존재하고 있는가?

내가 이 소설을 번역할 때도 꿈과 현실이 바뀌기를 간절하게 바랄 만큼 수많은 역경이 있었다. 이흐산의 소설을 번역하기로 결정하고 나서 이 소설과 연관된 터키 고대 자료들과 논문, 터키 비평가들의 평론 등 도움이 될 만한 정보 수집에 나섰을 때, 희한하게도 그의 유명세에도 불구하고 작품에 관한 본격적인 비평이나 인

터뷰 기사가 거의 없었던 것이다. 작가에게 어떻게 이런 일이 있을 수 있냐며 질문을 던졌더니, "언젠가 누군가 내 소설에 대해 한 편 쓰긴 했다고 하던데……"라며 너털웃음을 터뜨릴 뿐이었다.

또한 이 소설의 배경이 17세기 이스탄불이기 때문에 문체를 통해 소설 전체의 분위기를 담아내기가 만만치 않았고, 단어나 터키 특유의 표현에서도 당시의 분위기를 되살리기 위해 고어가 많이 사용되어 한국어로 옮기는 데 많은 어려움이 있었음을 고백한다. 특히 주사위 노름에 관한 전문 용어나 소설의 주요한 키워드가 되는 암호 해독 장치, 진공 상태를 만드는 실험에 대한 설명 부분을 올바르게 표현하기 위해, 그리고 작가의 상상력으로 새롭게 조합하거나 창조한 단어와 철학적 해석을 소설 안에 직접 인용하거나 재해석한 부분을 정확히 표현하기 위해 작가와 수차례 이메일을 주고받으며 토론에 토론을 거듭했다. 원작 자체에 있는 잘못된 표현이나 편집상의 실수, 단순 오타도 작가와의 협의를 통해 수정해서 번역했음을 밝힌다.

그렇지만 거의 모든 현실이 꿈을 배반하듯 번역의 흔적이 없는 번역을 꿈꾸는 나의 환상은 현실에서 외로운 혼자만의 꿈으로 뒤바뀌고 말았음을 고백한다. 독자들의 넓은 아량과 인내심을 구할 도리밖에 없다.

『안개 낀 대륙의 아틀라스』를 비롯한 이흐산의 소설들은 별다른 광고 없이 책벌레들의 입소문만으로 베스트셀러가 되어 많은 인기를 끌고 있다. 처녀작인 『안개 낀 대륙의 아틀라스』는 프랑스어, 독일어, 헝가리어로 번역되었으며, 각국에서 좋은 평가를 받고 있다. 이제 우리 독자들도 터키 소설이 가진 신비와 환상에 마음껏 취해서 깨기 싫은 행복한 꿈을 꾸듯 이 작품을 감상할 수 있기를 바란다.

마지막으로 이 책을 이렇게 세상에 내놓기까지 많은 도움을 주신 여러분들께 감사드리고 싶다. 모교에서 후배들을 가르칠 수 있는 기회를 주시고, 항상 조언과 격려를 아끼지 않으신 한국외대 터키어과 김대성 교수님과 연규석 교수님께 이 지면을 통해 감사의 마음을 전하고 싶다. 또한 이흐산 옥타이 아나르의 열렬한 팬을 자처하며 이 소설을 번역할 때 많은 도움을 주신 데니즈 외즈멘(Deniz Özmen) 현 주한터키 대사님께도 감사와 존경을 표한다.

그리고 이 소설의 출판을 흔쾌히 허락해주신 문학동네 강태형 사장님, 부족한 번역을 꼼꼼히 점검해주신 오영나 님께도 감사드린다.

이난아

옮긴이 **이난아**

한국외대 터키어과를 졸업하고 터키 국립 이스탄불 대학(석사)과 앙카라 대학(박사)에서 터키 문학을 전공했다. 앙카라 대학 한국어문학과에서 5년간 외국인 교수로 강의했으며, 현재 한국외대 터키어과 강사로 있다.

저서로 「터키 문학의 이해」 「터키어-한국어, 한국어-터키어 회화」(터키어) 「오르한 파묵과 작품 세계」(터키어) 등이 있으며, 옮긴 책으로 「내 이름은 빨강」 「눈」 「새로운 인생」 「하얀 성」 「검은 책」 「살모사의 눈부심」 「위험한 동화」 「감정의 모험」 「당나귀는 당나귀답게」 「생사 불명 야샤르」 「튤슈를 사랑한다는 것은」 「제이넵의 비밀편지」 「바닐라 향기가 나는 편지」 「파디샤의 여섯 번째 선물」 「안개 낀 대륙의 아틀라스」 등 다수가 있으며, 엮은 책으로는 「세계 민담전집-터키편」이 있다. 「한국 단편소설집」 「이청준 수상전집」 「나는 나를 파괴할 권리가 있다」를 터키어로 번역, 소개하기도 했다.

문학동네 세계문학
안개 낀 대륙의 아틀라스

초판인쇄 | 2007년 12월 24일
초판발행 | 2007년 12월 31일

지 은 이 | 이흐산 옥타이 아나르
옮 긴 이 | 이난아
펴 낸 이 | 강병선
책임편집 | 오영나 류현영
펴 낸 곳 | (주)문학동네
출판등록 | 1993년 10월 22일 제406-2003-000045호

주   소 | 413-756 경기도 파주시 교하읍 문발리 파주출판도시 513-8
전자우편 | editor@munhak.com
전화번호 | 031) 955-8888
팩   스 | 031) 955-8855

ISBN 978-89-546-0510-6 03890
www.munhak.com